裸の華

桜木紫乃

集英社文庫

裸の華

1

クリスマスイブ、ノリカは札幌に着いた。

視界の端で、白いライトダウンを着た女が西改札口の前で男に手を振った。「ふん」と鼻から息を吐く。羽田からの飛行機でも新千歳からの快速エアポートでもノリカの視界にいた女だ。年の頃は四十そこそこ、自分と同年代の女がショルダーバッグひとつで飛行機に乗っていた。機内で開いているのは活字でびっしりのハードカバーだった。姿勢が良くて小顔で薄化粧という見てくれに、勝手に親近感とたくましさを感じていた時間が、みんな無駄になった。

それにしても、とノリカは札幌駅の構内をぐるりと見回した。

人が多すぎる――。

宮越屋珈琲(みやこしやコーヒー)もスターバックスも満席では、どこに腰を下ろせばいいのか分からない。ひさしぶりの札幌駅は人であふれかえり、座る場所を見つけるのもひと苦労だ。腕の時計は午後四時を指していた。新橋のホテルを出たのが午前十一時だから、そろそろなにか食べてもいい時間帯だった。どこかで腹を満たして、午後七時にすすきのにいればいい。不動産屋との待ち合わせ場所は「ラフィラの入口」としか聞いていなかった。

ストリッパー・ノリカが廃業を決意したのはこの秋だった。新生ノリカの出発日なのだから、と思った。今夜紹介してもらう物件の条件さえよければ、決めてしまおう。これからはこの街で食べて行かねばならない。新しい出発地は、少しでも東京から遠いところがいい。北海道に戻るのは悔しいが、スタート地点が新天地に変わることもあるだろう。札幌駅は構内も駅前も様変わりして、出て行ったころとは人の流れも景色も、違う街になっていた。

神奈川の小屋で左脚を骨折したのが正月公演の真っ最中。一曲目の「ボラーレ」で景気よくターンを決めた瞬間、音楽とは別の調子外れなリズムが体に響いた。骨が折れる音だったと気づいたとき、視界に入るものすべてが横になっていた。

膝から下にボルトを入れて、毎日のリハビリにも耐えた。アスリート用の手術に加えて長年踊り続けてきた体なら、リハビリさえすればまた戻れると思い込んでいた。食事をし、稽古をして、よく眠るのと同じ場所に「舞台」があった。「復帰」が、激しい痛みの見せる夢だったと気づいたのは、ここ数か月のことだ。

あまりに長く仕事のことしか考えてこなかったせいなのか、四十になった体の耐用年数まで計算できなかった。踊り子にも賞味期限があると、頭では分かっていても、実際に己の身に降りかかるとすんなりと納得するのは難しい。呼ばれる小屋が限られてきたことや、いつの間にか自分より年上だった踊り子のほとんどが行方しれずになっていることも、どこか遠い話と思っていたのだ。

クリスマスの音楽が流れるのも今日と明日。ノリカは自分の期限がとうに過ぎたことに折り合いをつけようとしている今がひどく惨めに思えて、姿勢を正しブーツのかかとを鳴らした。

大通へと繋がった地下道にも、ぞろぞろと人が流れている。荷物は今夜の宿に送ってあるし、時間をつぶす術が見つからないのですすきのまで歩くことにした。どこもかしこも、人だらけだ。身長百七十センチのノリカが五センチのヒールを履いていると、色とりどりのダウンや上着よりも、道行くひとの髪の毛ばかりが目に入ってくる。風のない地下空間は、今がいつで居場所がどこかを忘れそうだった。

隣を歩いていた女がバッグからスマートフォンを取り出し、話し始めた。

「いまチカホ歩いてる。あと五分くらいで九番出口に着くから。わかった――」

地下歩行空間だから「チカホ」なのか。最初の三文字が流通しているのか、そう名付けられているのか分からないまま「チカホ」、とつぶやいた。響きは悪くない。

三日月型の広場に人だまりができていた。足を止めると、広場の中央に女が四人、譜面台を前にバイオリンやビオラ、チェロを構えているのが見えた。バイオリンがひとつ音を入れた。最初の曲は「Time To Say Goodbye」だった。ノリカは雑踏と弦の音が混じり合う空間で、いつの間にか一心に耳へ音を集めていた。

この曲を流しながらストレッチをしている自分を思い出す。脚が上がらなくなったらおしまいだ。毎日一時間から二時間のトレーニングを寝る前も起きてからもだ。休まないことを己に課す、自分の体との約束がある。ストレッチと筋力トレーニング。ストリッパーにそこまでする必要があるのかと問われたら「ある」と答えてきた。どんなに両脚を広げたって、いい踊りを見せていれば客は体の中心から遠いところを見る。指先、つま先、髪の毛。脚を広げているときに、目と指の先を見てもらえるようになったら一人前だと教わってきた。

二曲目は「クリスマスキャロルの頃には」、三曲目は「ゲレンデがとけるほど恋したい」、そしてラストは「クリスマス・イブ」。どれもこれも、ノリカが舞台で使ったことのある曲ばかりだった。

右、左、スピン、ポーズ。五百演目、忘れた振り付けはひとつもなかった。黙って立っているはずの体が左右に揺れて、いつの間にか体重移動を始めている。膝にリズムをためて曲に合わせてちいさくステップを踏んでいることに気づいて呆然（ぼうぜん）とする。急いで広場から離れた。

　ボルトが入っていても生活にはほとんど困らなくなった。けれど舞台でもとのように踊ることは叶（かな）わない。回るのが怖いのだ。踊りたいのに、踊れない。勢いをつけて回った瞬間、骨を繋いだボルトが皮膚を破り飛びだしてくる気がする。この大きな体でぐるりと回ると、客席に風が起きたものだった。盛り上がらない舞台を想像すると、余計に足がすくんだ。

　所属劇場主で踊り子師匠の静佳（しずか）が行方不明になったのを機に、フリーになって七年。まさか舞姫ノリカが怪我（けが）から復帰できないまま引退するとは思わなかった。

　人に流されながら大通まで歩き、地上に出た。イルミネーションが目に飛び込んでくる。信号の色が変わると同時に動き始める人の波。彼らが向かう先は、みな夜だ。あっという間に頬や耳が冷たくなる。歩道の雪は、人の歩く幅に踏み固められていた。両脇に積もる雪はまだ新しい。クリスマスの街は、地下も地上もきらびやかでやかましかった。

　白い息を吐きながらすすきのゼロ番地に向かう。もう何年も前から閉めたきりになっている劇場がある。ノリカが初舞台を踏んだ場所だ。そのすぐそばに、おにぎりの専門店があったはずだった。札幌で踊っているときはいつも、出前を頼んでいた。おにぎりはたらこバターとチーズわかめのふたつ、そして豚汁。動きの激しい演目のときは、消費するカロリーも高い。一日に同じメニューで三度頼んだこともある。

　寒さで耳に感覚がなくなるころ、ゼロ番地に着いた。肉まん屋の角を曲がり市場の壁沿いに歩いて行くと、懐かしいにおいがする。おにぎり屋はまだ営業していた。ノリカは暖簾（のれん）をくぐって、狭いカウンターの端に腰を下ろした。

「たらこバターとチーズわかめと豚汁お願い」

　メニューを見ずに注文すると、辺りの視線がノリカをひと刷毛（はけ）撫（な）でて行った。威勢のいい声が注文を復唱する。なにも変わっていない気がするのだが、もう北海道には一軒も劇場が残っておらず、ほとんどの踊り子は東京を拠点に地方を回っている。ステージに戻れなかったノリカには引退公演もなかった。

　感傷に浸っている暇もなく、目の前におにぎりが並んだ。豚汁からは湯気が上り、空腹感が増した。

「お姉さん、どこかで見たことあるね」

「どこでだったか、思いださなくてもいいわよ」よく通ると評判の声で低めに言うと、小声で「すみません」と返ってきた。平成の舞姫と呼ばれた自分の第二のスタートは、舞台を捨てて振り出しの街に戻ることだった。

　頼んだものをすべて腹に収めると、胃のあたりで揺れていた迷いが薄れた。すすきのゼロ番地で得た覚悟は、二十歳の誕生日に初舞台を踏んだ日となにも変わらないのだ。ノリカは勢いよく立ち上がり、支払いを済ませて外に出た。

　吹きつけた冬の風に、思わず風下を向いた。駐車場、コンビニ、その向こうにネオンサインの消えたビルがある。足早に出勤する女の子たち、すれ違う男たち、笑うひと、泣くひと。ここにはすべてがあった。踊りかたも脱ぎかたも、悲しみかたもすべて、この街が教えてくれた。

「お姉さん、すみません」

　背後からおにぎり屋のエプロンが追いかけてきた。さきほどノリカを見たことがあると言った店員だった。彼は「これ、よかったら」と焼きおにぎりをひとつノリカの手に持たせた。

「さっきはごめんなさい。この街じゃお客さんにあんな風に声を掛けちゃいけないって、ずっと言われてたのに」

　懐かしかったことが先に立ってつい、と下を向く。ノリカは風に向き直った。

「ありがとう、いただいておく。また来るから、今度は豚汁の具を多めにしてちょうだい」

　おにぎり屋は今は自分が店長を任されているのだと言って、笑いながら手を振り店に戻った。ノリカの手の中に、まだ温かな焼きおにぎりが残った。ネオンサインが消えた劇場を背にして、ススキノラフィラへと向かった。

「お得な物件です」とサツホロ不動産の営業担当者が言った。紹介された空き店舗は、これが三軒目だ。雑居ビルの二階にある、もともとはショーパブだったという店。すすきの御用達の不動産屋と聞いていた。海千山千を相手にしている割には、ねずみ色のスーツと黒いコートの組み合わせにおかしなハッタリを感じない。男の丸眼鏡は、ドラえもんに出てくる「のび太」のイメージそのままだ。

「お急ぎの営業開始をご希望でございましたら、ご相談の上すすめて参りますが」

　カウンターはゆったりとした六席、カクテルバーのような造りになっている。グラスが並ぶ棚の端に、ＢＯＳＥの音響システムがあった。フロアには四つに分かれたボックス席。窓はない。夜景が見える物件は、どんなにちいさい店でも家賃がはね上がるという。今のところそういう店舗の空きはない。あったとしてもノリカのほうに資力と勝算がなかった。

　ノリカの視線は、カウンターの横にある高さ二十センチ、二メートル四方のステージに釘付けになった。壁は赤いベルベットクロスと十センチ幅の鏡がストライプ状になっている。ステージの両脇にもＢＯＳＥのスピーカーがある。見上げれば、フロアの真上には直径三十センチはありそうなミラーボール。ねぇ、とノリカは不動産屋に声を掛ける。

「あのミラーボール、動くのかな」

「ちょっとお待ちください」

ステージ袖の壁にあるスイッチを押すたびに、照明が点いたりカウンターのライトが点いたり。なかなかミラーボールは回らない。男が焦り始め、ノリカがあきらめかけたころ、ゆっくりと壁や床に無数の光が散り始めた。

「あぁ良かった。ここが電源でした」

男が指さした先には、壁から唐突に現れたプラグがあった。膝の高さにあるコンセントにそれを差し込めば、ミラーボールが回り出す。

「アナログね。後付けだったのかな」

配電の枠から外れたミラーボールの光が、ゆっくりと店内を舐めてゆく。光が壁の鏡に反射して、空間が急に大きくなった。店の規模には不釣り合いなものを取り付けた、元の店主のこだわりが何だったのか分からなかった。このくらいの広さなら半分の大きさでも充分だったろうに。

「ずいぶん大きいミラーボールですね」不動産屋がしみじみとした口調で言った。

オーナーは何回入れ替わっているのかと訊ねてみる。立地条件がいくら良くても、客の入らない店というのはある。一年保たずに店の名前が替わっているのでは話にならない。不動産屋は持っていた黒い書類鞄からファイルを取り出した。見下ろせば簡単に内容が目に入ってきそうな距離なのだが、絶妙な角度でそれを避けている。男は「あぁ」ほっとしたため息のあと「ふたりです」とノリカを見上げた。

「初代はニューハーフのショーパブです。病気で引退して、二代目に店の権利を譲ったようですね」

「じゃあ、店の名前はずっと『ON MAKO』だったってこと?」ノリカはカウンターに放置されているマッチの赤いロゴを見た。視線を追って、男もそれを見る。

「そのようです」

「二代目がこのお店を閉めたのはいつなの」

「半年前です。家賃の滞納はありません」

ノリカはミラーボールが回り続けるフロアの、スツールがつくる通路をひとまわりしたあと、少し迷いながら高さ二十センチの舞台に上がってみた。半周のターンをして振り向く。折れた骨が元に戻りいくらリハビリを重ねても、半回転が限界だ。ミラーボールに輝く客席が、体感よりも広い。両手を広げてみる。ボルトの入った左脚をY字で肩の上までゆっくり上げ、下ろした。踊り子廃業を決めたくせに、呼吸を整えれば耳まで上がる脚が恨めしい。

不動産屋がぽつりとつぶやいた。

「いま一瞬ここが宝塚の大階段に見えました」

「それはどうも」

大階段は言い過ぎだろう。しらけた気分で舞台を降り、ミラーボールのプラグを抜いた。店内ではダウンライトがひとつひとつのテーブルを照らしていた。

「あなたがこの店を借りてくださったら、毎日通います」

心なしか声が高くなっている。本気かよ、と腹で毒づきながら訊ねた。

「どんなお店にするかもわからないのに、通ってくれるの」

「どんなお店でも、通います」

「わたしも、ニューハーフかも」と笑うが、男の頬はまったく動かなかった。

ノリカはまじまじと不動産屋の顔を見た。この、お世辞にもやり手とは思えない男が毎日通う店を想像してみる。案外いけるかもしれない、と思うまでに一分。ここかもしれない、と思うまで更に一分かかった。

すすきのゼロ番地にほど近い、雑居ビルの二階。手を伸ばせばすぐの場所にノリカがデビューを飾ったストリップ劇場がある。二十年、大きなサイコロを振りながら進み続けてきたのだった。サイコロをちいさくして振り出しに戻ることにどんな意味があるのかまだ見当もつかないが、中途半端に東京に近い場所では駄目なのだ。

今までどおりのステージができないのならば消えよう——。

昔のノリカを懐かしむ客の前で、満足な踊りも見せずに脚を広げることなど出来やしない。恥を忍んで再起を図る場所は、やはり振り出ししかないのだと腹をくくった。

この男が毎日通いたくなる店か――。

昼の十二時から夜中まで弁当持参でストリップ小屋の客席に座っていた面々を思いだすと、胸の奥がきしんだ。入院先も報せず、リハビリの甲斐もなかったことを詫びもせずファンの前から消えたのだった。ここから先はヒトデナシ、と声に出さずつぶやいた。顔を上げる。

「振り出しなの」

男がノリカを見上げた。再度「ここからまた、出直すのよ」と言って彼を見下ろした。考えてみれば、師匠の静佳も今は行方しれずだ。男の不始末で身ぐるみ剝がされ、ノリカにひとこともないまま消えた。生きていればいいのだ、と思うようにしている。踊り子も、スタッフも、劇場主も、みんな持ってるものをひょいと投げ出して次の場所へ行く。

名前を捨てて、顔を捨てて――。自分はそれも仕方なしとする世界にいた。踊り子ノリカとともに、ノリカのファンも消えたのだ。

ノリカは視線を持ち上げ、もう一度ボックス席の通路をひとまわりして、ステージに向き直った。着替えの場所はステージの手前にカーテンを張れば何とかなりそうだ。レールを取り付けて、せめて生地だけでも張り込もう。ジャンプ込みのターンを決められるほどの舞台ではないことが、慰めになることもあるのだ。踊って下着を取るだけがストリップじゃない。デビューの舞台で気っ風良く脚を広げたノリカを、静佳もそう言って叱ったではないか。

ねぇ、とノリカは男に問いかけた。そういえば、名前を覚えていなかった。ラフィラの入口で挨拶した際に「サツホロ不動産です」と名乗ったきりではなかったろうか。ダウンコートのポケットをさぐり、名刺をもらっていないことを確かめてから切り出す。

「名刺をいただいてなかった気がするんだけど」

男は今日いちばんの慌てた様子を隠さず、何度も謝りながら胸やスーツの両ポケットを探り、やっと名刺入れを取り出した。一枚抜き取り、頭を下げながらノリカに差し出す。

「大変申しわけありません。申し遅れました、竜崎といいます」

竜崎甚五郎――。

男の顔と名刺を二往復した。竜崎、甚五郎。頭の中で名字と名前を切り貼りしてみたが、本名だろうかという疑問が増すばかりだった。笑いを堪えるノリカに、竜崎はまだ恐縮している。

「本当に、始めようと思ったらすぐ開店できるんですか」

「当社が管理しているビルでしたらば、ある程度融通がききます。お任せください」

「サツホロ不動産は、女の子の募集やスタッフの手配も、責任を持って引き受けてくれるっていうお話でしたよね」

「もちろんです。届け出および手続きは選任の者がすぐに動ける態勢でおりますし、募集内容にもよりますが、お店を替わりたいという女の子の希望も把握しております。表だって公表してはおりませんが、人集めにはできるだけご協力させていただきます。その上でご判断されるのはあくまでフジワラ様と思っております」

「欲しいのは、ダンサーなんです。募集項目はダンサーで。集められますか」

「失礼ですが、どういう方向のダンサーですか」

「基礎のできている子がいいです。クラシックバレエの素養のある子が間違いないんですけど」

「何名くらいでしょうか」

名刺を渡し忘れていたことに気づいたときの慌てぶりとはうらはらに、竜崎は正面からノリカを見上げている。これといった特徴のない顔立ちの男は、同時に嫌味もなかった。

「二名。お店が半年で軌道に乗らなかったら、貯金が底を突きます。あとは、バーテンダーをひとり」

「バーテンダーも女性をご希望ですか」

「身持ちが堅ければ、男でもいいです。身持ちに男も女もないでしょうけど」

静佳が言っていた言葉が胸の底から湧いてくる。

——いいかいノリカ。身持ちが堅い人間じゃないと、この仕事長くは続けられない。みんなみんな金と男で駄目になっていくんだ。あとは体を壊すか怪我をするか。どんなにさびしくても、男にぜんぶ預けちゃいけないよ。

そう言いながら男に騙(だま)されて姿を消しちゃうんだから、と独りごちた。ノリカもまた、怪我以降は失踪状態だった。

竜崎の顔を見下ろし、自分に言い聞かせるように言った。

「この物件もあなたの会社もおかしな筋に属してないことと、二月のオープンが条件ですけど、できますか。借りたまま寝かしておくわけにはいかないの。できるだけ早くスタッフを揃(そろ)えて、少しでも早くオープンさせたいんです。ダンスショーがお店の売り物です。踊りの素養がある子なら、わたしが半月でものにします。お願いします」

「わかりました。開店にまつわる手続きは、全力で対応いたします。バレエ経験のあるダンサーも、承知しました」

竜崎の顔がひきしまる。ノリカはこの男に会ってから初めて深々と頭を下げた。男の態度に浮ついたところは見られなかった。契約を取って舞い上がる風もないのを安心の材料にした。あとはクリスマスイブが気持ちを底上げしていないことを祈るしかなかった。

その夜ノリカは、すすきのの雑居ビルにあるちいさな不動産事務所で、薄いお茶を飲みながら書類に必要事項を書き込んだ。竜崎が「貧乏くさくて驚いたでしょう」と耳打ちした。正直に頷く。

「社長の自慢は、筋も金もないことなんです」

いかつい社長は、挨拶を終えたあと奥の机で居眠りを始めた。

仲間もファンも、すべてを捨てて来たのだった。家賃、敷金、並ぶ数字は冗談では済まない額だ。腹に力を入れた。こんな場面で怯んでいては、明日からを乗り切れない。

手続きを終えて、竜崎に見送られながら外に出た。少し歩けば大通だ。グランドホテルは気合い入れの大奮発で三日間の連泊だが、そのあいだに住む場所も決めなくてはならない。踊り子時代は都内や関東近郊の劇場を十日一週で回り、腰を据えて住む場所など要らなかった。働く単位も十日で一週、休みを取っても十日単位だ。静佳が姿を消してからは、ひとりで営業しながら食いつないだ。呼ばれる小屋がひとつふたつと増えてゆき、舞姫ノリカのステージはトリを取るまでになった。

怪我をした段階で「復帰は無理」と判断されたものか、消息を探されることも復帰を促す言葉もなかった。そうしなくては厄介を抱え込むことになると二の足を踏む小屋主の切ない胸の内と、世知辛い時代も分かる。

大通のイルミネーションを横切り、ホテルに向かって歩いた。まるで街が発光しているようだ。男女の二人連れや、家路を急ぐ勤め人が行き交う景色を前にすると、頬にあたる風もどこか他人事めいており、ノリカの時間だけが止まっている。

大通にほど近いロビーも、今夜はクリスマスディナーの客で賑わっていた。ひとりでなにか食べる気力が萎えたところで、ノリカは鞄の中にあった焼きおにぎりを見つけた。部屋に落ち着き、包みを剝がしひとくち食べて、ペットボトルのお茶で流し込んだ。白米を包む味噌の味。焼いた表面の香ばしさも、嚙んで取り戻す冷たいにぎりめしだ。

さっきまであった心機一転の高揚感が、音もなく消えた。ノリカは慌ててテレビのスイッチを入れた。ニュース映像が、六本木のイルミネーションを映し出した。チャンネルを別にしても、クリスマス一色に変わりはなかった。


大通の西にあるワンルームの賃貸マンションに住まいを決めた。周りが建物ばかりなので日当たりは悪いが贅沢は言っていられない。

三十日までのあいだノリカは、毎日ホームセンターと店を往復した。業者に頼むと資材と手間賃でみるみる財布の中も寒くなる。まずは店の壁にほころびがないかどうか探し、徹底的に掃除をしてみた。ボックス席が貧相では、ショーも興ざめだ。スツールやテーブルの手入れも一日がかりだった。

脚立、工具、軍手や掃除機。現在必要なものを揃えるだけで、脇腹までも寒くなる。それでも朝がくるたびに体を動かしていると、なにかを信じられる気がしてくる。

バーカウンターの横にあるちいさな舞台へ、天井にゆるやかなカーブをつけてカーテンレールを取り付けた。慣れぬ作業に汗を流していると、ここから先の自分をずっと嗤(わら)い続けられそうな気分になる。

自分は馬鹿なのだ。忘れっぽい踊り馬鹿――。

踊れなくなったことも忘れて、踊る場所を作っていた。五百曲の振り付けは体が覚えていることだった。頭はそんなにたくさんの記憶を抱えられない。

馬鹿にしかできないこともある。ノリカはときおり心に浮かびくる「踊れなくなっちゃったけれど」という言葉を急いで打ち消した。

目下の問題は、幕にもなるカーテンをどうするかだった。取り付けたレールは好きに丸みをつけられる樹脂製のものだが、この素材が耐えられる軽い生地となると房付きのベルベットは無理かもしれない。かといって、つるつるとした安い生地では舞台が貧相になるばかり。貧乏には違いないが、貧乏くささが売りではない。バーとしても充分やっていけそうなカウンターは、天板の木材もいいものを使っており、居抜きの物件としては案外拾いものだった。それだけに、手作り感が前に出て店全体が安っぽくなってしまうのが惜しい。

ノリカは今年のうちになにが出来るかを考えた。カーテンの素材や価格を考えると、布地を購入して手縫いにするか、セミオーダーにするか迷う。

――学芸会じゃないんだし。

ここは一点、豪華にすべきところだった。ひとつ息を吐いて、携帯を手に取った。いまここで何のつてもなく良心的な専門店を探すのは困難だ。ノリカはサッホロ不動産の竜崎に電話をかけた。番号登録に「竜崎甚五郎」の名前を見て思わず吹き出しそうになる。毎日通ってもらわねばならぬ相手だ。いま相談する先としてはそこしかない。

すこしがさついた音が耳に滑り込み、竜崎が出た。大通を歩いて移動中だという。

「ちょっと相談にのっていただきたかったんです。ステージとフロアの仕切りにするカーテンなんですが、できあいでは難しそうで。レールまでは自分で取り付けたんですけれど」

「レールをご自分で取り付けたんですか」

「ホームセンターで脚立と工具を買って取り付けたまでは良かったんですけど、肝心のカーテン生地をどうすればいいのか。インテリア専門店となると高価になるし。どこかいい業者をご存じないかと思って」

竜崎は風が吹き込む携帯電話の向こうで一拍おいてすぐに「わかりました」と言った。

「一時間後にはお店に参ります。お待ちいただいてもよろしいですか」

もちろんと答えた。通話を終えたあと心細い気分で店内を見回した。耳に残る薄寒い師走の風が、今にも腹に穴を空けそうだ。ノリカはカウンターの壁まで行き、膝の高さにあるコンセントに、壁から飛び出たプラグを入れた。こんなときにも膝を曲げずにいる癖がついていた。

天井のスポットライトを跳ね返し、店内がたちまちミラーボールの速さで回り出した。カウンターの端に、オーディオシステムがある。今朝、リュックに入れてきたCDを取り出した。

ヨーヨー・マがピアソラをカバーしたものだ。オーディオの音はどうだろう。不調があれば、また金が出て行く。たいがいのオーディオシステムは使えるが「ON MAKO」のBOSEはずいぶんと年代物だ。一曲目「リベルタンゴ」が店内に流れ出した。音が割れない。アンプの型は古いが、スピーカーは、出せない音がなさそうなくらい使い込んである。「悪くない」と心もち大きな声でつぶやき、ノリカは音量をふたつ上げた。

ミラーボールの下にいると、床がどこにあってもいいような気がしてくる。両腕が持ち上がり、つま先が動き出す。ノリカは「リベルタンゴ」の四小節目でポーズを決めた。右、左、肩を入れながら背中を反らせる。斜めに伸ばした指先、顎の位置、つま先、ミラーボールがノリカの体に七色のブロック模様を投げかけて光る。肩先と脚捌きでつけた振りは、静止のときに余韻を残す目線が命だ。

視線、流して流されて。肩の位置、肘の位置、髪の乱れもすべて、タンゴだ――。

腕をしならせると、自然に上半身がついて行く。まだ踊れる、まだまだ踊れるじゃないかノリカ。

のってのって、背中に羽が生えたところで、ゼンマイが切れた。二度回る箇所だった。ここにくるとすべてのリズムが狂ってしまう。ここで回転を抜くという妥協を許せないのが、ノリカの弱点なのだった。

ひとつ大きく息を吐いて、音量を下げた。ミラーボールのプラグを抜く。たなびくようなチェロの音が店内をひとまわりして、皮膚からつま先から染みこんでくる。工具箱から金槌を取り出しスツールをひっくり返して、ひとつひとつ鋲を叩いては布地のほころびを確かめた。

「ON　MAKO」がどんな理想を持って始まった店か知らないが、一か八かのショーパブにしてはやけに凝っていた。バーカウンターの通路を抜けてから広がるフロアは、ミニシアターの趣きだ。ショーパブとはいいながら、酒とショーを分けている。オーナーはここで、いったいなにを見せていたのだろう。店の点検を重ねているが、居抜きの貸し店舗に予想していた荒んだ気配がなく、昨日まで誰かがここでオーディオの調節をし続けてきたような体温が残っていた。

ジーンズのポケットで、携帯電話が震え出す。竜崎だった。

「いま、店の前に来ています。入ってもいいでしょうか」

「どうぞ、開いています」

どうも、と言いかけたところで切れた。カウンターの向こう端にあるドアから、竜崎ともうひとり男が入って来た。ノリカよりずっと長身だ。竜崎の頭が男の肩より下にある。ノリカが見上げるくらいだから、百九十近くあるのではないか。どちらも顔の印象を訊かれたら困るくらい、薄い。ふたり並べばなおのこと、身長しか特徴を見つけられなかった。

牧田と名乗った男は、ぐるりと店内を見回したあと、ノリカが取り付けたカーテンレールに目を留めた。

「ここに、開閉式のカーテンを付けるって？」

驚くほどぶっきらぼうなものの言い方だった。不機嫌そうに見えるのは、顎が前に飛び出ているせいだろう。

「ダンサーが着替えをする場所がトイレでは可哀想だから。このレールで間に合えばと思って」

「無理だな。扇風機でめくれ上がるようなカーテンしか垂らせないよ、これじゃあ」

「お金をかければなんでも叶うけれどね。正直そんなお金はないの」

竜崎が牧田を見上げて「自分が呼ばれた意味を考えてくれ」と声をかける。

「わかってるよ」と牧田が返した。

一度店を出て行った牧田は、再びやって来てからほぼ二時間で直線のカーテンレールと赤いベルベットの幕を取り付けた。新しいレールはリモコンの電動式だ。

「カーテン引くための人間を雇うほうが高いから」愛想のなさは変わらない。

バーカウンターに座る客から舞台裏が見えぬよう、カーテンの「溜まり」が作られた。束ねた布はカウンター客にもほどよい隠れ場所を与える。

「これでよし。ちょっとリモコンで操作してみてください」

ノリカは言われたとおり、開閉ボタンの「開」を押した。ベルベットの赤がゆっくりとタックを作りながらカウンターに寄ってゆく。フロアの真ん中でリモコンを握っていたノリカは、そのスピードが懐かしくてうまくいまの気持ちを言葉にすることができなかった。牧田に言わせると、湾曲したカーテンは引きづらいことに加えて舞台が狭く見えるという。

「助かりました、ありがとうございます」

作業の手伝いを終えた竜崎は、カウンターの内側に立ちなにやら考え込んでいる様子だ。牧田が「代金はこのくらいですね」と指を三本立てた。感激が急に現実とすり替わった。三十万か、と胸奥でつぶやき、しかしそれもこの出来映えならば仕方ないのかと諦める。半年、食費を詰めればいいことだ。

「現金一括のお支払いじゃなくてもいいですか」おそるおそる訊ねた。

「いいけど、分割にするような額でもないかなって」戸惑う牧田が助けを求めるように竜崎を見た。竜崎がカウンターから出てきた。歩幅にして二歩の距離に立ち、三人同時にミラーボールとベルベットの幕を見た。

「いったいいくら請求したんだ」と竜崎。

「三万」仏頂面で、牧田が答える。

体から、左脚のボルトまで弛みそうなほど力が抜けた。三万ですか――。思わずつぶやくと、ふたりが同時にノリカを見た。

「三十万だとばかり」

リュックから財布を取り出し、札を三枚抜いて両手で渡した。牧田はその場で領収書を書き、ノリカに差し出した。

『牧田画材店』とある。

「画材屋さんだったんですか」

「大学で建築とクラフトデザインもやったんで、建具屋のまねごとができるだけです。画廊の息子だけど、絵の方はからきしなんです」

牧田は舞台美術の現場に呼ばれることもあり、自宅の倉庫には使われなくなった緞帳や幕が増えているのだと言った。

「バイト代が出せないからって、使い終わった資材なんかをもらったり、預かり物を引き受けていたら倉庫がいっぱいになって。このベルベットも新品じゃないし。三万円は高めの手間賃です」

済まなそうに言う牧田に、ノリカは開店したら必ず来て欲しいと頭を下げた。仏頂面に照れ笑いが交じり、恥ずかしげな気配を漂わせながら、牧田が店から出て行った。

ノリカは、一礼する竜崎に声をかけた。

「助かりました、ありがとうございます」

「頼っていただけると、こちらも嬉しいです」

ふたりになると途端に表情の少なくなる男だった。牧田とはどういう知り合いなのかと訊ねてみる。古くからの知人と答えるのみで、それ以上は言わない。ノリカもこれ以上どう礼を言っていいものか迷いつつ、ふと口から不安が滑り出た。

「できるところはなるべく自分で、と思うんですけど、こういうしっかりしたものを取り付けてもらうとやっぱり、貧乏くさいのはシアターとしていけないかなと思います」

「シアターですか」竜崎の声が低くなる。

「お店の内容は、ダンスシアターにしたいと思っています」

言葉にして現実に変えてゆくこともあるだろう。酒も出してダンスショーを観てもらえるような空間に、シアターという名前が付いた。赤いベルベットの幕が、ストリッパー・ノリカの燃え残りに火を点けた。いつの日か本物を、と願った「クレイジーホース」のきらびやかな舞台を思い浮かべた。

酒はどういった方向を考えていますかと訊ねられて、磨き込まれたカウンターを見た。六脚並ぶ腰高のスツールは、ただの止まり木にするには惜しい贅沢さだ。フロアと小ぶりなステージだけだと限られてゆく客層が、この空間によって組木のように密度を増してくれる気がした。

「出来るだけいいものを揃えたい、っていうのは今どきわがままなことでしょうか」

言葉は気持ちほど高揚していなかった。初舞台よりずっと恐ろしい。理想が高すぎるのかもしれない。店を開く、ということにこれほどの恐怖が待っているとは思わなかった。

「揃いますよ」と竜崎が言った。ノリカは彼の顔を見た。いまこれほど心強い言葉もない。

「酒の部門は資格者を探します」

「お給料との兼ね合いも、あるんです」

ダンスをメインにしていったいどれくらいの集客が見込めるのか、まったく自信がない。再出発を誓ってやってきた場所だった。失敗できないと思う気持ちが起こすミスがあることを、どれだけ体にたたき込まれてきたか。焦ってはいけないと肝に銘じながら、不安ばかりは消しようがなかった。竜崎がたたみかける。

「このカウンターに恥ずかしくない腕を見つけます」

「できれば、なんですけれど」

改めて他人の口から聞くと、なんと傲慢なことかと思う。ノリカはただ頷くしかなかった。それと、と竜崎がまっすぐノリカを見た。

「ダンサーの件ですが、ふたりほど是非、こちらのお店の面接を受けたいという女の子が見つかりました。実は今日、そのことでご連絡しようと思っていたところでした。若いですが、技量をみていただけますか」

「若いって、どのくらいですか」

「二十歳と二十三歳、と聞いています」

「だいじょうぶだと思う」と返した。

「それと、わたくし店名を伺っておりませんでした」

はっと息がつまった。ここから先、自分の看板は自分で揚げなくてはいけないのだということを忘れていた。

「看板とネオンの発注をしなくちゃいけないですよね」

「日にちのご指定をいただければ、わたくしが手配します。店名とロゴのご希望を伺って社に戻ります」

凝った名前にするつもりはない。シンプルでノリカの心が持ち上がるものがいい。ああ、と一度うなずいた。

「店名は『NORIKA』でどうでしょうか。字体はしなやかで柔らかい感じがいいです」

「わかりました。ダンスシアター『NORIKA』ですね。ロゴは看板屋にいくつか案を出してもらいましょう」

名刺を出し忘れたり、画材屋の息子と懇意だったり、そうかと思えば看板屋にも話をつけてくれるという。不動産屋の仕事の範囲は広い。ましてすすきのとなれば。しかし竜崎にどこまで頼るのかは、ノリカが線引きをしなくてはいけないのだろう。ふと、思いが反転した。いきなりすすきのに現れ、パトロンのひとりも持たずに店を始める自分こそが不審な人物だった。

不安と期待の揺れがいっときおさまった。面接希望の女の子たちは明日の午後に連れてくるがそれでいいか、と竜崎が言った。

「明日は大晦日(おおみそか)だけど、だいじょうぶですか」

「うちは店子(たなこ)のトラブル対応もやってますから、年中無休で休みは交代制です。声をかけた女の子たちも、正月も平日とたいして変わらないというようなことを言ってました」

トラブルにはどんなことがあるのか訊ねてみた。夜逃げがほとんど、という答えが返ってきて会話が途切れた。クリスマスイブに物件案内をしてもらってから、見るたびに印象が変化する男だった。竜崎が深々と腰を折って店を出て行った。

ひとりきりになった店内で、フロアのスツールに腰掛け、手元のリモコンでカーテンを閉じては開いた。何度開けても、そこに自分が立っていないのが不思議だった。

この心もち、もっとさびしいとか悔しいとか、分かりやすい言葉で臓腑に落ちてくれないか。

ノリカは立ち上がり、天井の左右から舞台の中央に落ちるように設定したスポットの、円の中に入ってみた。頭、肩、額にライトがあたり熱くなる。両腕を肩の高さに開き、右脚を軸にして、左脚で体の前に大きな円を描く。両脚をスポットの真ん中で揃えたところで、自然に上体が反って膝でバランスを取っていた。朝晩のストレッチは欠かさない、股関節の動きひとつで体重の増減が分かる。左脚が重いのは骨を繋いだボルトのせいだ。きっとそうだ。

左右の脚の重さが同じになれば。そこまで考えて、意識的に気持ちを引き下げた。四十という年齢、怪我、世話になった先への不義理――。自分はもう、ストリッパーとして死んだも同然なのだった。

唯一の居場所だった小屋に戻れないのなら、自分で一から創るしかないではないか。誰も誘ってはいけない。誰に声をかけてもいけない。それが自分を育ててくれた舞台への、最後の義理だった。

なにが心細いのかその日、ノリカは札幌に戻ってから初めて泣いた。

2

翌日ノリカは店のカウンターにノートパソコンを広げた。荷物のおおかたを占める資料やDVDは、クラシックバレエにブロードウェーのミュージカルから宝塚まで。今日はそのうちの五本を持ってきている。

二メートル四方のステージが造り付けではないことを確かめた。ノリカは思い切って絨毯(じゅうたん)との隙間に手を入れ持ち上げた。ステージはふたつの箱を伏せたようになっている。額に汗がにじむころ、ようやく両方を壁に立てかけることができた。大きな重箱を見るようだった。

ステージがないほうが、ダンスの動きに制約がでない。フロア全体を使って踊ることを考えると、撤去できるものはしたほうが良さそうだった。

午後三時、竜崎は今日も律儀にドアの外で携帯を鳴らした。

「入ってもいいでしょうか」と問われ「どうぞ」と答える。

竜崎は大きな肩掛けのバッグを持って現れた。彼の後ろをついてきたのは、化粧気のない若い女ふたり。どちらも細身のジーンズにダウンジャケット姿だ。まだ高校生かと思うくらい幼く見えた。ひとりは丸顔で可愛（かわい）げがあるし、もうひとりは面長ですこし目がきつい。顔立ちの印象はどちらも良かった。メリハリがありすぎるより化粧映えするし、客層もいい具合に割れる。なにより、身長がノリカより十センチは低い。狭いフロアで遠慮なく手足を伸ばせそうだ。

ノリカは静佳の面接を受けたときのことを思いだした。静佳は一面鏡張りのレッスン部屋で、靴を脱いだノリカをひと目見るなり「背が高いねぇ」とため息を吐（つ）いた。

――小屋の舞台は狭いし屋根も低いんだ。あんまり背が高いと、お客さんがびびっちゃうのよ。よほど踊りに自信があれば別なんだけどね。

顔の大きさと肉感的になってしまった体型で、クラシックバレエは趣味の範囲と通告されてから五年後の、十九の終わり。

ノリカは高校卒業後に勤めたスポーツジムで、ジャズダンスの教室を受け持った。プール経営者が、有酸素運動（エアロビクス）でひと儲（もう）けできた時代の話だ。けれど、受講生のレベルに合わせられず、自分が踊っていたいだけの講師は評判が悪かった。一年保たず、サウナとスパの管理に配置換えになったところで辞めた。

竜崎は表情を変えることなく、ノリカの反応を待っている。その佇(たたず)まいに「勝算」を感じて、息を大きく吸って吐いた。つられたのか、目の前のふたりもノリカと同じように深呼吸をする。息を吐きながら明るく言った。

「よく来てくださいました。オーナーのフジワラです」

「桂木瑞穂(かつらぎみずほ)です、よろしくお願いいたします」

丸顔にくるりとした瞳を持ったほうが先に頭を下げた。予想より声のトーンが高い。

続いて頭を下げたのは、切れ長の目を持ったほうだ。

「浄土(じょうど)みのりです」

こちらが言葉を失うほど愛想がない、低い声だ。

丸顔の瑞穂が「化粧をせずに来た方がいい」と忠告したのは竜崎だと言った。

「ちょっと恥ずかしいんですけど。きっと素顔のほうが技量をわかってもらえるはずだからって」

竜崎がそんなアドバイスをするとは意外だった。たしかに、素顔で来てくれたほうがありがたいが、今どきそんな注文をつけて素直に応じる若い子がいるとは思わなかった。

年齢を訊ねた。瑞穂が二十三歳、みのりは今日で二十歳になるという。ノリカは大晦日の誕生日を迎えるみのりに、今日の面接で良かったのかと訊ねた。

「祝い事はしたことないですから、だいじょうぶです」

切れ長の目が冷ややかだ。抜けない棘を見たような気がして、ノリカはフロアのスツールにふたりを誘った。竜崎が重たそうなバッグからノートパソコンを取り出して、カウンターの席に腰掛けた。ノリカも自分のパソコンとＤＶＤを手に取った。

「わたくしはこちらにおりますから。よろしくお願いします」と竜崎が言った。

ふたりの情報はノリカが一から訊ねることになりそうだ。頷いてフロアに戻った。

「バレエはいくつからやってたのか教えてくれますか」

瑞穂は五歳から始めて高校卒業まで続けたという。今は昼間に不動産屋の事務を執りながら演劇集団の踊りの振り付けをしている。

「ときどき舞台に出してもらってますけど、演劇は向いてないかなって」

そうは言いながら、妙な愛嬌のある子だった。ノリカが不動産屋さんに、と語尾を上げると、彼女はにっこりと笑いながら「サッホロ不動産です」と答えた。先日お茶を運んできた事務員の顔を覚えていなかった。ノリカは彼女の、先に竜崎との関わりを言わなかったところに好感を持った。

浄土みのりは「三歳から踊ってます」と答えた。バレエ教室は去年やめたという。踊りをやめて体重が増えているようには見えなかった。若さの張りはあるが、袖から出ている手の甲や首まわりを見ればだいたいの体脂肪率は予想できる。

「浄土さんは、いま、どこかにお勤めですか」

「ニューハーフのお店でバイトしてます」

「踊りのバイトなの」

「接客して、ショーに出てます」

　この愛想のなさでは、さぞ周りが迷惑していることだろう。しかし、竜崎がノリカの希望のどこまでを理解していたか分からないが、小屋風に言うのならふたりとも質は違えど「上玉」だった。

「うちは、少しセクシーなダンスショーを売りにしていきたいと思っています。夜のお店ですから、お酒も出します。そこをご理解いただいたうえで面接、ということでいいですか」

　瑞穂は頷いたあと「セクシーって、どのくらいですか」と訊ねてきた。不安というより、興味が先に立っている風だ。「清潔なお色気程度」と返す。みのりは首をほとんど動かさないまま「どんな衣装でもだいじょうぶです」と低い声で返した。ふたりとも背格好は似ているが、印象はまったく別だった。

「少し酔ったお客さんの前で、レオタード姿で脚を広げる振り付けも出てきます」

　冗談のつもりで、下着を脱いで脚を広げると違反だからと付け加えた。

「下着を脱いで広げたら、ストリップってことですよね」瑞穂の眉がわずかに寄った。

ノリカはここいちばんの笑顔を向けて「わたしは元ストリッパーなの」と答えた。

「でも、このお店は脱いで踊る場所じゃないんです。あくまでも目指しているのは元気が出るダンスと清潔な色気と、プロの芸です」

うまく伝わったろうか、とカウンターに座る竜崎の背中を見た。こちらの様子を窺っている気配はない。開いたパソコン画面を見ながら、なにかメモを取っている。

「早速ですけど、準備をしてもらってもいいですか」

上着を脱げば瑞穂はアラン編みの白いセーターにジーンズ姿。みのりもジーンズとショートブーツ、薄手のタートルネックにチェックのネルシャツだ。ファッションに興味があるようには見えない。ジーンズで動けるか、と訊ねた。下にレオタードを着ている、と瑞穂が言い、みのりはストレッチなので問題ないと答えた。

ノリカは二十歳の年に全裸で両脚を開いたときの、おかしな解放感を思いだした。あの日、頭の中から親も友人も一瞬で消え失せた。裸で踊ることはノリカにとって自立の証だった。

下着を外せば自分にも、ソロで踊れる場所がある――。

みんな、こっちを見てる――。

脚の骨が折れるまでのあいだ、つま先立ちの興奮が続いていた。いまならばそんな高揚感が二十年近くも続くことを信じられるし、夢には終わりがあることも分かる。自分の強みはこの「人としての恥ずかしさにずれがある」こと一点だった。気づいたとき、踊り子人生が終わった。

「怪我がなにより怖いので、体が温まるまで三十分くらいそれぞれストレッチと準備運動をしていてください。足りなければ、待ちます」

「すみません、訊いていいですか」みのりが感情のこもらぬ声で訊ねてきた。どうぞと返す。

「課題のダンスはどういうジャンルですか」

「タンゴです。DVDで振り付けを覚えてもらおうと思ってます。ストレッチのあいだ、流しておいたほうがいいですね」

今日はオーディションじゃない。そのくらいのゆるさはいいのだ。得意な踊りを披露してもらうのは、採用後でも遅くなかった。

瑞穂は「タンゴですか」とわずかに不安そうな顔を見せたが、みのりは「わかりました」と立ち上がり、両腕を大きく上に伸ばした。可動域が広い。彼女は肘が逆に反るほどのバネと、空間を広げて見せる指先を持っていた。彼女が指し示した方向に、見る側の視界が持って行かれる。ノリカは飛距離を伸ばす可能性を秘めた指先を、嬉しい予感とともに見つめた。

パソコン画面で宝塚花組トップスターが踊る「リベルタンゴ」を流した。

「娘役と男役、両方を覚えて交互に見せてほしいの。順番はふたりで決めてください」

　これならば、体のしなりも表現力も分かるだろう。組で踊ればなおのこと。チームダンスの向き不向きまで伝わる。技術に酔えば客席を見失うし、技術がなければ音についてゆけない。

　瑞穂が「この男役トップのひと、退団しちゃったんですよね」とつぶやいた。

　みのりは無言でストレッチを始めていた。バレエの稽古場でもこんな感じだったのだろうか。淡々とした動きにはなんの感情もこもっていない。見られていることも意識していない。それが彼女の特質だとすれば、静佳が言うように踊ることしか頭にない「使える」ダンサーなのだった。踊る前に媚びるのは、腕がない証拠だ。新人を何人も迎え、ほとんどが引退した二十年で、嫌というほど見てきた現実だった。

　瑞穂は愛嬌を武器にそこそこ踊るだろうと予測した。みのりはどうだろう。彼女の特質が卓越した技術のみだったとき、自分はいったいどんな顔をするだろう。ノリカが自分の持っている技術をすべて使って面接を受けた日に、静佳が見せた険しい表情を思いだす。

　――客はあんたの自慢話を聞きにきてるわけじゃないから。とりあえず舞台に立って、脚を開いてみなさいよ。そうすればわかるから。

　パソコン画面ではトップスターふたりが妖しく激しく踊っていた。ノリカはふたりに、空気を和ませるつもりでミラーボールを動かしてみるかと訊ねた。瑞穂はおもしろがり、みのりは唇を尖らせ無言だった。

「ごめん、やめとこう。面接だったね」

オーディオのスイッチを入れ、少しずつ運び込んだ段ボールの中からCDを抜き取る。今日はバンドネオンの「リベルタンゴ」にしよう。チェロではメロディーで動きが流れてしまう。ひとつの音にどれだけ乗ることが出来るかを見たかった。

こちらの動きにはあまり関心を寄せる風もなく、カウンターで竜崎がレポート用紙を眺めていた。「お仕事ですか」と訊ねると、顔を上げ「ええまあ」と答えた。ノリカは竜崎の眼鏡にほとんど度が入っていないことに気づいた。腹の中で「わけあり、か」とつぶやいた。ダンサーが揃って無事に開店したら、この人は本当に毎日通ってくれるだろうか。ノリカはCDをセットしたあと男のつむじに向かって言った。

「毎日通ってくれるんでしたよね」

「もちろんです」

竜崎が首を持ち上げ、ノリカの顔を見た。ダウンライトの明かりの下で、男の口角が持ち上がる。心強い援軍を得た気分で、ノリカはテーブルとスツールを一箇所にまとめて場所をつくり、ありったけのライトを点けた。

「用意はいいですか」フロアの隅で振り付けの確認をしているふたりに声をかけた。

瑞穂はレオタードを着ており、レースアップのダンスシューズを履いてアップしていた。みのりのほうは、ブーツをダンスシューズに替えただけだ。愛想笑いのひとつもなくノリカを見上げている。

振り付けを覚えたかどうか訊ねた。自信なさげに頷く瑞穂とは対照的に、みのりが「はい」と短く返してくる。先に娘役をやるのは瑞穂だという。

「じゃあ、音楽入れます」ノリカの言葉に、空気が引き締まった。プレーヤーの、再生ボタンを押す。竜崎がスツールの向きを変えてこちらを見た。

出だしのポーズを決めたふたりが、一音ずつ場所を確かめながら近づき、組ダンスに入った。

膝から下の跳ね上げ、腰のひねり、反らした背中のねばりも、しっかり頭に入っているのはみのりのほうだった。単純にリズム感がいいだけではない。彼女には揺るぎない基礎があった。昨日今日好きで覚えた動きとはまったく違う。耳がいいのははっきり分かる。加えてひとつひとつの関節が鳥の羽に似た開き方をする。体のそこかしこに少年くささを残したまま白鳥の群れで浮いている姿を想像したあと、ノリカはふるりと震えた。みのりの体に、ひとつひとつ置き場所を間違えた途端に輝きを失いそうな危うさを感じたのだった。

技術はあるがそれだけだ――。なぜかフロアの客席を想像できていない様子にほっとした。浄土みのりの体に備わった一本の軸は、武器だが弱点だ。ノリカの仕事は武器の使いかたを間違わぬよう導くことにあった。

三分間の曲に技術の違いがはっきりと出た。瑞穂は踊る場所から離れていた時間のぶん、脚の上がりが重かった。動きの遅れはみのりのリードがカバーする。ノリカはそのまま、何のコメントもせずにパート交代を促した。

今度はみのりが娘役となった。瑞穂のリードをあてにしないところが、若さが理由というのならまだ良かった。必死でみのりの腕についてゆこうとする瑞穂の戸惑いに、気づいていながら合わせることをしない、その態度にノリカの眉が寄る。曲が終わったあと、瑞穂がみのりに「ごめんね」と小声で囁き肩をすくめた。みのりがちいさく首を横に振った。

何気なく、カウンターの前にいる竜崎に目で問うた。感情のはっきりしない人間が、ここにもいた。竜崎はひとつ頷くのみだ。ノリカは助けを求めるのをやめて、瑞穂とみのりに向かって拍手をした。

「ありがとうございます。客席の位置とどういったかたちのショーにするかは、これから一か月という短期間で作っていきます。開店は今のところ二月を予定していますが、おふたりとも大丈夫ですか」

「それって、採用ってことですか」ふたり同時にこちらを見て言った。

ノリカは微笑まずに「はい」と答えた。

「ふたりともたぶん、普段ほとんどタンゴなんて踊らないと思うの。それを短時間で覚えて呼吸を合わせられるなら、だいじょうぶ。ここはダンスシアター『NORIKA』という名前で出発します。一日に二回、あるいは三回のダンスショーが売りです。おふたりにはこれから一か月、わたしの作る演目をしっかり頭にたたき込んでもらいます」

少し間を置いて、付け加えた。

「わたしが、あなたたちを最高のユニットにします」

ほぼ同時にふたりが腰を深く折った。ダンス技術に問題はなくても、見てもらえるステージに出来るかどうか、そこまでこのふたりをフロアに合ったダンサーにできるかどうかはノリカにかかっている。

開店後、当面は日給八千円。三か月で結果を出す気持ちで取り組んで欲しいと伝えた。

「じゃないと、お店を続けられないんです」

現時点で、このふたりを超えるダンサーが集まるとは思えなかった。けれど、と過剰な期待をしないようノリカは気持ちを鎮める。瑞穂はともかく、みのりの昏さは厄介だった。良き資質の傍ら深々とした闇を持ち合わせているのは、小屋の踊り子も同じなのだ。ノリカの指導を簡単に受け入れるかどうか、技術のある人間に自分たちの居場所を伝えるのがいちばん大変なことだった。

瑞穂は不動産屋の仕事を終えてからの時間を、みのりは昼からお店へ出勤するまでの時間を毎日打ち合わせと練習に充てることになった。週に二日間は三人揃ってみっちりと構成の確認をしたい。衣装も合わせせなければならない。ノリカは手さぐりの日々でふたりのあいだに亀裂が入らないことを祈った。小屋主の静佳がそうだったように、自分が悪役を演じる日もあるだろう。瑞穂への指導は、おそらく技術的なことよりも資質を活かすほうへと傾いてゆく。それを彼女がどう受け入れてくれるか、が分かれ道だ。

スタート地点に立つというのはこういうことなのだと、改めて己に言い聞かせた。

みのりは明日からでも大丈夫と言い、瑞穂は実家暮らしなので二日からと言った。ノリカはふたりの時間に合わせられる。よろしく頼むと頭を下げた。練習期間に日給を出す余裕はない。それでもやってくれるのなら、すべての時間を彼女たちに使ってもいいくらいだ。

ふたりが店を出て行き、竜崎がパソコンを閉じた。カウンターの上にはレポート用のノートとペンも置かれている。

「年末も忙しいのね。今日はトラブル対応はないんですか」

「おかげさまで」

彼女たちの印象を訊ねられ、感謝している、と答えた。

「技術的には、予想以上でした。桂木瑞穂さんのほうが少しお姉さんだから、それも良かったかもしれません。契約の日にお茶を運んできてくれたこと、全然気づかなかった。改めて会うと、不思議な愛嬌のある子だと思いました。健康的で明るいっていうのはいい資質だと思います」

「浄土さんは、いかがでしょう」

「ニューハーフのお店にいるって聞いて、ちょっと驚きました。あの技術力、彼女がどこでどう活かしたいのか、うちの店で満足してくれるのかどうか。竜崎さんはどういういきさつで彼女を見つけたんですか」

「家賃トラブルです。うちの会社が建物管理を任されているビルでした。わたくしが担当だった店に彼女がいたというわけで」

　こってりとした化粧の彼女たち（ニューハーフ）のなかで、ひときわ居心地悪そうにしている浄土みのりを思い浮かべた。

「ショータイムが始まると途端に、店内の光がぜんぶ彼女に集まるんです。客うけの悪いコンパニオンでも、辞めさせられなかった理由がわかります。良くも悪くも、ぶれない子ですし。ショータイムのためだけに楽屋裏の人間関係に耐えているのも気の毒だと思ったものだから」

　ノリカは「浮きまくるでしょうね」とつぶやき、かさかさと笑った。あとはふたりが途中で「嫌だ」と言い出さぬよう、こちらの真意を正直に伝えてゆくしかないのだろう。

「彼女はおそらく、わたしのリクエストにはほとんど応えてくれると思います」

それだけに、性急になんでも知ろうとしないことが大切だった。うっかり気を抜いたり口を滑らせたら、するりと目の前から消えてしまいそうな危うさを持っている。それこそが客を摑んで離さない魅力なのだが、血の通った人間ゆえ諸刃だ。

浄土みのりを「踊るだけの環境」に置いておくにはノリカの指導力も試されるところだった。

「残る問題は、わたしの経営能力とバーテンダー探しね」

竜崎が立ち上がった。

「そのことで、ひとつご相談があるんです」

聞けば、今日はそのために待っていたのだという。竜崎は重そうなバッグを手に提げ、カウンターの内側へと入って来た。自然とノリカがカウンターの外へと出ることになった。瑞穂とみのりの、高く上がった脚やひねりの利いた脚捌きを思いだして、オーディオからはそのままピアソラを流し続けた。「ブエノスアイレスの冬」が流れるなか、竜崎が小分けになった包みをふたつ、ステンレスの調理台に並べた。

音楽に合わせているわけでもなさそうなのに、その動きには一定のリズムがある。ひとつ目の包みから出てきたのは、カッティングボードとナイフのセットだ。竜崎はカウンターの一段高い場所に白い布を敷き、その上に二つ目の包みから取り出したものを並べた。

銀色のシェーカーが二種類と、メジャーカップ、グラス、アイスピックが並べられた。竜崎の無表情に、流れるような動作がついてくる。

バッグには銀色の保冷ボックスも入っており、中から出てきたのは、氷の塊だった。

「引き続きバーテンダーの面接も、よろしくお願いします」

竜崎がバッグから取り出したものをシェーカーの横に置いた。

日本バーテンダー協会の「資格認定証書」とバッジ。ゴールドのシェーカーを頂点にして青い円がバッジを縁取っている。

「あなた、バーテンダーだったの」

ノリカは背筋を伸ばした。

「オリジナルカクテル」を注文した。面接をされているのはこちらのような気がしてくる。「かしこまりました」と言い終わった瞬間、竜崎の体が更にしなやかに動き始めた。

氷を砕く音、メジャーカップに注ぐ視線と酒、銀色の筒で8の字を描く姿、どれもこれも美しかった。

目の高さにあったカクテルグラスに、淡く金色に光る酒が注がれた。カウンターに紙のコースターが滑り、その上に竜崎がグラスを置いた。

「よろしくお願いします」

そうだ、これは面接だった。すっかりその動きに見とれて忘れていた。ノリカはグラスを持ち、ひとくち飲んだ。辛さと甘みが絡まり、その向こうに軽く苦さがある。苦いと思ったすぐあとに、再び甘みがやってくる。昨日と今日、明日を繋ぐ味だ。

「美味しいです。カクテルの名前を訊いてもいいですか」

「『夢の続き』といいます。わたくしのオリジナルです」

ノリカは、三度に分けてグラスを空けた。店内には、アルバムの最後の一曲が流れている。カウンターに置かれたコースターの隅に、ちいさくブルーブラックの文字があった。「JIN、って」訊ねてみる。

「お店に立つときの、わたくしの名前です。本名だとどうしても笑いが起きるので」

吹き出さないよう努めながら、頷いた。

「いつから、来てくださいますか」と訊ねれば「お約束どおり、開店から毎日」と返ってくる。言いよどむ、ということがない。「夢の続き」というカクテルの名前も、なにやら自分の今を言い当てられているようだ。言葉にならなかった不安も薄れた。

「失礼ですけど、身持ちは堅いほうですか」

「コントロールできるほうだと思います」

ノリカは迷いのない瞳に向かって「お願いします」と頭を下げた。

年明けの三が日は吹雪が続いた。四日の昼時、ノリカは混み合う整形外科の待合室で右耳にイヤホンを入れ、ソプラノサックスを聴いていた。「HAVANA」は、大人の鑑賞に堪えるものをと思ったときに浮かんだ曲だった。何度も何度も再生しては、フロアの広さやスポットの位置を計算して、自分が踊っていたころの振り付けを再構成する。ハバナの海岸で、砂にめり込むつま先や海の色、夕日がつくる朱の景色を思い浮かべる。ロバート・レッドフォードが同じ名の映画で見せた、大人の男のやせ我慢だ。砂の上を男の視線を受けながら歩き去ってゆく女のイメージが固まりつつあった。

毎日、ワンルームの部屋に溢（あふ）れる衣装とCDとDVDを両脇に寄せながら眠る場所を確保している。目覚めたときに目に入ったKENNY・GのCDを抜き取ったとき、ノリカの脳裏に浄土みのりの切れ長の目が浮かんだ。彼女の、この曲のスローに耐えられる筋力と精神力を信じられる。ノリカが「ただの勘」を何より信頼しているのは、結局最後にいいわけをしなくて済む動機がそれしかないからだった。

「フジワラさん、フジワラノリカさん、診察室一番にお入りください」

辺りにある視線が一斉に動くのには慣れている。そのたびにノリカは心の中で「こっちはパチモンですから」とつぶやいてきた。携帯プレーヤーのスイッチを切り、診察室一番に入る。ドアを閉めると待合室のざわめきが遠くなった。

「紹介状と、X線写真、拝見しました」

五十がらみの整形外科医は、垂れ気味の目尻に深い皺を刻み言葉を続けた。

「手術も経過も、大変良好な印象を受けましたが、どうですか」

「生活にはまったく支障ないと思います。普通に歩けるようになっています」

けれど、思い通りに踊れません――、という言葉をのみ込んだ。あの日、痛みで薄れそうになる意識のなか、折れ曲がった脚を叱りつけるように叫んだ。

――早く元に戻して。踊れるようにして。

――何箇所も骨が折れているんですよ。歩けるようになることをまず考えて。

感情を含まない医師の言葉が、まだ耳の奥に残っている。ときおり、あの言葉に縛られているのではと思う。歩けるようになれば御の字、という現実から一歩踏み出すことを邪魔されているような気がするのだ。自身の問題だと分かっていながら、下へ下へと流れてゆきたい心もちと闘っている。

「もう一年経っていますからね。ボルトを抜いても問題ないと思うんですが。むくみの症状もほとんどないようだし。なにか対策されてるのかな」

「朝晩のストレッチと、着圧ソックスは欠かしません」

垂れ目の皺がいっそう深くなり、医師が「いい心がけですよ」と言った。

「実際のところ、折れた脚を庇う癖を取る方が大変なんですよ。見たところ姿勢もいいし、脚を引きずる様子もない。同じ医者として、執刀医の腕にも満足しています」

ボルトを抜く手術はどうするか、と訊ねられた。取らない選択もあるのかと訊ね返した。「海外ではそのままというケースが多くなっています。なんでも体の一部にしてしまえる、人間の体の順応性を信じようか、とね」

異物を取り込んでなお成長してゆける生命力、と表現されると、なるほどと思う。でも、とノリカは切り出した。

「ボルトが入っていることで脚が重たく感じることはあるんでしょうか」

「まったく違和感がないかどうかは、正直なんとも言えないんです。神経というのは心にも直結していますしね。今日と明日が違うように、感じ方ひとつという部分もあると思います。医者だって、万能じゃない。最後の最後に頼るのは気力だったりするんです」

東京の大学病院を辞めて北海道に移り住んだという整形外科医は、こういうことを言うから僕は内科向きじゃないんだ、と笑った。

「取ろうと思ったら、いつでも取れます。都合のよいときに、ということにしますか」

礼を言って診察室を出た。待合室の窓に陽（ひ）が射（さ）している。雪が止（や）んだようだ。ボルトを取り出せば舞台に復帰できると思っていたのはいつまでだったろう。日に日に復帰への自信が失われてゆく秋の日、道ばたで金木犀（きんもくせい）のにおいを嗅いだ瞬間に「諦め」が勝った。うまい理由も見つけられず、せき立てられるように再出発の用意を始めたあのとき、自分はなにより東京の街を出たかったのかもしれぬと思った。手足を前に伸ばすのではなく、風に押し出されたのか。それとも、目減りする預金に気力が萎えかけていたのか。視界にある雪景色がことさらノリカの問いをつのらせてゆく。

竜崎から、二月三日から営業を開始できるという連絡が入った。運気の流れが節分で変化する、という暦の一行を信じたくなる。最後の最後に頼るのは気力、と笑った医師の言葉に背を押され、すすきのまでの道を歩いた。生活に支障どころか、長く歩くことにはまったく抵抗を感じなくなっていた。だいたい三十分歩けば着く、と思えばタクシーも拾わない。時間に追われる生活をしなくなったことの証でもある。

雪を落としきって青くなった空を見上げた。冬の頼りない陽光が目に沁みた。肩に下げたリュックからサングラスを取り出してかけた。除雪後、道路脇にそびえる雪の山はノリカの背丈を超え壁になっていた。

両耳にイヤホンを入れる。「ＨＡＶＡＮＡ」のソプラノサックスが滑り込んでくる。イントロは両腕を体に絡ませる。一拍おいたあとの、音が伸びる部分で片腕ずつ開く。ゆったりとしたラテン音楽で表現できるのは「大人の余裕」だ。「七分半か」無意識につぶやいていた。

腕を揺らしてステップができるだけでは七分半を保たせることは無理だった。小屋の舞台で客の視線を固定させるには、一曲三分が限界なのだ。盛り上がりもなく三分を過ぎると、客席も飽きるし、こちらも息が切れる。名もないダンサーが拍手を浴びるためにできることは、ひたすら客を飽きさせないことだと教わってきた。ステージ作りについて若い子から相談され始めたのは、十年選手になってからだ。そのころはもう、どんな演目も瞬時に思いだせた。

雪道を歩きながらみのりの振り付けを考えていると、この曲で踊っていた頃の自分が薄れてゆく。ミラーボールの下で空間を引き延ばしてゆくのが、ノリカの指先ではなく彼女のそれに変化する。大柄なノリカが小屋の舞台で踊って見栄えがするように組み立てたものを一度解体して、みのりが持てる技術と表現力で見る者を圧倒するような演目にしたい。

自分にはできない動きと技術を入れてみのりの体を頭の中で自在に動かしていると、久しく忘れていた高揚感が舞い戻ってくる。店へと向かう足取りが軽くなっていた。

すすきのイエロービル——。エレベーターを避け、通用階段から、背筋を伸ばし二階に上がる。一歩一歩がリハビリだった頃の癖が残っていた。非常灯を頼りに階段を上ると、鉄の扉がある。通用階段は夜中にうっかり開くと、踊り場で男と女が絡み合っていたりするので要注意だった。見て見ぬ振りをしながら通り過ぎるのも気力が必要だ。ノリカは二階の踊り場に落ちているティッシュの塊を蹴飛ばし、扉を開いた。

二階には他に二軒の店子が入っていた。両方ともスナックだ。開店前に一度挨拶に行かねばならない。近隣の店とのつきあい方も竜崎のほうが長けている。気づけばなにかにつけ、彼を頼りにしていた。

木製の防音ドアに、一月半ばにはネオン管を模した看板が入る予定だった。デザインのイメージはブロードウェーの小劇場と伝えてある。精いっぱい伝えるも、空回りしている不安は残る。相手は腹の中で嗤っているというノリカの想像が、竜崎が言うように「被害妄想」だったらどれだけいいか。

——ご自分で店を持つというのは、多かれ少なかれそういうものだと思います。

——竜崎さんは、どうして自分の店を持たないの。

——面倒は他人に押しつけたい。三十八にもなって、根が無責任なんですよ。

額面どおりに聞いてもいないし、本当のことなど分からなくていいとも思っている。自分だって生い立ちから来し方、年までも嘘をまぶしてのプロフィールでやってきた。今はノリカが皆を信じるしかないのだった。

バーカウンターの初期投資もかなりの額になった。最低限揃える酒のリストだけでも百五十万とある。黙っていても店賃は発生する。毎日毎日、瑞穂とみのりをフロアで踊らせるために時間を取っているが、やればやるほど理想が高くなるばかりだ。瑞穂はジャズダンスが好きで得意。みのりはほとんどのジャンルを踊ることができる。

ただ、みのりの場合はどれもそつなくできてしまうゆえに、なにかをつよく押し出したい欲求が見えなかった。どんなに有能なダンサーでも、技術だけでは舞台に立てない。みのりに決定的に欠けているものをどんなふうに言語化すればいいのか、正直なところ焦っている。腕の時計を見て、暖房の目盛りを上げた。そろそろみのりがやってくる時間だった。

みんな、店の前まで来てはノリカの携帯を鳴らした。ドアを開けたらなにか音がするものを取り付けたほうがいいだろうか。ライブ映像で見かける、打楽器奏者の肩先にあるしゃらしゃらと鳴るものはなんと呼ぶのだろう。竜崎なら知っているかも、と思ったところで首を横に振る。ノリカがパソコンの画面を開いて立ち上げた矢先、携帯が鳴った。みのりだ。開いていることを告げると、すぐ店に入ってきた。

「おはようございます」相変わらず低めの声で、愛想笑いのひとつもせずに頭を下げる。

「おはよう、やっと雪が止(や)んだね。久しぶりの札幌越冬なんだけど、こんなに寒いところだったかな」

みのりが首を傾(かし)げて言った。

「ノリカさんは今までどこにいたんでしたっけ」

「東京。言ってなかったっけ」

「聞いてません」

みのりの視線はノリカの眉間に注がれている。二十歳でこんなに感情を隠す術を覚える来し方というのを考えてみる。小屋ではいろんな女の子たちを見てきたが、みのりを見ていると、虚勢を張っているという風ではなく、本来こういう反応が普通かもしれないと思えてくる。自分のことを脚色して喋る子より、ずっと誠実に見えた。

「東京とか横浜とか、埼玉をぐるぐる回ってた。踊り子の一週間は十日単位だから、お休みもいきなりぽっかり十日空くの。そのあいだ何もしないでいると、体を戻すのに半月かかっちゃう」

　敵ではないことを分かってもらうには、質問されることが嬉しいと素直に伝えたほうがいい。数日、筋肉や体のしなりや得意な動きを見ているが、みのりの身体能力への期待は高まるばかりだ。やらせてみたい動きが次から次へと浮かんでくる。そのぶん、瑞穂のスタミナのなさが気がかりだった。ふたりを並べて打ち出してゆくには、それぞれに欠けたところを補わなければならない。歴然とした力の差を、どうやってプラスに換えてゆくかが大きな課題だった。

「ノリカさんは、どこでレッスンしてたんですか」

「ぜんぶ舞台で。夢でいい振り付けやぴったりな曲が出てきたら枕元のノートに書いて、また眠れるのが特技なの」

「舞台で衣装を脱いだときって、どんな気持ちだったんですか」

　そのときだけはわずかな間が空いた。どんな気持ちだったか、言って伝わるものかどうか考えてしまった。

ノリカは「うまく言えないけど」と前置きして、彼女の目を見た。

「いろんなことが、楽になった。パンツさえ脱げば、自分にもソロで踊れる舞台があって、お客さんがみんな喜んでる。技術がつけば広げた脚のあいだを見られるばかりじゃなくなるの。なにより、自分の振り付けで好きに踊ってお金をもらえるなんて、夢みたいだった」

みのりはちいさく頷くとブーツを脱ぎ、バッグから取り出したダンスシューズに履き替えた。ノリカは「ちょっと聴いてほしい曲がある」と言って、KENNY・Gのアルバムから「HAVANA」を流した。

店内にラテンのリズムが漂い始める。みのりは二歩前に出て、音がいちばん集まるフロアの中心に立った。そうしているあいだにも、関節や筋のストレッチを止めない。

ノリカはカーテンの溜まりがあるオーディオの前で彼女の様子を眺めた。立ち姿がよかった。全身がバネだ。立っているだけで絵になる。この、少年のような体の隅々にまで音を溜めて、存分に表現に走ったらどうなるのだろうと思うと、内臓が熱を上げる。

七分半――曲が終わった。

みのりが閉じていた目を開き、視線をノリカに合わせた。ひと言を待つ時間がひどく長く思われ、先にノリカが微笑んだ。みのりはつられて笑ったことを恥じるように一度うつむき、もう一度こちらを見た。

「振り付けはもう、出来上がっているんですか」

「やってみる？　スローな上に長いけど」

「スローなところでアクロバティックなポーズを入れれば大丈夫だと思います。抜こうと思えば息を抜ける箇所で、わたしがいちばんきついことをすればいいんです」

ノリカは言葉を失った。なにから問おう。このダンサーに、なにを言おう。ひどく尊いものを目にしている気がして、一度つよく目を瞑った。

いま、自分の手の中に大きなダイヤがある——。握りかたひとつで、輝きを変える原石だ。そのくせ握りすぎるとたちまち姿を消すプライドの高い石でもあった。

ノリカの迷いは消えた。全力で向き合わねば、この子になにも伝えられない。

「じゃあ、一度軽く説明します。申し訳ないんだけど、フルでは踊れないの。自分じゃできない技も入ってるし、軸足が甘いから。あなたは回れるだけ回っていい。フロアぜんぶ使って、動きは出し惜しみしなくていいから」

「左脚、どうかしたんですか」

「骨折して、ボルトが入ってるの。生活にはまったく困ってない。ただ、うまく回れなくなっただけ」

医師の言った「神経というのは心にも直結しています」というひとことが、耳の奥に蘇る。神経も心も、かたちにして見せて欲しいとノリカは思う。はっきりとしたかたちがあれば、握りつぶすなり、仕立て直すなり、しかりつけるなりできるのだ。

　一小節目に取るポーズで、客の視線をすべてこちらに向けなくてはいけなかった。イントロでは頭を天井から吊るすつもりで立ち、顔を隠した左手のひらと肘の角度が同じになるよう右手を背にまわす。スローなうちに客席全体を視界におさめる。

　そして広げる。全身を、ミラーボールの光が届かないところまで――。

　ノリカは息継ぎができそうな箇所で、あえてブリッジをいれるよう指示した。左脚を天井に向かってまっすぐ立てる。小屋ではここで両脇からリボンが飛び、拍手が湧く。こんなポーズで決めたくないとみのりが言えば、それはそれでいい。ここはストリップ劇場ではないのだ。

　頭の中に仕上がっていた動きを伝えきれたかどうか。七分半はノリカにとっても長い。男と女の物語だから、ときには相手が側にいて抱かれる演技もポーズも入れる。ひとりで両方の性を表現するとき、みのりの持つ中性的な気配はとても役に立つ。

　同じフレーズを数回にわけて変化させ、ラストはもとの静けさに戻した。

　ノリカは今まで出会っては別れてきた、人と人との関係を思い浮かべた。親しかった人間が去ってゆくことに大きな失望がなかったのは、自分の感情にはなんの価値もないと思えたからだ。フリーになってからは、ますます他人への興味が薄れた気がする。人間が優しくなるというのは、そういうことなのだろう。優しいのではなく、優しく見えるほどに無関心なのだ。

「HAVANA」では、惹かれ合う男と女の出会いと別れを、「かなしみ」に変換した。踊っているうちに、本当にかなしくなってくるから不思議だった。

中盤からはフロアが、ストリップ小屋の舞台に思えてきた。広さは体が覚えていた。最後のポーズを決めて、一気に息を吐き出す。すべてみのりに預けるつもりで組み立てた振り付けは、今のノリカにとってポーズの説明だけでも体力ぎりぎりだった。もう、好きに組み立てていつまでも羽が生えたみたいに踊るのは無理なのだ。二十分の演目を一日四ステージ踊りきるには、気力と体力が必要だ。どちらも薄れていた。ノリカは自分の胸の裡にぽつぽつとちいさな白い花が咲き始めているのを感じ取った。羽はなくなりどこへも飛んでは行けないが、もしかするとここで咲くことができるかもしれない。ステージでもらっていた美しい花束ではない、道ばたで見逃しそうな地味な花だった。

「どうかな、もっと激しく動きたいようだったら言って」呼吸を整えながらみのりを見た。

みのりはスポットが落ちる光の中に入ってくると、ノリカを見上げて言った。

「ノリカさんはこれを、脱ぎながら踊ってたんですか」

「うん。でも、だいじょうぶよ。裸で踊れなんて言わない。客席がシーンとするようなダンスの舞台に関わっていたいだけ。あなたなら、あれもこれもできるんじゃないかと思ったら、ちょっと欲が出ちゃったかもしれない」

毎日どんなトレーニングをしているのか、訊ねてみた。みのりは、ストレッチのほかに腕立て伏せを二百回、腹筋は三百回と答えた。

ノリカは禁欲的な一日を送る二十歳のダンサーに、今までどこを見据えてやってきたのか訊ねたいのをこらえた。

「これ、一回で覚えられる？」

「だいじょうぶです。音、お願いします」

ノリカは驚きを隠してオーディオの前に立った。振り向くとみのりがスポットの輪のなかで曲を待っている。ノリカの立ち姿勢を顎の位置まで再現していた。体中の毛が立ち上がるのを感じながら、「ＨＡＶＡＮＡ」を入れた。

みのりの動きは、ノリカの想像よりはるかに切れ味がよかった。言葉だけの説明しかなかった振り付けも理解し、二回転で充分と思った箇所では余裕で三度回っている。伸ばした指先から空間が広がり、客席の隅々まで届きそうだ。

ラスト付近のスローな箇所で、みのりは床に両脚を残したままゆっくりと体を反らせた。反り返った体が美しい弧を描く。床に両手がついたところで左脚がまっすぐ天井を指した。みのりのつま先の上に、ミラーボールがあった。ここが小屋ならば、ノリカがリボンを投げたい気分だ。

ノリカは自分が踊っていたころを思い出した。裸で踊っていても、誰もノリカの亀裂など見ていない。静寂のなかで立ち上がり微笑むと、一瞬で緊張が解ける。客席に散らばった羞恥心が昇華して踊り子の体に太い輪郭を与える瞬間、舞台と客席がひとつになる。もう、あんな時間は二度とこない。鼻の奥に軽い痛みが走った。

みのりがラスト一音のポーズを決めて、七分半の沈黙に酸素を送り込む。ノリカは無意識に拍手を送っていた。感服したぶん、大きな課題も見えた。このままだと技術だけで客席に緊張を強いるステージになる。誰の楽しみを優先するかを、みのりはまだ理解していない。

「踊り込んで、一曲ずつ範囲を広げて行きましょう」微笑みかけた。

「今ので、良かったですか」息が上がっている様子はなかった。

短期間でこじ開けるには厳しい硬さを残している。けれど今そこを問うと、振り出しよりも大きな問題が生まれる。技術だけではない何か、女としてひとつの難所を乗り切った色気を二十歳の生真面目な娘に求めるのは贅沢だろうか——。

「多少の遅れとか勘に頼ったところもあったかもしれないけど、充分カバーされていてわからない程度よ。呼吸の箇所が違えば、違う動きになるもの。お客さんのノリひとつでも変化する。ダンスは生ものだから」

「そのときどきで、呼吸の箇所を変えてもいいんですか」

「あなたは機械じゃないし、ここは試験会場でもないんだから。前後の曲を変えれば、呼吸だって毎回同じにはいかないでしょう。あんまりそこを追求すると踊るほうも観るほうも余裕をなくして、楽しいステージじゃなくなるの」

それが小屋の踊り、と口を突いて出そうになる。みのりの顔から幕が下りるように表情が消えた。ノリカは自分の放った言葉のなにが彼女のどこに響いたのか分からず、正直に「どうかした」、と訊ねた。

余裕、とみのりがつぶやいた。

「わたしの踊り、やっぱり余裕ありませんか。見ていて楽しくないですか」

あぁ、ここだったか——。

張り詰めた気配の根が垣間見えた。浄土みのりの傷はここか。避けては通れない問いがあった。ノリカは一音ずつ気をつけながら訊ねてみる。

「どこか、目指していたところがあったんだね」思いのほか声が重くなり、語尾は更に低くなった。みのりがノリカを見上げた。不安げな表情をまっすぐに受け止めた。

「宝塚の試験に、三回落ちました。あの頃は家を出る方法がそれしかないと思ってました」

みのりの唇が歪んだ。ノリカはその瞳に、精いっぱいつよく頷いた。

「わたし、楽しく歌ったり踊ったりなんて、したことないです」

「じゃあなんで、今も続けてるの」

みのりは数秒黙り「好きだから」と答えた。

「あなたにとって好きと楽しいは同じじゃないのね」

細い首が一度、かくりと前に倒れた。

「これは慰めでもなんでもない。あなたを活かす場所がほかにあるということよ。泳ぎ続けていれば必ずたどり着くの。好きなことをする場所としてわたしの店を選んでくれたことに感謝してる。あなたにとってここが楽しい場所になるよう、精一杯のことをする。厳しいこともあると思うけど、ついてきて」

みのりに向かって放った言葉が、美しいターンを決めてノリカの胸に着地する。あえて家庭の事情は訊ねなかった。みのりを羽ばたかせる場所が、自分という踊り子の死に場所になる。そのことを、足の裏に残る舞台の感触に強く伝えた。

「この曲をラスト前の一曲にして、組み立てて行きましょうか」

ラストの曲は、手拍子が起こるような、前のダンスにも惜しみない拍手が送られるような「抜き」が必要だった。明るいものにしようと言うと、みのりの頬が持ち上がった。

「なにか好きな曲、ある？」

「好きな曲で踊っても、いいんですか」

「自分がいちばん元気が出て、最後まで観てもらったお礼を言えるような曲ならなんでも」

　みのりは数秒うつむいたあと「やっぱりノリカさんが決めてください」と言った。喜んでいるふうのときも、彼女の頬が笑みでいっぱいになることはなかった。おそらく、これが浄土みのりの武器でもあるだろう。ノリカは声を落とし「わたしが選ぶと、品がなくなっちゃうかもよ」と笑ってみせた。

「一曲目からラストまで、ノリカさんに届くように踊りますから。どんなきつい振り付けでも、必ずクリアします」

「カッコいいじゃん」精いっぱい笑い顔をつくった。

3

　開店前夜、ダンスシアター「ＮＯＲＩＫＡ」の看板に明かりを灯し、ミーティングを始めた。店のドアには大きく二月三日オープンという張り紙をしてある。誰か間違って入ってきてくれないかな、と冗談で口にしてみる。そんなひとには、翌日無料でカクテルとショーを楽しんでもらおうと言っているが、今のところそんな様子はなさそうだ。

いつか客席にふたりしかいない舞台にも立ったが、ためらいがちの拍手に応えている
うちにひとつふたつと席が埋まっていった。あの日の経験が今のノリカを支えている。
ノリカの不安のひとつひとつを、サッホロ不動産を辞めてバーテンダーに戻った竜崎
が解消してくれた。同じ階の二店舗にはふたりで挨拶をしたのだが、折り目正しいバー
テンダーの物腰はみごとにスナックのママふたりの心を摑んだようだ。
何気なく、竜崎が胸に付けている「ＪＩＮ」のネームプレートの「Ｊ」の字がなぜ赤
いのかを問うたことがある。「デザインをしてくれた者の好み」は答えになっているの
だろうか。無言で通り過ぎなかったことで、かえって女の気配が濃くなった。
ステージに使っていたふたつの箱を運び出してくれたのは牧田だった。
――開店日は、俺も来ますよ。
――開店後も来てくれると嬉しいんだけど。
ダンスの仕上がりは悪くなかった。ふたりのバランスを考え、ノリカができることは
すべてやった。けれど、なにか大きなものが欠落しているような気がして仕方ない。自
信が不安に直結していることに、改めてため息を吐いている。この店を誰も欲していな
かったときのことを考えると、夜も眠れない。竜崎もノリカの不安に気づいているのか
黙々と酒とグラス、メニューの用意を続けた。
店内は、ボックス席を取り払い、壁伝いにスツールを並べた。等間隔に丸テーブルを

置くと、ひとつひとつがダンス用のフロアを縁取ってくれた。ノリカはスツールに並んで腰掛けているバニーガール姿の瑞穂とみのりの前に立ち頭を下げた。

「なんとか開店前日にこぎ着けたのも、みんなのおかげです。よろしくお願いします」

同時に立ち上がり、ふたりとも神妙な顔つきで腰を折った。

ダンスの仕上がりは、みのりが五曲、瑞穂が四曲だった。ダンス衣装専門店で揃えたバニーガールの衣装は、これ以上太ることも痩せることも許さないデザインだ。必要なものの一切をその土地でまかなえるという点で、札幌は便利な場所だった。

すすきのは、人もネオンもお互いを景色にしたり流れたり、角度を変えればいつでも離れてゆける準備をしながら息をしている。態度は素っ気ないけれど、頼られれば悪い気はしない。孤独は好きだがひとりは嫌い。だから誰も彼も、深く関わる前に面倒になってしまうことを繰り返す。好きなことしか続けられない。長く好きでいる自信もない。四季の景色が大きく違う街は、どこも似たようなものかもしれない。街は人だ。

瑞穂は赤のバニー、みのりは黒のバニー。ふたりそれぞれに同色の燕尾服がある。光沢がないとただの練習着に見えてしまうバニーを選んだのは、ふたりの若さでしかこの衣装を着こなすことができないと思ったからだった。初々しいバニーたちが、ときどきハッとするようなポーズを決めてはかわいらしく、妖艶に踊る。みのりと瑞穂のふたりがオープニングの一曲に選んだ「リベルタンゴ」を踊るとき、ノリカの心では重い緞帳が上がる。

二曲目は瑞穂の笑顔を活かして腰にパレオ式のスカートを巻いて「シング・シング・シング」だ。続いてみのりの「ライディング・ハイ」、次は瑞穂の「フライ・ミー・トゥー・ザ・ムーン」。五曲目はみのりがスピード感のあるアラベスクの「ミッドナイト・ダンサー」、六曲目に瑞穂の「ルパン三世のテーマ」。客席が手拍子も忘れるのは「HAVANA」、そのまま沢田研二の「危険なふたり」で一気に客席の緊張を解く。瑞穂は常に笑顔をふりまき、みのりは焦れるほど笑わないステージだ。成功すれば誰もが、こんな俗な選曲もないと笑うだろう。失敗すれば、どこまでも笑われる。大切なのは多くの人間が耳にした曲であることと、曲のインパクトに負けないダンサーの技量だった。気負って、崇高なものを求めてはいけない。ここは場末のダンスシアターだ。

昭和のにおいを色濃く残すことで人気のグラビアアイドルが、週刊誌の対談記事で「ダサくあれ」と言ったが、そのとおりだとノリカも思う。つかみのステージがダサくなくては、客を拒絶してしまう。

踊りが上手いことはわかったから得意なことはあとから見せてちょうだい、と師匠の静佳も言った。

小屋で学んだ作法がどこまで通用するか、この一か月嫌と言うほど考えてきた。迷いを生むのも迷いを解くのも同じ場所。ならば前へ進むしかないだろう。

「じゃあ、本番と同じように最初からやってみます」

　ノリカはチラシ配りのためすっかり荒れてしまった指先でプレーヤーの再生ボタンを押した。客席に向かって前が瑞穂、その後ろにみのりが立っている。組ダンスはこの一曲だ。この先、演目の入れ替えがあったとしても一曲目とラストの曲は変えない。始まりと終わりの約束事があれば、出会いと別れが表現できる。「危険なふたり」はデビューから最後の日まで、ノリカのオープンショー用の一曲だった。二十年、この曲で脚を開いてきたのだ。赤い幕の「開」ボタンを押した。

　スイッチを入れると、ふたつのスポットがフロアの中央に向かって落ちる。面接のときの呼吸のずれは姿を消し、瑞穂が笑顔を消して宙を睨む。みのりのリードを待たずに動けるよう稽古を重ねてきた。ダンスの印象は衣装の色どおり赤と黒、まるで傾向が違った。瑞穂はその表情の良さでジャズを楽しげに表現できる。みのりは乏しい表情を曲の大衆性でカバーする。バランスを考えると、どうしてもみのりの技術を抑えなくてはいけなくなる。そのぶん「HAVANA」が見せ場と言っていい。ここで客席を黙らせる。イチかバチかの、これは賭けだった。

「客はあんたの自慢話を聞きにきてるわけじゃない」という静佳の言葉が沁みたのは、ノリカが温泉街の小屋で踊ったときだ。旅館の浴衣姿に向かってどんなに真剣さと技量を訴えたところで、空回りしたほうが負けなのだった。不機嫌な顔はしてもされてもおしまい。つまらなくなった客が腕の時計を見たとき、やっとプロを自覚した。

練習を重ねていても、みのりには「技量を抑えて臨機応変に踊る」ことをうまく言葉で伝えられなかった。手抜きをしろと言いたいわけではないのだ。イメージだけではなにも伝わらない。

この「完全ではない感じ」をどう伝えようか、開店前夜になってもまだ考えていた。音楽をいれて、客席側にまわった。組ダンスが始まる。動きはいい。瑞穂の豊かな表情が、こちらの気持ちを包んでくれる。

そしてみのりの持つ緊張感――、ノリカはハッとして思わず大声を出した。

「みのり、ちょっと、口を半開きにして踊ってみて」

ふたりが動きを止めた。

「口を開いたまま踊るんですか」とみのり。

「歯を食いしばってると、その緊張がぜんぶ客席に漏れていくの。女の体って空気を抜いた場所が色気になるのよ。口を半開きにすると、みんな赤い唇に気を取られるの」

「口を開くと体に力が入らないですけど」

「だからこそ、開くの。お客さんって勝手なものだから、完璧にやられると嫌悪感が先に立っちゃうのよ。それがやっかみだと自覚せずに、もの足りないと訴える。こっちはそこをくすぐって、同時に気持ちいい程度に突かなくちゃいけないの」

一気に言い放ちながら、ノリカ自身が自分の言葉に救われてゆく。

完璧、という言葉が、危ういほど肥大したみのりの自尊心を刺激したようだった。最初からやり直す。みのりは、ブリッジのとき以外は唇を軽く開いたまま踊るようになった。ノリカの要求に応え続け、日ごとに「踊り子」に育ってゆく彼女がノリカの自信に繋がり、同時に不安を呼び起こした。この自信がへし折られる日が怖かった。開店前夜を迎え、不足していたもののひとつが「色気」という気づきに喜びながらも、昏い予感はノリカの胸を離れなかった。

ふたりが一幕ぶんのダンスを終えてポーズを決めたところで、ノリカはゆったりと拍手をした。笑顔も、無表情も、半開きの唇も、しっかりとコントロールされていた。カウンターの中から竜崎も拍手を送っている。瑞穂が真っ先に口を開いた。

「竜崎さん、わたしやっぱり、会社を辞めようかな」

あっけらかんとした口調にはそぐわない内容に、ノリカは拍手の手を止めた。竜崎が、カウンターに視線を落とし首を軽く傾げる。みのりは昨日ニューハーフの店を辞めてきた。瑞穂は昼間の仕事をしていないと同居する両親が心配するという理由でサッホロ不動産での仕事を続けている。ぼんやりと突っ立っているノリカの反応に照れた様子で瑞穂が続けた。

「ここ一か月で、やっぱり踊るのが楽しくなっちゃって。できれば昼間はスタジオでレッスンしたいんです。みのりちゃんと呼吸が合ってくると、なんだか嬉しいんですよ。見よう見まねじゃなくて、社交ダンスを一から勉強したいなって思ったんです」

ベルベットの幕のところまで歩き、もう一度竜崎に向かって「駄目かな」と問うた。

竜崎は先月末でサツホロ不動産を辞めている。年末の段階で報告してあったので、引き継ぎで多少忙しい思いをしたが大丈夫だという。ノリカは踊るのが楽しくなっちゃって、と照れる瑞穂に「そうしなさいよ」とは言えない。同じ時期にふたりも退職を願い出る理由が同じ店のためというのはどうだろう。かといって、一から勉強したいという若さを責める気にもなれなかった。一か月でみのりのスピードについてゆけるようになった己の腕に、瑞穂本人も期待しているのだ。ノリカは助けを求める気持ちで竜崎を見た。彼と目が合うことはない。

「ひとに訊くことじゃないよ、それ」ぼそりとみのりが言った。

同時に三つの視線が彼女に集まった。大きなあくびを途中でやめて、みのりが三人の顔を見比べている。

「なんか、変なこと言ったかな」

ただでさえ低い声が、窺うような響きを持って更に低くなった。みのりの戸惑った表情を見て、ノリカはほっとする。やはりこの子はまだ二十歳なのだ、という安堵だ。必要以上のことを語らず、踊ることに取り憑かれた宝石にも、まだ磨かねばならぬ場所が残っているのだった。

「変なことじゃないけどね」とノリカが混ぜ返すと、むきになって「じゃあ、なんですか」と返ってくる。

「そういうのを、身も蓋もないって言うんだよ。瑞穂は踊りたいの。昼間の仕事を辞めれば収入が減るのはわかってるけど、それでも勉強したいって言ってるの。口に出せるくらい固まってる気持ちに水を差すのはよくないってことだよ」

瑞穂はたまたま昼間の仕事で両親と同居という枷（かせ）があることで、迷いの入り込む隙があった。

「みのりは、うちのギャラで暮らして行けそうなの？　わたしはそっちのほうが心配だけど」

「暮らせます、だいじょうぶ」

燕尾服を肩から下ろし、みのりが言った。黒いストッキングに入ったシームが一直線だ。バネの利いた体は、どんな仕草にも絵を作る。みのりの動きは無駄なく迷いもなく、作り込まれたダンスを見るようだ。もう、この場にいる誰もが、この光に気づいているんだろう。気づいていないのは本人だけかもしれない。

みのりは店内の隅にある衣装用のハンガーに燕尾服を掛けながら言った。

「瑞穂ちゃんは、社交ダンスのなにを習いたいの」

「なにって」と瑞穂が語尾を上げた。

「ひとくちに社交ダンスっていったって、いろいろ部門があるじゃない。スタンダードなのかラテンなのか。趣味なのか競技なのかで教室も違う」

瑞穂は「そうかぁ」と語尾を重たく引き伸ばし、続けた。

「ひととおりやりたい気持ちはあるけれど、やっぱりラテンかな。タンゴも、みのりちゃんの動きについていくのが精いっぱいじゃ申しわけなくて」

竜崎が氷を砕き始めた。店内に、リズミカルなアイスピックの音が響いている。ノリカはカウンターの中へと視線を移す。こちらを見ずに、竜崎が言った。

「みなさんの仕事の終わりに、毎日わたくしが一杯プレゼントします。その辺の栄養剤よりも効きますよ。ご希望の効能や味がありましたら、おっしゃってください」

こんな場面で真っ先に喜ぶのも瑞穂だった。

「低カロリーで甘いのがいい」と言う彼女に、竜崎が「承知しました」と応える。

「みのりさんは、ノンアルコールがいいですか」

みのりはカウンターにいちばん遠い場所で、首を横に振った。

「甘ったるくないやつがいい」

「アルコール、だいじょうぶですか」と竜崎が訊ねた。

「酔ったことない」無表情で答えた。

竜崎はちいさくうなずき「承知しました」とつぶやいた。カウンターに円を描くダウンライトの向こうで、うつむいた男の口角が軽く上がったのを見た。瑞穂の退職問題は、立ち消えたふうだ。もう一度持ち上がったときは、ノリカがなんらかの相談に乗らねばならないだろう。竜崎が「ちょっと飲んでみてください」とみのりを呼んだ。え、とみのりが顔を上げた。自分の一杯が最初だったことが不思議な様子で、おずおずとカウンターに近づいてくる。

竜崎が優雅な仕草でシェーカーを振り、カクテルグラスに淡い黄色の酒を注いだ。みのりがグラスに手を伸ばした。人差し指から前に出て行くのは、ダンスのときと同じだ。ノリカはこの指先がフロアの限界を超えることを願うたび、みのりがダンサーとして生きるも死ぬも自分の手にかかっているのかもしれぬと思い背筋が寒くなる。

「美味しい、なんですかこれ」

「『ハバナ・ビーチ』です。ホワイトラムとパイナップルジュースとシュガーシロップのシンプルな一杯。ハバナの白い砂浜と美しい海をイメージして作られたものです。そしてこっちが瑞穂さん」

どうぞと差し出されたグラスには、朱色がかった淡い色の「スロージン・フィズ」。グラスにはストローが二本、瑞穂に拍手を送っていた。そしてノリカには「夢の続き」。竜崎は明日の自分のためと言って、ストラスコノンの十二年ものをロックグラスに注いだ。

「これはわたくし専用です。明日のために。みなさん今夜はゆっくりお休みください」

グラスを軽く持ち上げて、乾杯の視線を交わしたあと、ノリカはふたくちで「夢の続き」を体に流しこんだ。つい一か月前に二十歳になったみのりが、顔色も変えずに一気にカクテルを飲み干す姿に、竜崎が苦笑いしている。それが彼のポーズなのか本心なのか、見せないところがバーテンダーJINの矜持(きょうじ)なのか。ノリカはBGMにラテンを集めたバイオリンのアルバムを選んだ。

弦ものを流すとき、いつも「ON　MAKO」の元オーナーに感謝をする。この店のスピーカーは余力を残したまま弦の音を再現してくれた。持ち主が音にこだわりのある人間だったことがよく分かるのだ。音響システムをそのまま残して店を畳まねばならないどんな事情があったのか、閉店のお知らせしか残らないホームページを見つけたとき、ノリカの胸にひどくさびしい思いがわき上がった。

寒風のなか配る街頭チラシとタウン誌の広告だけで、この店にどれだけ興味を持ってもらえるか。それは地方都市でストリップ小屋が生き残る術に似ている。大きく出てはいけないい、ちいさすぎてもいけない。瞬間的に話題になっても、長く続ける足枷になる。ノリカはそこまで考えて、一度大きく息を吸い込んだ。

出どころと退(ひ)きどころを間違うと——引退公演もないストリッパーになってしまう。

「ＪＩＮさん、同じものをもう一杯お願い」

　若いふたりがノリカを見た。竜崎が「店では、さん付けなしにしましょう」と言ってカクテルの用意を始めた。バイオリンの曲が「エル・チョクロ」にかわった。みのりがグラスを返して、フロアに出た。スポットのあたる位置につき、変調から肩を入れた。たちまちフロアの色が変化する。

　黒いバニーから長い手足が伸びた。切れ長の目をより際立たせた目尻のラインによって、普段の素っ気ない表情が化ける。ほかの三人がカウンターのそばにいても、みのりが向かっているのは客席だった。袖で見ているというのに、フロアからあふれ出た緊張が店のドアを突き破ってしまいそうだ。

　瑞穂の女性らしさとバランスを取ろうということになり、ばっさりと切った髪がより中性的な顔立ちを際立たせている。胸も腰も、背中も脚も、どこをとっても色気などなさそうな体に反して、うっすらと開いた唇から妖しい気配が漏れ出した。

　たったひとりで踊っているはずなのに、みのりをリードするダンサーがいるように見えた。反らせた背中を支える手がある。脚が絡まりあう直前でそれを避けて跳ね上がる。見えないけれど、みのりと一緒に誰かが踊っている。

　この子は、ひとりきりで踊らなけりゃいけない子なんだ。

　一曲終えるまで、その思いが消えることはなかった。最後のポーズを決めたあと、体から力を抜ききったところでみのりが瑞穂に向き直った。無表情――いつもの彼女に戻っていた。

「瑞穂ちゃん、楽しそうに見えない独りよがりな競技ダンスなら、少しは教えられると思うけど。わたしでいいかな」

瑞穂がアイラインをめいっぱい広げて二度大きく頷いた。

その夜、瑞穂とみのりを店から送り出したあと、ノリカはフロアの雑巾がけをした。これだけは、自分がやらねばならない仕事だった。ヒールを取られる場所がないかどうか、みのりと瑞穂が踏む場所を隅から隅までチェックする。雑巾がけをしながら両脚の股関節を伸ばし、筋肉を操る。ノリカの耳から音楽が途切れるのは、眠っているときだけだった。まだ現役に未練があるのか、踊っている夢もよくみた。必ず骨が砕ける音で目覚めるので、最近は夢の中で踊りながら警戒するようになっている。

グラスを磨き終えて、酒の点検を終えた竜崎がカウンターから出てきた。

「わたくしも、そろそろ」という彼に向かって、ノリカは立ち上がり腰を折った。

「竜崎さん、本当にありがとうございます。やっとスタートラインに立てました。ほどよく肩から力も抜けた感じです。あの子たちのエネルギーに触れられるだけで、もうなんだかみんな、いいような気がしてきました」

「お店では、ＪＩＮと呼んでください。修業時代から、ずっとそうでしたから」

「修業先はどちらでしたっけ」

ノリカの質問にわずかに言いよどんだが、すぐに「銀座のちいさなバーです」と答えた。

竜崎が「雑巾がけは、まだかかりますか」と問うた。

ノリカは腕の時計とフロアを見て、そろそろやめると告げた。ならば、と竜崎が言う。

「夜食でも食べて帰りましょう。いい店を知ってるんです。すぐ近くです」

彼が案内した店は、すすきのゼロ番地のおにぎり屋だった。ノリカは笑いたくなるのをこらえ、たらこバターとチーズわかめと豚汁を頼んだ。メニューを見ないで注文するノリカを見て、竜崎が戸惑っている。

「なんだ、馴染(なじ)みですか」

ノリカは夜中のおにぎり屋の片隅で、なんのためらいもなく答えた。

「二十歳のとき、この先のストリップ小屋でデビューしました。今は閉まっているけど、たいがいのことはあの小屋で覚えました」

舞台に明け暮れて、十日ごとに小屋から小屋へ。男なんぞ最初の半年で諦めた。二か月に一度、十日間一緒にいても、することはセックスばかり。踊る体が鈍ってゆくだけでいいことなどひとつもなかった。腹をくくれば、体の面倒は風俗店でなんとでもなる。ベッドショーでオナニーシーンを見せているうちに、自分のためだと妙にしらけるようになった。創意工夫も演技の練習になってしまうのだ。風俗店で得られる快楽は、当たり外れはあるにせよ、金で買える気楽さだ。ノリカは、あぁと思った。自分は快楽じゃなく、気楽を買っていたのだ。答えの出た心をひとつ腑に落として微笑んだ。

おにぎり屋には次々と注文の電話が入り、カウンター席は空いたと思ったらすぐに埋まった。独りよがりの街が煌々と光を放っている。ネオン街全体が大きなまやかしで、舞台の上でオナニーシーンを演じているストリッパーのような気がしてくる。

「あの子たちを一人前にしなくちゃ。竜崎さん、いい子たちを連れてきてくれて、本当にありがとうございます」

豚汁から立ち上る湯気に紛れて、正直なところ不動産屋の斡旋に大きな期待はしていなかったと打ち明けた。竜崎がもし見つけられなかったときは、身銭を切って引き抜いてこなければいけないと思っていたのだ。

「竜崎さん、いったい何人に声をかけたんですか」

「あのふたりだけですよ」

あたりまえのように返ってきた。

「あの子たちにしようって決めた理由は、なんですか」

竜崎は豚汁をひとくちすすって、眩しそうな表情で答えた。

「ふたりとも、ノリカさんが気に入るような目をしてたんで」

ふと、みのりの言った「楽しそうに見えない独りよがりな競技ダンス」という言葉を思いだし、吹き出しそうになった。竜崎が怪訝（けげん）そうにノリカを見た。

「お客さん、いっぱい入れないと三か月もたない。チラシに、カクテル職人ＪＩＮって入れちゃったし、飲食メニューはすべてお任せします」

「気っ風のいいダンスと、うまいカクテル。いいものを出していれば、だいじょうぶですよ。あとは、運です」

男の横顔に勝算の気配を見た。明日のことなど誰にも分からない。悪くない――ノリカはたらこバターおにぎりを一気に腹に入れた。カウンターの中から店長がひょいと頭を下げた。その仕草に向かって、ちいさく手を振った。

ゼロ番地で竜崎と別れたあと、ノリカは雪の歩道を大通に向かって歩く。もう節分だ。ビルを縫って走る夜更けの風は冷たいが、歩くのは苦にならなかった。三回や四回のスピンで目を回していられるか、と思うと、寒風がこの身を避けてゆくような気がした。久しぶりの強気を支えているのは、竜崎だった。

ダンスシアター「ＮＯＲＩＫＡ」は、不動産屋からの花も届かぬまま開店初日を迎えた。竜崎を引き抜いたオーナーへの、それが妥当な挨拶なのだろう。なんの波風もなく円満退社、というのは竜崎の方便だったとも考えられた。

街頭で配った五百枚のチラシと、タウン誌の広告がどれほどの客を連れてくるか分からないが、何より今日にこぎ着けるまでの時間を信じたかった。泣いても笑っても終わってしまう、舞台の初日だ。「バーレスク」「ムーラン・ルージュ」「クレイジーホース」。あこがれの舞台は遠いのか近いのか。スポンサーなしでやっていこうと決めたのが去年の秋、金木犀のにおいを吸い込んだときだったことも、ずいぶん遠く思えた。

午後六時半、ノリカは店に立った。化粧は眉と唇の最小限。この店の黒子として客席と繋がらなければいけない。どんなトラブルも、ノリカが矢面に立つのだ。竜崎も糊(のり)のきいたワイシャツに蝶(ちょう)ネクタイ姿で今日から「NORIKA」のバーテンダーだ。

店のユニフォームを白いシャツと黒いパンツスーツに決め、大通の百貨店で瑞穂とみのりにもそれぞれに同じスーツを買った。ノリカの、パンツの裾上げは必要なし。体重も体脂肪も、現役時代とそう違わない。決して安くなかったが、いかなる窮地も乗り越えてゆかねばという心には、不安を覆う黒い衣装が必要だった。

瑞穂はより愛らしく見える化粧をして、大きな黒い瞳を印象づけるために髪を少し明るくした。みのりは自ら、ショートヘアにマリンブルーのカラーコンタクトを着けたいと言った。

みのりは、ノリカが思い描いていた以上に黒い衣装が映えた。切れ長の目を縁取るラインや上げ気味の眉も、どこか頑(かたく)なな少年を思わせる。本人は気づいているのかいないのか、それが妙な色気を見せる。

店内には映画音楽のバイオリンアレンジを流した。「コーリング・ユー」が流れ出したところでドアベルが鳴った。入ってきたのは牧田だった。

「もしかして、俺が一番乗りですか」

牧田は申しわけなさそうに眉尻を下げ、右手にあったズック製の手提げ袋を持ち上げて見せた。祝いだという。ノリカの背中を曲のサビが撫でていった。

「ここに絵があるといいかなって思って」

牧田が指さしたのは、バーカウンターの背中にある壁だった。フロアへ続く短い廊下となる壁は、殺風景な黒い地模様のクロスだ。言われてみれば、とノリカはうなずく。ここにひとつ絵でも飾ろうと考えなかった自分が不思議だった。

「確かに、さびしいかも。JINはこの壁のこと気にならなかった？」

竜崎は「言われてみれば」と語尾を濁した。毎日、黒い壁を見ながらシェーカーを振る人間のことを考えていなかった。ノリカは素直に詫びた。

「牧田さんありがとう。幕のことはあんなにこだわったのに、壁までは気にしてなかった。抜けたところだらけよ」

「気に入るかどうか、わからないけど」

牧田は絵を袋から取り出し、巻いてあった緩衝材を剝いだ。金色の額の中に、淡く青い背景と扇を持った女がひとり。背後には観客だろうか。落ち着いた色合いは、黒い壁に映えそうだ。

「いいんですか。正直絵の価値なんてさっぱりわからなくて申し訳ないんだけど」

「シャガールのリトグラフで『サーカスファンダンサー』というタイトルです」

額装は俺の仕事だからと、牧田は着ていたフリースジャケットのポケットから木ネジとドライバーを取り出した。竜崎は視線を手元に戻しコースターに手書きの名を入れる作業を続けた。グラスから流れ落ちる水滴でインクが滲む前に空けてもらえるようなカクテルを、という意味だと聞いた。「ただの自己満足ですよ」と続いた言葉が胸に刺さっている。

「ネジを一緒に持ってなかったら、職務質問でやばかったかな」

牧田は自分の言葉に笑いながら、適当な場所に取り付けていいかとノリカに問うた。もちろんと答える。ノリカと同じ、黒いパンツスーツ姿の瑞穂とみのりが並んでバーカウンターのそばにやってきた。牧田の手から木ネジがぱらぱらとこぼれ落ちた。ノリカは膝を曲げずにネジを拾った。背後で瑞穂が「ノリカさん、屈まないんだ」と感嘆の声をあげる。癖だから、といいわけしながらネジを牧田に渡した。

ふと、意識して膝を曲げるのは、腰をグラインドさせながら開脚してゆく演目のときだったことを思いだした。Tバック姿で客席に背を向け、両脚を広げたまま腰を落としてゆくのだ。

客席にいる男の想像のなかに、お互いの性器が浮かぶ。舞台を取り囲む最前列の視線は広がる亀裂を覗き込もうとするが、より卑猥な動きがあることで逆に、ぎりぎりの品と踊り子の気概を見せる。「下品も品のうち」と教えてくれたのも師匠の静佳だった。品がないのがいちばんいけない。ノリカは背後のふたりを牧田に紹介した。

「店のダンサー。瑞穂とみのりです」

両手をへそのあたりで重ね合わせ、ふたりが同じ角度で頭を下げた。なにか今日がとてもうまく行きそうな気がしてくる。牧田は「どうも」と口ごもり、ジーンズのポケットから今度はメジャーを取り出した。額を掛ける場所を決めるため、壁の長さを測り始める。竜崎がちらと牧田の背を見た。

十分もかからず、黒い壁に景色ができた。作業を終えた牧田が入口に近い端の席に腰掛けた。いつもの、と言ってから数秒でロングのカクテルがカウンターに置かれた。作業が終わるのを見越して、既に用意してあったらしい。

「早すぎるだろう」牧田が顔をしかめた。ロンググラスの半分を空けて、壁を振り向き見た彼がぽつりと「やっと飾れた」とつぶやくのを聞いた。

初日の一回目には、牧田のほかに五名の客がやってきた。そのうち三人は瑞穂の劇団仲間で、挨拶しているところを見ればどうやら牧田とも面識があるようだ。あとのふたりは雪まつり開催の前に雪像をゆっくり見に来たという四十前後の男たちだった。フロアが人で埋まることを夢みないでもなかったが、ひとまず店で働く人数より客が入ったのだ。ノリカは胸の奥で「悪くない」とつぶやいた。

午後八時、六人の客が壁を背にスツールに座っていた。バニーの衣装に着替えて幕内でスタンバイする瑞穂とみのりに視線を送る。BGMを消して、ステージ用CDの再生ボタンを押した。同時に赤いベルベットの幕がカウンター横に向かって折り畳まれてゆく。曲の入りと開幕のタイミングを合わせるため何度も試しているうちに、頭の中で「ラ・クンパルシータ」が流れるようになった。刻む四拍子——。

「リベルタンゴ」が流れ出す。ポーズもいい。入りは練習どおり。客席からはぽつぽつと短い拍手。ノリカはオーディオの前に立ち、踊るふたりを斜め後ろから見た。

ピンと伸ばした脚に、一直線のシーム。改めてノリカは女の体の美しさを思った。直線が教えてくれる、曲線の美しさだ。その逆もある。自分が裸というコスチュームを着て脚を広げていたころが、だんだん遠くなってゆく。新たな一歩を踏み出したというのに、どうして心さびしくなってゆくのか分からなかった。ふたりの姿がぼやけた。目頭に溜まる涙をそっと指に移す。ノリカの横にあるステンレスの調理台に、竜崎がグラスを置いた。ひとくち飲んだ。酸味と苦み。ジン・バックか。

みのりは、全力の稽古を再現できた。ただ、この日ノリカを驚かせたのは、瑞穂が今までいちばんのびのびとソロを踊っている姿だった。練習中はみのりの技量についてゆくのが精いっぱいの様子なのに、いざ本番になると楽しくて仕方ないといった表情になるのだ。ときどき決めのポーズで脚がぐらつくところはあるのだが、そんなときは体を一瞬縮めて恥ずかしげに微笑む。それこそが彼女の持つ華だった。

瑞穂が笑顔で踊ると六人の客席が十人に増えたように見える。水を得た、とはこういうことだったか。瑞穂はぴたりと動きを止めて指でリズムを取る際も、客席の視線を和ませ続ける。「リベルタンゴ」で緊張気味に始まったステージが、瑞穂の「シング・シング・シング」で温まるのだ。コミカルな腕の動きも、三百六十度自在のステップも、なにやら見ているこちら側が楽しくなってくる。今いちばん楽しんでいるのは踊っている彼女だ。まるで見えない羽を持っているようなダンスに、ノリカの頰も持ち上がった。

みのりが絵の側に背をあずけ、客席からは死角になった位置でアップをしている。ときどき横から瑞穂の姿を見ているが、みのりがなにを考えているのか分からない。瑞穂が最後のポーズを決めたところで、スポットを一度消した。六人の拍手に送られてバーカウンターに戻る瑞穂とスポット下に向かうみのりが、視線を交わしてすれ違う。ノリカは、完全な暗転のない店内を見回し、ここが小屋の舞台ではないことを思いだす。

瑞穂がくるりと振り向き、シャガールの横で両肩をすぼめて笑った。ノリカが親指を立てて「ＧＯＯＤ」のサインを出すと、両手をたたく仕草をする。瑞穂はたった一か月で、みのりとの技量差をカバーするなにかを摑んだようだった。小屋の踊り子が一年かかる葛藤を初日で乗り越えた笑顔だ。竜崎が、グラスに半分のミネラルウォーターを差し出す。瑞穂が受け取る。こめかみの汗が光った。

みのりの「ライディング・ハイ」に手拍子が飛んだ。突出した技量を抑えるつもりで選んだ曲に不満も見せず、ポーズにおかしな溜めも作らず、ノリカの振り付けに忠実に踊っている。手拍子に喜んでいる様子はない。視線は客席の後ろに飛んでいる。振り付けを昇華したステージは紛れもなく本物の風格だが、みのりの尖った素直さは、なぜかノリカを緊張させた。

結果的に瑞穂が「かわいらしさ」を前に出すことで、みのりの無愛想が活きることになった。

瑞穂が「ルパン三世」で更に盛り上げたあと、ノリカは壁から飛び出たプラグをコンセントに差し込んだ。ミラーボールにあてたライトが店内に光のブロックを作り、回る。

「HAVANA」が始まった。

イントロで静まりかえった客席は、曲が変調になっても手拍子を始めない。ノリカはグラスに手を伸ばさない客の、呆気にとられた表情を見て快哉を叫びたくなった。これだけは、と思った。この曲だけはみのりの技量を抑えなくてもいい。すべてを出し切っていいのだ。

瑞穂は客がいることでいっそう輝くが、みのりは客がいなくても全力で踊るだろう。ノリカには分かる。そういう踊り子はいずれ今の舞台がちいさくなる。技術にこだわり客席を見失う。ひとつ大きな舞台へと羽ばたくか、限界を自分で決めるかのどちらかなのだ。

伸びるか、辞めるか――。ノリカはあがき続けた一年を、ミラーボールの速さで振り返った。

みのりのブリッジには一ミリの狂いもないように見えた。鍛え上げた脚が、ミラーボールに向けてまっすぐに上がる。客席からはストッキングに走るシームの直線が天に向かって伸びているのが、はっきりと見えるはずだ。曲が終わり、客席の六人が慌てて手を叩き始めた。口を開きっぱなしの劇団員や、息をしているのかしていないのか、背筋が伸びきった様子の牧田がいる。とりわけ旅行者の男たちは、よほど期待していなかったのか呆然としたまま拍手をしている。

拍手が終わらぬうちに、フィナーレの「危険なふたり」が流れ客席にほっとした気配が戻ってきた。ノリカは竜崎に向かってひとつ大きく頷いた。口角を上げてうつむき加減で応える男の胸に、バーテンダーのバッジが光っていた。

全員から飲み物のオーダーが入った。二杯目からは別料金だ。オーダー票に注文を書き入れていたノリカに、瑞穂の劇団仲間が訊ねた。

「次のショーは、何時からですか」

「毎日、八時と十時からです。楽しんでいただけましたか」

「もちろん、すごいです。桂木さんがこういうひとだったってこと、僕ら誰も知らなかった。美術の牧田さんも彼女に会うのは初めてみたいで、さっきからボケッとしてます。もうひとりのかたは、プロなんですよね」

「ふたりともプロダンサーです。喜んでいただけて嬉しいです」

劇団員のひとりが、次のショーもここにいていいかと訊ねた。一日二回のショータイムでは、普通に考えると入れ替えがあって当然だ。けれど、ストリップ小屋には入れ替えのならわしがない。一日中客席に座っていていいのだ。ノリカはいつの間にか、にっこりと微笑んでいた。ここは小屋じゃない。けれど、出し惜しみしてどうする。

「どうぞ、お好きなだけご覧になってください」

同じものを二度観るほど気に入ってくれた客は、おそらく外でこの店の話をするだろう。何人かにひとりでも、口コミの客を得られればいいではないか。竜崎にオーダーを渡す際、客席の反応がいいことを伝えた。うなずく彼の、流れるような動作を見る。竜崎も自分の舞台を持つ男だった。

閉じた幕の内側で、着替えを終えたふたりがノリカと竜崎に向かってVサインをする。いくぶん恥ずかしげなみのりの様子を見て、この子に自分の持っているものすべてを与えたくなった。みのりのお陰で、ノリカの胸奥にあった膜が一枚剝がれ落ちた。ストリッパーを辞めても生きて行けることを、二十歳の娘が見せるひたむきさに教えられたのだった。

開店初日、ショータイムに訪れた客は八名だった。ショーと飲み物一杯込みで三千円の客が八人。計二万四千円。そして追加のカクテル代。当面の目標は、ＪＩＮ、瑞穂、みのりの給金と店賃を出すことだった。

ノリカは帰り支度を始めた瑞穂とみのりに、茶封筒に入れた日給を渡した。瑞穂が「わたしギャラのぶん、ちゃんと踊れていましたか」と眉尻を下げた。

「だいじょうぶよ。お稽古のときよりずっと華やかでいいステージだった。みのりも同じ。あなたたち、わたしが思っていた以上にすごいダンサーだった」

ノリカさん──、みのりが茶封筒を握りしめ、ふくれ面と勘違いしそうな表情で言った。

「どのくらいお客さんが入れば、お店は儲かるんですか」

「最低ラインはあるけれど、初日から飛ばして行くものでもないと思ってるんだよね」

本音だった。初日に客入りのいい踊り子は、その日がピークということが往々にしてあるのだ。翌日ひとりでも声援が少ないと顔に曇りが出るからとも、ただの験かつぎとも言われている。

「客席いっぱいにしないと、儲けが出ないんじゃないですか」

真剣な眼差しが、今日一日を安堵で終わろうとしていたノリカを刺激する。もう痛くもないはずの左脚が、急に重くなった。瑞穂が心配そうな表情でみのりの横顔を窺っている。ノリカが言葉を選んでいると、カウンターで氷を砕く音が響いた。竜崎が今日の一杯を作り始めていた。ひとつ大きく息を吐いた。

「初日からそんな悲観的なことを言わないで。さ、おつかれさまの一杯をいただいて、明日もがんばってちょうだい」

ふたりを席に着かせて、自分もカウンターの内側に入った。竜崎が、目の前の娘たちにピンク色のショートカクテルを差し出した。

「昔、歌謡曲が全盛だったころ、『ピンク・レディー』というユニットが人気でした。このカクテルの名前と同じです。すばらしいチームワークと、無事の出発のお祝いです、どうぞ」

そろそろとグラスに手を伸ばし、ふたりがほぼ同時に口をつけた。甘い香りがあたりに広がる。二回のステージに疲れも見せない娘たちだった。やさしい時間、というのがあるとしたらこういう時を言うのかもしれない。正確に言うと、やさしい気持ちになる時間、だ。瑞穂が「美味しい」と言ったあと、みのりの耳に顔を近づけ「レッスン料、払わなくてもいいの」と語尾を上げた。みのりが「いらないよ」と真面目に答える。

開店前の一時間、ウォーミングアップを兼ねてみのりが講師になってラテンダンスを教えている。ルンバを踊ってみたいという瑞穂に、今日は「黒いオルフェ」をかけていた。最初から難しそうな曲を流して、「もっと顎を上げて」「指先はぐいっと伸ばして」などと言いながら瑞穂の動きに首を傾げる。お世辞にも教え方が上手いとは言えなかった。それでも楽しそうに動きを確認する瑞穂は今夜、底抜けの明るさを発揮し、ノリカの予想を超えて店の光になった。ノリカの前に、シャンパングラスが置かれた。

「これは、わたくしからです。無事の開店を、お祝いしましょう」

竜崎の手元にも、同じグラスがあった。脳裏にシャンパンの値札が浮かぶ。どんな価格か知らないが、男がこの場で安いものを出す気がしなかった。精いっぱい微笑んだ心の裡を見透かしたように竜崎が言った。

「わたくしからの、お祝いですから」

「ありがとう」

うつむいた頬にほっとした表情を探られないかどうかを気にしながら、それでもいいやと思っている。竜崎はときどき、その場の塵(ちり)を一瞬にして払うような言葉を放った。こんな場面で相手がどう思うかなど、見通しているのだ。

午前一時、ノリカがひとりフロアの雑巾がけをしているところへ、みのりが戻ってきた。忘れものでもしたのかと雑巾片手に訊ねると、リュックから自分の汗拭き用タオルを取り出し、バケツに浸した。みのりはひと呼吸おいて、両脚を曲げずに腕立て伏せでもするように左手とつま先で全身を支えた。肩を鍛えるにはいいけれど、とノリカは呆れた表情を隠さず言った。

「手が荒れる。せっかく塗ったマニキュアが保たない。カウンターの下にある箱からゴム手袋を取ってきなさい」

「はい」

そこから先は、ノリカも同じように腕立て伏せの姿勢で雑巾がけを始めた。リハビリ後は足腰を鍛えることに神経が傾きがちだったようだ。思ったよりも、胸の筋肉と肩が弱っている。鍛え上げた上半身がジャンプの滞空時間を延ばし、ピルエットの回転を上げてくれると、あれほど信じていたのに。

明日からも、夕時の街頭でチラシ配りは続けねばならない。

この子のためにも。

ノリカは黙々と床拭きをするみのりの気配を横に感じながら、床につけたつま先に力を込めた。

4

陽が落ちたあとも雪雲が重たく垂れ込めていた。低い空が雪像をより大きなものに見せている。ノリカはライトアップされた大通公園の歩道に立ち、道行くひとにはがき大の割引券を配った。ドラッグストアで買った指先のないミトンも、防寒対策にはさほど役に立たない。冷える指先よりも、一枚でも多く割引券をさばかねばならないという思いが勝る。

雪まつりの客足を考えていなかったというノリカを、開店前夜の竜崎が笑った。

——店の準備期間しか、頭になかった。

——商売人の感覚ではありませんが、おそらくそれはノリカさんの大きな武器になりますよ。

耳奥で彼の言葉をくり返しながら、本当だろうかと思った。商売人じゃない、と言われて嬉しい気はしなかったが、がっかりもしていない。どんな武器なのかもよく分からないままだ。性懲りもなくまだ、踊り子の尻尾をぶら下げているのか。採算度外視のサービスが売りじゃなけりゃ、という思いがいったいどこまで通用するのだろう。

あの三人を巻き込んだ以上、やることはやる。できることは全部やる。チラシ配りのことは、誰にも言っていなかった。言えばみのりがまた無言でついてくる気がする。最高気温が氷点下という日が続いているのだ。一年のうち最も寒い時期、街頭に立って体を冷やされてはたまらなかった。

チラシを配りながらも、演し物を増やすために毎日構成を考え続けた。入れ替えなしと言った以上、本来ならば二回目は演目を変えてゆくのが客席への礼儀だろう。自分で踊るほうがずっと気が楽だったな、と思っては、それが出来ればという心もちへとなだれ込む。この期に及んでまだ、そんな揺れと闘っていた。

みのりが、雑巾がけをしに店に戻ってくる日が続いた。そのあいだどこでなにをしているのかは訊ねていない。黙って手伝わせ、終わったらふたりでおにぎり屋に立ち寄る。

おにぎり三つを平らげたあと、豚汁をお代わりする彼女を見ても、ノリカは驚かなかった。自分も現役時代、周りが驚くほど食べた。全神経をリズムに預けていると、信じられないくらい腹が減るのだ。みのりはほとんど喋らず、黙々と雑巾を掛け、夜食を食べて帰って行った。二十歳の娘の暮らしぶりを、訊ねる気持ちにはならなかった。早く家に帰りたい理由がないのは、ノリカと同じだ。

メイン会場の雪像が見える場所で、道行くひとに「追加カクテル一杯無料」と書いた券を差し出す。通り過ぎてゆく視線はノリカの指先よりも冷たかった。風がないと思っていたら、案の定大粒の雪が舞い始めた。ゆらゆらと、踊りならば相当な体力を試される速度で落ちてくる。この動きを再現できる曲を思い浮かべた。サイモン&ガーファンクルの「明日に架ける橋」が胸を過った。「スカボロー・フェア」と続けると、祈りのような振り付けが過る。

そういえば、とノリカはブーツのつま先を見た。上野の小屋にいつも「冬の散歩道」で踊ると喜んでくれるおじいちゃんがいた。ノリカが板に演るたびに通ってくれていたのに、ある日ぱたりと見なくなった。風の便りで、ひとり暮らしの部屋で冷たくなっていたという話を聞いた。客席の笑顔の儚さに気づいた出来事だった。

明日のことなんて誰にもわからない、が師匠静佳の口癖だった。ノリカを最後に弟子のすべてが舞台を降りたことを、彼女はなんと言うだろう。もぬけの殻になった劇場の目と鼻の先で店を開いたことに、気づいてくれるだろうか。劇場を再開するほどの資力がないことを自分への戒めにして、どこまでゆけるだろう。

現役を続けながら劇場を持った師匠の、捨て身の覚悟を思った。嵩んだ負債や、景気や男。心の弱さは己の分を識る機会でもある。静佳に、またいつか会えるかもしれない。会えなくてもかまわない。生きていてくれれば、それでいいのだとも思った。そうでなくては、誰も浮かばれない。

再び、道行くひとへ腕を伸ばす。通りがかりの中年男があっさりと受け取ったあと、一瞬足を止めた。目が合った。覚えのある顔ではない。にこりと微笑んで頭を下げた。訝しげな視線が手にした紙きれに移る。男はそのまま軽く首を傾げて、メイン会場の雪像に向かって歩き出した。客席にあった顔はたいがい思いだすことができたが、小屋で見た顔でもなかった。もっとも、毛糸の帽子を被ってダウンコートに手袋姿のノリカを見て、ストリッパー時代の厚化粧を思いだす人間がいるとも思えない。あのころに比べたらほぼ素顔だ。安いBBクリームを塗ったきりの頬が、寒さにひりつく。ひび割れそうな唇に、ポケットから取り出したリップクリームを塗った。

開店から一時間ほど経ったあたりで、男が店を訪れた。ノリカがチラシ配りをしていた女だとは気づかぬ様子で、カウンターの椅子に腰をかけた。

「マティーニ」メニューも見ずにぼそりとつぶやく横顔を、笑顔で窺う。ノリカは男が脱いだコートを、ドアの横にあるクロークボックスに掛けた。コートから、品のいいコロンの香りがした。大通では気づかなかったが、改めて店内で見ると、ドレスシャツの上に重ねたセーターも品物が良さそうだ。服装で判断してはいけないと思いながら、しっかりと剃られた頬や顎の青さにほっとした。

流れる動作はそのままに、竜崎がグラスに注いだマティーニを男の前に滑らせた。オリーブを刺した銀のピックを人差し指で押さえて、男がひとくち飲んだ。

「まさか札幌でこれが飲めるとは思わなかったよ」

「お久しぶりです」竜崎が頭を下げた。

ノリカはふたりのやりとりが気になってオーディオの調子をみるふりをしながら様子を窺う。フロアの客は、あと少しで始まるショーを、カクテル片手に待っている。開店から毎日顔を出している牧田は既に自分の席を決めており、角の席に陣取って壁に背をもたせかけながらちびちびとスコッチのダブルを舐めている。みな、飲み物は足りているようだ。

　天井の左右にあるスポットライトは床の中心に集まるよう設定してある。このライトが自在に動かせたら、どんなにいいだろう。毎度思うことは同じだった。正面の壁にはちいさくてもいいからブースを作り、音楽と照明を自在に操る。そして彼女たちに、その日その時いちばんのスポットを。

　ふと、怪我をした日に舞台まで飛んできた音響照明のサブローを思いだした。

　――ノリカちゃん折れとる、その脚、折れとるよ。

　赤いドレス姿のノリカを抱いて細い階段を下りたサブローは、救急車に運び込んだあとも泣いていた。

　――サブちゃん、わたし必ず復帰するから、誰も見舞いには来ないでって伝えて。

　サブローは律儀に、一度も病院に顔を出さなかった。小学校もろくに通っていないと言っていたけれど、仕事の腕は確かだった。

　なにもかも、捨ててきたのだ。小屋のことを思いだすたびに、背筋が伸びる。失敗などできないのだと、自分に言い聞かせる。

　カウンターに座った男が、しきりに竜崎に話しかけていた。調理台の上で、レモンをスライスしながら、竜崎が短く応えていた。

「どうして突然いなくなっちゃったわけ。なんだか店のひとに訊ねるのも、あれじゃない。客のあいだでは噂話ばかり飛び交ってたよ」

「申しわけありませんでした」

「ここ、自分のお店なの。もしかして、あっちのひと、これ？」

ノリカが顔を上げると、男が慌てた様子で立てた小指を曲げた。

そろそろ着替えの時間だ。カウンターの端にあるリモコンのスイッチを押すと、幕が対岸の壁に向かって進み始めた。ノリカはカーテンの溜まりができるオーディオの前に立った。

「わたくしは、雇われバーテンダーです」

「おやじさん、泣くよ。きみがこんなところにいるって知ったら」

竜崎がそこだけ返事をしなかった。瑞穂とみのりがバニーの衣装に着替え終わった。取れそうで気が散るというので、手首のカフスは外すことに決めた。そのせいで肩から腕、指先までが一直線になり、みのりの動きはよりいっそうしなやかに見える。ノリカは背中や股関節の筋を伸ばしながらスタンバイするふたりを背にして、カウンターの男に話しかけた。

「本日はご来店ありがとうございます。よろしかったらこちらでご覧になりませんか」

「そういえば、ダンスシアターって書いてありましたね。大通でビラをもらってまさかと思って来てみたんですよ」

「なにかございましたか」

「もしかしたら『銀座の宝石』と言われたバーテンダーじゃないかと思ったものだから。勘が当たって、嬉しいのと残念なのと複雑な気分です」

「それは、申しわけございませんでした」

いくぶん抑揚をつけて、ノリカが頭を下げた。

「いや、言い方が悪かったな。すみません、悪く取らないでください」

男は迷いのある目つきを、ごまかすようにフロアに向け、続けた。

「どういうジャンルのダンスですか」

そのときだけ竜崎が「一度ご覧になってみてください」と促した。ノリカも男にたたみかける。

「二杯目は、フロアのお席でどうぞ。お店からです。さ、どうぞ。ご案内します」

竜崎はノリカの顔を見ずに、ちいさく会釈をするとすぐに二杯目の準備を始めた。今日は正面が空いていた。向かって右側に牧田が連れてきた劇団関係の男、左側は中年カップルだ。こちらはどうやら、ダンスフロアで自分たちも踊れると思っての来店らしかった。勘違いに気づいたのが飲み物を頼んでからだったので、ひとまずショーだけは観て帰るという。フレアスカート姿の女が、モスコー・ミュールをちびちび飲んでいた。

ショートカクテルはテーブルで注ぐということを知ったのも、開店してからだった。カクテルグラスとミキシンググラスを持った竜崎が男のテーブル前でしゃがんだ。マティーニを注ぎ終え、一礼してカウンターに戻る。

そのすぐあとサーモンマリネとクラッカーの皿を置いたノリカに、男が訊ねた。

「ここはダンスが売りなの、それともカクテルが売りなの」

「どちらも、では、いけませんでしょうか」

竜崎に聞こえるわけもないのに、つい小声になる。男の眉が、今度ははっきりと寄った。

「彼のこと、なにも知らないで雇われたんですか」

「すみません。簡単なことしか」

「彼が自分の店を出すなら、オーナーになりたい人間が山ほどいます。あなた、いったいどういう世界から――」

探る目つきがノリカの方に向けられた。できるだけゆっくりと、静かに言った。

「長く、ストリッパーでやってきました」

態度は変わらなかったが、男の口調がやや怒りを含んだ。

「僕はずっと彼のファンだったんです。まさかストリッパーの店でシェーカー振ってるなんて思わなかった」

ストリッパー、という言葉に明らかな棘があった。竜崎も、あの金木犀のむせかえるようなにおいから逃れてきた人間だったのかもしれない。銀座か、と音にせずつぶやいた。高級クラブでポールダンスを観ているような人間たちに、〝テケツ〟で支払う五千円の意味など問うても無駄だ。

八時――。フロアの照明を瑞穂とみのりの動く場所だけに集めた。もう一週間あれば、二部の演目を整えられそうだった。ふたりの踊りは疲れに鈍るどころか、客がひとりでも弛むということがなかった。ノリカも毎日彼女たちの動きを見ているときだけは妙な幸福感のなかにいた。音楽が消えて雑巾がけをするころには、店の行く末や金といった現実問題と向き合うことになったが、そんなときに限ってそばにいつも黙々とノリカの手伝いをするみのりがいた。

「リベルタンゴ」で幕を開ける。ノリカは竜崎の東京時代を知る男の様子を窺いながら、ふたりの動きを追う。体調はすぐに分かる。心の動きまで、伝わってくる。

客席の牧田が見ているのは、いつも瑞穂だった。彼女が踊っていないときも、光の外にいる瑞穂を見ている。視線の動きは切ないほどだが、瑞穂は気づいているのかいないのか。嫌でも気づくだろうと、ノリカは思う。そのくらいの自意識がなければ、人前で踊ることなどできない。

男はふたりの組ダンスを、なにか胡散臭いものを見るような目つきで追いながらマティーニを飲んでいる。この男にとって、若い女が脱がずに踊る姿など、なんの値打ちもないのだろう。

彼がグラスに伸ばす手を止めたのは、みのりの「HAVANA」が始まってからだった。客席がたとえ何人でも、ここでフロアが持ち上がる。毎日、毎回、みのりは残酷な少年に似た妖艶さで背筋が冷えるほどの空気を醸し出す。踊れば踊るほど中性的になり、色気が出てくる。これは、浄土みのりに与えられた資質だ。観る者に、ため息と怖れを与えて去ってゆく。前後に瑞穂の愛嬌がなければ、客席が息苦しくなる。

ミラーボールがみのりの脚にブロックの光を投げ、男の惚けたような表情を通り過ぎてゆく。踊り子が、客席との勝負で勝つ瞬間を見た。間を置かずフィナーレの「危険なふたり」が流れだす。男はハッとした表情になり、グラスの脚を持った。

閉店後、瑞穂とみのりを送り出してから、片付けものをする竜崎に問うてみた。

「うちなんかでカクテル作っていて、いいの？」

「面接もしていただいて、合格だったじゃないですか」涼しげな声が返ってくる。

「その腕を、こんな店で使っていいの」

意図せず、竜崎を責めるように語尾がきつい響きになった。竜崎はグラスを磨く手を止めない。毎日同じ動きを繰り返している。酒棚を確認して、冷蔵庫、冷凍庫の状態を見て、銀色の道具を磨く。ナイフをケースに仕舞い終えた竜崎が、諭すように言った。

「この店にご案内したときあなたは、振り出しからまた出直す、とおっしゃったんですよ。それを聞いて、わたくしも振り出しに戻ってみようと思ったんです」

店に不釣り合いな腕を持つバーテンダーを雇えたことを、素直に喜ぶことができなかった。

「わたしが卑屈になってたんじゃ、なんにも前に進まないってことか」

やせ我慢を口にすると、背中や脇腹が冷えた。

カウンターの内側の清掃、スツールのブラシかけ、トイレ掃除を終えた竜崎が店を出ていった。床拭きだけはノリカの仕事と言ってある。バケツに湯を溜めるころまた、みのりが店に戻ってきた。汗拭きから雑巾になってしまったタオルを絞り、床を拭き始める。ねぇ、と腕立て伏せ姿の彼女に声をかけた。

「踊るの、好きなんだよね」

「好きです」

「ありがとう、それ聞いてほっとした。好きじゃないと、続けられないもんね」

ノリカは手を止めて、床に座った。

「好きでやってるようには見えないって言われてました。子供のときから」

「好きじゃないと、あんな凄(すご)みのある踊りにならないと思うよ。楽しいかどうかは、本人が気づくかどうかだと思った。このあいだ」

みのりがその場にすとんと腰をおろした。ノリカは初めて、みのりの口から出自を聞いた。

ぽつぽつと放たれた言葉の断片をつなぎ合わせると、浄土みのりの幼いころが立体になる。父親がダンス教室経営、二度目の母親がバイオリニストという家庭のルールがどんなものだったのか不明だが、バレエと競技ダンスの稽古をしている以外の時間、みのりを育てたのは、よく変わるベビーシッターだった。地方公演で母親が不在の期間、父もまた家には戻ってこなかった。

競技ダンスを続けながら宝塚の試験を受けていた時代、みのりを突き動かしていたのは「受かれば堂々と家を出られる」という思いだった。

「結局無理でした。けどそれきり、親もわたしへの興味を失ったみたい。あんなに楽な気持ちになったのは初めてでした。高校を卒業したあとすぐに家を出て、ショーパブのダンサーになりました。踊りながらだったら、ひとりでやっていけるかなって思って」

「生真面目もそこまでいくと気の毒になるね。踊ること以外は考えなかったんだ」

「これしかできないから」

一日八千円の収入では、ひとりで暮らすだけで手一杯だ。踊るだけで充分、という体もやがて衰える。どんなに訓練したところで、それを活かせる場所がないと――。また、真夜中のさびしさに襲われ始めた。ふたりでいても、誰といても、このさびしさは容赦なかった。

「お店を流行(はや)らせて、なんとか前に進めるようにする。来週からは一部と二部の演目を変えて、もっと宣伝するから」

自分に言い聞かせるしかない。床拭きを終えてゴム手袋を外すと、人差し指のマニキュアが剝げていた。帰ろう、と誘うとみのりがうなずいた。胸のつかえが落ちた様子の彼女は、その日いつもよりひとつ多くおにぎりを注文した。ノリカに向かって、今日はわたしにおごらせてくださいと言う。馬鹿なことを、と笑うと、ぎこちない笑顔が返ってきた。

みのりと別れたあと、ノリカは部屋に戻る足を止め回れ右をした。気温が低いせいか、ちらつく雪は粒がちいさい。風俗店が多く入るビルの前で立ち止まり看板を見上げた。三階に「ラブアロマ」の文字が見える。表にある看板には『女性もお気軽にどうぞ』とあった。ノリカが通っていた時代とは名前が替わっているが、このビルの三階が女性も入ることの出来る風俗店であることは同じだった。一階の居酒屋に入る素振りで矢印のある廊下に逸(そ)れ、奥にある狭いエレベーターに乗る。扉を閉めて、三階のボタンを押した。扉が開いたときは、もう店内だった。アロマオイルのにおいでむせかえりそうだ。

黒いスーツを着た背の低い男が、うやうやしく腰を折った。

「いらっしゃいませ、『ラブアロマ』へようこそ。当店マネージャーの黒瀬(くろせ)でございます」

「九十分のセクシャルコースでお願い」

「施術者に年齢、容姿などのお好みはございますか」

「慣れてて巧（うま）ければいいわ」

「かしこまりました」

通された部屋はブラウンを基調にしたアジアン風の造りになっていた。施術室は四畳半あるかないかの広さだ。ホテルを取って部屋に呼び出す手間を考えれば、店を構えていてくれるのはありがたい。何人もいるように見せかけてはいるが、女性客対応のスタッフは少ないだろう。

現れた男は四十代後半に見えた。たいていの要望に応えてくれそうな、それでいてセックスとは縁もゆかりもありませんという清潔そうな顔立ちだった。

「九十分コースの担当をさせていただきます、黒木（くろき）でございます」

なるほど、と思った。黒瀬も黒木も、源氏名なのだ。女の源氏名に「奈」と「香」のつく三文字が多いのと似たようなものか。黒木が時間の配分を訊ねてきた。

「お客様のご要望に、できるかぎりお応えいたしますので、何なりとお申しつけ下さい」

最初の蒸しタオル洗浄と、最後のタオル仕上げは変わらないという。男のうやうやしい態度に、ふと竜崎の姿が重なった。ノリカは少し考えるふりをしてまっすぐ男の目を見て言った。

「蒸しタオルが終わったら、オイルで速攻。ハードタッチで二十分あれば終わるから。あとの時間は肩と背中と腰のツボ押しでお願いします。カウンセリングと会話はいらないです」

何枚かタオルを重ねた施術台の上に、裸で仰向けになった。顔の上半分にタオルが置かれた。体には温められた大判のバスタオルが掛けられ、男が片脚、片腕ずつバスタオルをめくり、体の中心に向かって蒸しタオルで拭いてゆく。

終わると、タオルを掛けたままの下半身に男の手が滑り込んできた。オイルで滑る指が、太ももに触れる。速攻。会話も前戯も要らない。いきなり快楽に飛び込んでゆく。ノリカにはそれができる。

アロマオイルの、イランイランのにおいがつよくなってきた。男の指がゆっくりと亀裂を這い、ときおり寄り道をする。軽く脚を開いた。腰がうねり始める。悪くない。そろそろだ。両手を使い二点を責めていた指先のひとつが、するりと亀裂の奥に納まった。熱い。男の指を襞で握りしめたあと、体の隅々から力を抜いた。

舞台も快楽も、気楽さえも、二十分だ。

税別、一万五千円也――。

降り積もるばかりだった雪が、日中は少しずつ嵩を減らすようになった。開店から一か月経ったダンスシアター「NORIKA」の収益は、三人の日給と店賃の支払いでぎりぎりだった。ダンサー用の衣装も、ノリカの持ち出しとなっている。十日ずつ三交代できるようにしたが、季節が変わればまた新調するのだ。クリーニング屋に頼めば万単位になると思うと、部屋に持ち帰り押し洗いしてアイロンを掛けるのもさほど苦にならない。そんな一か月を「いい滑り出しです」と言ったのは竜崎だった。僭越ながら、と続ける。

「開店一か月で店主が儲けるような商売は、替えが利くんです。別の人間も真似ができるということです。リピーターが四割というのは大変いい数字ですよ。雪まつり景気だけではそうはなりません。そこを守っていると、必ず伸びますから。固定客がいないと広がらないのは、どこの世界も同じです。わたくしはカクテルで、その数字を支えて行きます。飲み物のお代わりがあると、正直ほっとします」

一杯八百円から千二百円のあいだに設定されたカクテルやソフトドリンクの価格は、竜崎の腕を正しく評価しているのかどうか。腕は泣いていないのか。ノリカの心配はいつも、銀座時代を知るという客が残した言葉へと引き寄せられた。

――ストリッパーの店でシェーカー振ってるなんて。

悪いか、と毒づいたり、悪いことをしている、と思ったり、悪くない、と思い直したり。ノリカの心もちは、客の入りで変わった。そう気づいたあとは、その程度の揺れなのだと割り切った。

開店時間の六時半、まだ客はやってこない。みのりがチャチャチャの曲に合わせて瑞穂にステップとヒップアクションを説明していた。

「ワン、ツー、スリー、フォーエンドワン。ツー、スリー、フォーエンドワン。瑞穂ちゃん、そこは焦らず溜めを作って、速さに負けないヒップアクション。アクション。そう」

心なしか教え方が上手くなっているような気がした。一か月のあいだ、瑞穂の調子が思わしくないときも、みのりの曲を多くして乗りきってきた。ふたりとも、欠勤はない。

そしてなによりノリカが驚いたのは、牧田がほぼ毎日のように通ってくることだった。店に来られないときは、瑞穂とみのりに必ず差し入れが届いた。甘いものは迷惑だろうからと、近所にある天然温泉の入浴&マッサージ券ということもある。牧田が熱い視線を送る先はいつも瑞穂だが、差し入れは必ずふたり分だ。そして、常連客の過ごし方も少しずつ変化していた。

慣れてきた客は店に着いてすぐにフロアに入らず、先にカウンターで一杯飲んでからショータイムめがけて席を確保するのだ。ドリンクは二杯、三杯とオーダーが入る。

「HAVANA」は、毎回客を唸(うな)らせた。客の多くは最初からみのりの「HAVANA」に期待をしている。客席からの視線はいつだって残酷だ。

それでも瑞穂は客席に笑顔を送る。みのりは客席を黙らせる。このふたりと知り合ってから、まだ二か月あまりということが不思議で仕方ない。もう、何年も彼女たちの踊りを見てきたような気がするのだ。幼いころからずっと、自分が育ててきたのではないかと勘違いしそうになる。

時折、ノリカは三人の呼吸が整い始めるきっかけとなった夜のことを思いだす。店にスマートフォンを忘れた瑞穂が、雑巾がけをしているノリカたちのところへやって来た日だ。ふたりを見て、瑞穂が言った。

――やだ、みのりちゃん、ずるいよ自分だけ。わたしもやる。

瑞穂は自分だけのけ者になっていた事実を、賢い明るさで受けいれた。翌日から、雑巾がけは竜崎が後片付けをしているうちから始めるようになり、ノリカの帰宅時間は一時間早くなったのだった。

一番客がドアベルを鳴らした。フロアのふたりはレッスンをやめて、同時に「いらっしゃいませ」と頭を下げる。ノリカは入ってきた客の声を聞いて言葉をなくした。

「ノリカちゃん、探したよ」

ノリカのために小屋の客席下手(しもて)でタンバリンを振っていた小笠原(おがさわら)だった。グレーがかった眼鏡も声も変わらないが、いつも季節はずれのサンタクロースみたいな体型だった男の体は、痩せて半分の幅になっていた。まだ五十代だったはずだが、老人にしか見えない。ノリカは一拍も二拍も遅れて、返事をする。

「オガちゃん、なの」

どうしてここに、という思いとなぜそんなに痩せて、という疑問がそれ以上の質問をさせない。小笠原は通称オガちゃん。ノリカの公演先を一緒にまわり、昼から夜中まで通しで座っているファンのひとりだった。ノリカのために毎日タンバリンを振る姿が蘇る。ノリカちゃん、と声を詰まらせる男を見て、背骨に力が入った。自分は小笠原をはじめ、小屋のファンすべての厚意に後足で砂をかけ、姿を消したのだ。

「いらっしゃい、オガちゃん。また会えて嬉しいわ。こっちは寒くてびっくりしなかった？」

引退宣言もせず姿を消したことを詫びてはいけなかった。詫びればたちまち、彼にとっての女神だったノリカも消えてしまう。夢の人を演じ続けることでしか相手を満足させられないことを、まだ皮膚が覚えていた。オクターブ上がった声が、ノリカの襟首を摑んで無理やり舞台へと引きずり上げてしまう。

「ノリカちゃん、会いたかった。生きてるうちに、もう一回だけ会いたかったんだよ」

小笠原の頰を、幾筋もの涙が分岐点を探しては流れてゆく。この急激な痩せかたと皮膚の黒さは、何度か目にしてきた。熱心なファンが、あるときぱたりと劇場から姿を消す前兆だ。生きてるうちに、という言葉が頭の中で渦になる。

小笠原をカウンターの席に座らせ、ノリカは内側に入った。

「ねぇ、僕痩せちゃったでしょう。みっともなくて恥ずかしい」

「スリムになって、格好良くなってる。オガちゃん、案外いい男だったんだね」

案外はないだろうと笑う男の唇は、紫色だった。ストリップとアニメと声優、プラモデルにしか興味がないと言っていた。すりきれただぶだぶのトレーナーとジーンズと、黒のスタジアムジャンパー姿。着ているものは小屋にいたころとなにひとつ変わらないけれど、体の幅は半分だ。

ノリカと小笠原の様子を遠巻きに見ていた瑞穂とみのりが、順に挨拶をする。痩せて垂れ下がった目尻を更に下げて、彼が嬉しそうに言った。

「ノリカちゃんのお弟子さんなんだね。良かった、会えて嬉しい」

竜崎がカウンターにそっとペリエの入ったグラスを置いた。酒が飲めぬ体だと彼も分かったようだ。ノリカは目を瞑り首を傾け彼に礼を告げた。

芝居は小笠原が店にいる限り続けなくてはいけなかった。

「オガちゃん、よくここがわかったわねぇ、また会えて本当に嬉しい」

「そうなんだ、僕もまさかと思って来てみたんだよ」

言いながら彼がリュックサックから取り出したのは一冊の週刊誌だった。ぱらぱらとめくり、角を折ったページを開いてみせる。

「これ、この記事を見たんだ」

アニメとプラモデルにしか興味がなかったんじゃないかと笑うと、目尻を下げて「好きな声優さんがグラビアでヌードになったから」と照れている。ノリカは週刊誌を受け取り、示された二段組みの『酒場探訪』と題された、コラム記事を読んだ。


久しぶりに旨いマティーニを飲んだ。銀座の有名店で修業を積んだ男がふらりと姿を消した日から、諦めていた味だ。バーテンダーが店を去る理由はいろいろあろうが、彼が消えた理由は謎ばかりで、噂だけが街を闊歩していた。僕は経営者とのトラブルでも、金でも、女でもないことを信じていたが、それは雪まつりの札幌を訪れた夜、確信に変わった。すすきので元ストリッパーが経営しているダンスシアターがある。「NORIKA」という店だ。その店の片隅で、Jはシェーカーを振っていた。Jの腕はまったく衰えていなかった。やさぐれてもおちぶれてもいない。バーテンダー、場所を選ばず。いいことではないか。続けていてくれたことが嬉しい。彼のマティーニは、ドライなくせに優しい。ハードボイルドとは、提供する側が泣いているという現実が垣間見せる虚構なのかもしれない。気っ風のいい女主人は、Jがこんな店でシェーカーを振っていることが嘆かわしいと思ってしまったこちらの心を見透かしたように、自身の前職を口にした。北の歓楽街で若手ダンサーを育てる彼女と、そこに居場所を見つけた日本一のバーテンダーに、心から拍手を送りたい。特記したいのは、若いダンサーが踊るＫＥＮＮＹ・Ｇの「ＨＡＶＡＮＡ」が、僕を更に酔わせたという事実だ。


まさかあの男の肩書きが評論家だとは思わなかった。横にいる竜崎に週刊誌を渡した。彼はさっと目を通したあと、表情を変えずに軽く頭を下げた。

「ね、これを読んだら、間違いないだろうって思ったんだ。ネットにも載ってないし、怪我してから誰もノリカちゃんの居所知らないっていうし。声優のユミリンに感謝しなくちゃ」

「実は、リハビリ頑張ったんだけど、前のようには踊れなくなったの。誰にもなんにも言わずにこっちに来たのよ」

「いいんだよ、それで。僕は誰にも言ってないから、安心して」

小笠原はノリカが返した週刊誌を愛おしそうにリュックに戻した。ちらりと使い込んだタンバリンが見えた。ノリカの視線に気づいた小笠原が、肩をすくめて笑った。

「もしもまだ踊っててくれたら、と思って持ってきたんだ。しばらく小屋には行ってない。ノリカちゃんがいないと思ったら、さびしくなっちゃってさ」

「じゃあ、今日は彼女たちのために振ってちょうだい。わたしもまた、オガちゃんのタンバリンが見たい」

その日のショータイムは、八人の客が席に並んだ。小笠原のタンバリンが一部の三曲目、みのりの「ライディング・ハイ」で始まった。景気のいい曲をもっと華やかにするために、小屋の片隅で黙々とリズムをとる彼らを何人も見てきた。小笠原のタンバリンは弟子がつくほどの妙技だ。体の幅が半分になっても、タンバリンの動きは鈍っているように見えなかった。

ジングルが響き始めると、座っていた客が一斉に小笠原を見た。座席の角、牧田の隣でいきなり立ち上がった男が太ももと腰、両手を使って音を使い分ける姿は手拍子がいっとき止むほどだった。場が一気に盛り上がる。牧田は瑞穂の「ルパン」で響くタンバリンに合わせ、ひときわ大きな手拍子だ。

ノリカは音と踊りに沸くフロアを見ていると、自分がするりと小屋へ舞い戻った気がした。タンバリンの音を聴いていると、膝やつま先がリズムを取り始める。オーディオの前で瑞穂、みのり、客席を見ているノリカの傍らに、竜崎が水の入ったグラスを置いた。

一回目のショータイムが終わったところで、常連のひとりが携帯片手にカウンター横までやってきた。知人に掛けているらしい。全員から飲み物の再オーダーがきた。ノリカが注文を取り、竜崎は優雅だが確実にピッチを上げてカクテルを作る。フロアに残る客、カウンターに席を移す客。一日の流れにもいいリズムがでてきた。

電話で話している声が、そこだけ大きく響いた気がした。

「だから、すごいタンバリン芸を見ちゃったんだって。嘘だと思ったら、ちょっと『NORIKA』に来てみてよ。今日のステージ、面白いから」

客はそのまま居残り、二回目のショータイムは十五の座席が埋まった。ノリカと竜崎はフル回転だ。瑞穂とみのりも飲み物を運び、ダンス衣装のままサイドメニューを作る手伝いをしている。

その日、小笠原が最後の客になった。見送りのノリカに向かってぼろぼろになった歯を見せて彼が言った。

「明日も来ていいかな」

「もちろん、オガちゃんのタンバリン、みんな喜んでた。わたしもすごく嬉しい」

ノリカちゃん、と小笠原が言葉を切った。なに、と語尾を上げる。すっかり削げた頬を持ち上げ、ノリカの目を真っ直ぐに見ている。

「僕ね、死ぬんだ」ひときわ元気そうな声だった。

「いつなの」やさしく訊ねた。

「お医者さんが言った日を一か月過ぎてる。だからこの旅はそのご褒美なんだ」

「そうだったの。会えて良かったね」

彼らの女神だった自分を取り戻さねば、情に流されておしまいだ。どんなときも、優しく微笑まねばならない。それが踊り子街道の総仕上げだ。

「僕、もう一度ノリカちゃんのダンスでタンバリン振りたい」

思いのほかつよく言われて、思わず頷きそうになる。背後でこのやりとりを聞いている竜崎や瑞穂、みのりの視線を感じながら、ノリカは迷った。迷いながら、答えはもう出ているのだと思った。ここで踊れなくては、踊り子じゃない。ストリッパーだった過去すら名乗れない。

「わかった、オガちゃん。リクエストはなに」

「『ボラーレ』の続き。あの続きを観たい。転んでも笑って立ち上がって、楽しそうに踊るノリカちゃんが観たい」

左脚のボルトが急に重くなった気がして体重を右に移す。あの日笑って立ち上がるノリカはいなかった。

けれど――。

「ボラーレ」。

和訳の歌詞がノリカの脳裏をゆっくりと巡り始める。

歌いながら踊りながら、空へとのぼってゆく自分の耳に、ただ美しい音楽が聴こえてくる。そんな曲ではなかったか。

「ジプシー・キングスでいいかな」

「うん。僕、しっかり振るよ」

誰にも、迷っている暇などないのだった。限られた時間をどう使うか、どう生きるか、どう死ぬか。ここからどう飛び立つか——。

その日部屋に戻ったノリカは、積み上げた段ボールの底から「ボラーレ」の赤いドレスを引っ張り出した。オーガンジーのところどころに裂け目がある。これを着て病院に運ばれた日を思いだす。

曲は聴こえているのに、立ち上がろうとしても出来ないことが不思議で仕方なかった。本当に痛いとき、ひとは痛みを感じることができない。自分の力で立ち上がれないことの焦りが、ノリカを痛めつけた日だ。自分がこんなに怖がりだったなんて、思ってもみなかった。

ドレスは皺とほつれですぐには使えそうもない。ノリカは荷物の中から使い込んだ裁縫箱を取り出した。至近距離で見てもいいくらいまで直すには軽く三時間はかかりそうだ。

ノリカは破れた箇所を繕いながら、一箇所ごとにアイロンがけをした。針の穴に赤い糸を通し、背中や脇のほつれを纏る。オーガンジーが外れたところを縫い付ける。

使えるくらいまで修復して時計を見ると、午前四時になっていた。

ドレスをハンガーにかけた。眠る前に、念入りにストレッチをする。針を持った手首が硬くなり、肩甲骨の動きが悪い。開脚して上半身を床につける。どこにも痛みがないことを確かめて、関節をひとつひとつ開いてゆく。

仕上げにブリッジをした。瞑った目の奥に小笠原の枯れた姿が過る。太ももと尻に力を込めて、ゆっくりと起き上がった。両目からひと筋、涙がこぼれ落ちた。


翌日ノリカは目覚めてからも時間をかけて関節を開いた。おにぎり屋で腹ごしらえをしているあいだも、「ボラーレ」を聴き続けた。

店に着いてすぐにCDをかけながら、ダンスのチェックを始めた。

脱ぎもベッドショーも、衣装替えもオープンもないステージだ。鼻の先に、小屋のにおいが蘇る。酒と煙草と汗と香水が入り交じる、男と女がつくる嘘のにおいだ。

開店前にノリカが黒いスーツのままダンスのチェックをする姿を、瑞穂とみのりが見ていた。たった一曲、ワンステージ。もう、ピルエットを抜いたところで調子が狂うということはなかった。何度か繰り返し踊ってみて、やっと分かった。

この程度だった――。

前向きな諦めというのは、生まれて初めてだ。みのりに出会ったおかげで、軽々と自分を超えてゆく存在を認められる。クオリティがどうのという問題ではなかった。踊ってお金をもらう場所は、戦場だ。自分は戦場で踊るだけの気概を失ってしまった。

それでも今日は踊らねばならない。

命という戦場にいるたったひとりのファンのために、今日だけは。ノリカは「HAVANA」がかかるころを見計らい、客席から死角になったカウンター前で、急いで黒いスーツから赤いドレスへと着替えた。竜崎がさりげない仕草でこちらに背を向ける。その手は常に仕事中で、優雅な動きを忘れない。

脱いだスーツを丸めて、ドレスを入れていたボストンバッグに突っ込んだ。ひとつ大きく息を吸い、吐いた。心臓が喉までせり上がってくる。体中の酸素が四肢に散る。舞台に立つ際の呪文を唱えた。

タノシム、タノシム、ダンスヲタノシム。

恐怖感を和らげる、大切なまじないだ。瑞穂にもみのりにも、この瞬間がある。誰にも習えない、誰にも教えられない、一歩を踏み出す大切な祈りの時間。

ショータイムが終わって、再び音楽がかかったとき、小笠原がひときわ大きくジングルを鳴らした。赤いドレスを着て現れた女店主を見て、常連客から軽く歓声があがった。静かにお辞儀をし、向かって右でタンバリンを振る小笠原に右手を挙げて、宮廷の貴族のように腰を下げた。懐かしいけれんが胸に舞い戻る。先ほどまでの恐怖感がすっきりと消えた。

さあ、踊れノリカ――。

両腕をミラーボールの下で交差させ、フラメンコのポーズを決めたあとフロアに風が起こるくらい勢いよく、右脚で円を描く。背中を反らす、両腕で常に視線をかき集める、こちらの視線は遠く、遠く、どこまでも遠く。骨が砕ける音を聞いた箇所では、ピルエットの代わりにY字ですべての動きを止めた。回るか留(とど)めるか、の違いだったのだ。なんでこんなことに気づかなかったんだろう。曲は踊り手の動きに関係なく前へ前へと進んでゆく。

踊るノリカの耳に小笠原のタンバリンが響き続けた。客席の十人のうち半分が常連だ。手拍子、タンバリン、ステップ、拍手。息を殺して観てもらえるようなステージではないけれど、客席の驚きと楽しさは伝わってくる。拍手をもらってはいても、ノリカは脇役だ。今夜は「タンバリン芸人オガちゃん」の、フィナーレなのだった。

ラストのポーズを決め音楽が終わると、拍手が起こった。

帰りがけに、興奮気味に「また踊って欲しい」と言う客には「クリスマスまでお店が保ってたらね」と返した。あながち冗談でもないこちらの心情が床にこぼれる。

「オガちゃん、最高のタンバリンだった。ありがとう」

「ノリカちゃんも、最高のステージだったよ」

「これが、フィナーレよ」

小笠原が首を横に振った。目で問うてみる。

「ノリカちゃんのステージは、まだ終わってない。フィナーレは、もっとずっと先だと思うよ。僕、いっぱい小屋に通っていろんな踊り子さんを見てきたけれど、最後のダンスを踊る子はわかるんだ。ノリカちゃんは、まだまだ先だよ」

腐るほど小屋の空気を吸ってきた男は、ノリカの未来が見えるという。最後の欲を振り絞った人間だけが持つ、晴れ渡った景色があるのだと言った。

閉店間際、ドアで見送るノリカに、小笠原がタンバリンを差し出した。

「これ、僕の宝物。ノリカちゃんにあげる」

「もらっていいの」

「僕と一緒に焼かれるより、ノリカちゃんに持っててもらったほうが、こいつも幸せだから」

傷だらけのＬＰダブルモデルだ。銀とニッケルの合金ジングルが、使い込んだ柔らかな音で鳴いた。

「ありがとう、オガちゃん」

「ありがとう、さようなら、ノリカちゃん」

その日ノリカは、彼の夢みた女神としての総仕上げに、最高の笑顔で手を振った。

5

雪の消えた街に新緑の匂いが漂い始めた。大通公園を歩くノリカの前に、鳩が一羽舞い降りる。四月半ば、日中はそろそろラム革のライダースジャケットも暑く感じるくらいになった。二月と三月は、まるで計ったようにノリカの生活費だけが出なかった。大型連休前は、もっと厳しくなるかもしれない。三人の日給と店賃、光熱費でぎりぎりのところに、ボルトを抜くための休暇や費用の余裕はない。

小笠原から、その後なにも連絡はなかった。もうこの世にいないかもしれないと思ったり、病院のベッドで苦しんでいるかもしれないと思ったり。その時々で、ノリカの想像も変化する。「ボラーレ」で別れた日のことを思うたびに、前に進むことが大切なのだと自分に言い聞かせた。一歩踏み出すと、鳩がノリカの頭上をかすめて背後へと飛び立った。振り向くと、青い空と芽吹き始めた緑色が視界いっぱいに広がった。

悪くない――。

腕の時計を見た。約束の午後一時まであと二十分ある。待ち合わせ場所はテレビ塔の入口だから、充分間に合うだろう。ランチ帰りの女たち数人とすれ違った。グレーや紺の春ニット。今年の春は寒色が流行なのか。

ノリカは黒いパンツにライダースジャケット、レースアップシューズ姿でテレビ塔に向かって歩いた。ビルとビルの隙間から、ときどきつよい風が吹く。背の低い北の街にも、ビル風はあった。

今年に入ってから、仕事用のスーツ以外、自分のものをひとつも買っていなかった。店に出るまでは寝間着とジーンズ、セーターとトレーナーがあれば間に合う。だいたい、かしこまった衣装など、持ったためしがないのだった。これでいいだろうと思いながら着込んだ服は黒ずくめだが、相手が地元テレビ局のプロデューサーとなると、多少のはったりも必要だ。

約束の一時ちょうどに、テレビ塔を見上げる場所までたどり着いた。平日の昼どき、家族連れで大通公園を横切ってゆくアジア圏の言葉が耳につく。台湾か中国か。韓国はなんとなく違う、というくらいしか違いを聞き分けられない。道行く観光客の隙間から男がひとりこちらを見ていた。軽く頭を下げながら、男のいる方へ足を向ける。向こうもノリカに向かって歩き出した。

「どうもどうも、昨日はいきなりすみませんでした」

昨夜、初めてやって来た客が帰りがけに名刺を出して「ゆっくりお話ししたいことがある」と言ったのだった。竜崎や瑞穂とみのりの前では話しづらい内容なのかもしれぬと思った。名刺を見て眉を寄せたノリカに、男は潜めた声で言った。

「三十年ほど前に、静佳さんのドキュメンタリーを撮った者です」

『HSTテレビ　統括プロデューサー　柴崎薫(しばざきかおる)』

当時すすきのを舞台にしたドキュメンタリー番組のディレクターをしていたと言った。あと二年で定年です、と笑う姿には三十年前に現場で小突かれながら番組制作をしていたという気配はない。頭髪も目尻も勢いを失い、既に隠居でもしていそうな穏やかさだ。

柴崎は、すぐ先にあるという店の名前を告げた。ランチメニューにピロシキがある、ロシアンティーが売りの店だという。

「ロシア料理、お嫌いじゃないですか」

「わりと好き嫌いはないほうです」

正直、ロシア系のランチと言われてもピンとこなかった。和食でないのなら「生のホヤ」が出てくることはないだろう。魚介の店と言われたら少し困ったかもしれない。好き嫌いは多くないつもりだが、ホヤは苦手だ。

飲み物はたいがい、スタバかファストフード店で間に合ってしまう。最近はそれも缶入りやコンビニ商品になっていた。

柴崎に案内されたのは、大通に面したビルの地下にある「バラライカ」という店だった。四人がけのテーブル席が四つ、カウンター席が五席。どこの街にも一軒はありそうな古い洋食屋だ。勧められるまま、いちばん奥の席に腰を下ろした。

　店内にはロシア民謡が低く流れており、水のポットとコップを持って来たのは銀色の髪に青い目の女だった。日本人とは加齢の速度が違うという話は聞いたことがあるけれど、そうしたことをさっ引いても、目尻の皺や口元の筋肉から四十代半ばか五十代に見える。カウンターの中にいる四十がらみの日本人男性が夫なのだとすれば、見かけより若いのかもしれない。柴崎は彼女と、通い慣れたふうの挨拶を交わしていた。肌の青白さが、地下の薄暗い店に妙に映えた。

「ピロシキ定食ふたつ」

　柴崎がVサインを作る。飲み物はロシアンティーでいいかと訊かれて頷いた。彼はおしぼりを広げて手と額を拭き、黒スグリのジャムはママのお手製なのだと言った。そうしながら、昨夜はいきなり失礼しましたと詫びを挟み込む。会ってから既に四回は詫びていた。ここの店主と知り合ったのも撮影がきっかけだったことや、ママの生まれがサハリンであること、柴崎の母親も樺太からの引き揚げ者だったことなど。ノリカはできるだけ腕の時計を見ないよう気をつけながら、それらの話に相づちを打ち、本題に入るのを待った。

「今日、お時間をいただいたのは、実はですね」

　柴崎の自分話が終わったのは、ピロシキ定食のトレイが運ばれてきてからだった。

「熱いうちにどうぞ」と言いながら、ようやく静佳の名前を出す。男の本意がどこにあるのか、まだ分からない。柴崎は慣れた風で、ピロシキを割り口に運ぶ。ノリカも彼の手つきを真似た。揚げパンのこってりとした印象は、見かけより薄い味で遠のいた。サラダが、芋と南瓜(かぼちゃ)、豆が中心の温野菜なのもありがたかった。

「ノリカさんが、静佳さんのお弟子さんだということをつい最近知ったんです。三十年前にすすきのを舞台にいろんな業種のドキュメンタリー番組を作りました。静佳さんはそのころまだ現役で踊ってらした。ひたすら踏ん張って、ストリップティーズだけでお店を維持しようという姿が印象的でした」

「わたしがデビューしたときは、もう引退していました。二十年前です」

「数年前から、消息がわからないということでしたが」

柴崎は少し言いよどみ、連絡は取り合っているのかと続けた。

「いや、無理に彼女の居所を教えてくれという意味ではないです。劇場を閉めたいきさつも漏れ聞いておりますし」

「残念ですけど、札幌から姿を消したあとは一切連絡が取れない状態です。わたしがここに戻ってきたことも、報せられない。報せてどうなるものでもないですけど」

「僕らは、調べられないこともないんです」

ノリカは温野菜に伸ばしたフォークを引っ込めて、男の表情を窺った。

「業界のあれやこれや、ネットワークを使えば、彼女が今どこにいるかくらいまではたどり着けるんです。でも、今日お時間をいただいたのは、そういうことが目的ではありません」

そこだけきっぱりと言い切る姿に、妙なへつらいは感じられない。ノリカは表情を変えぬよう気をつけながら「どういうことでしょう」と、視線をひとくち残っているピロシキに向けた。

「もういちど、あのときみたいな番組を作りたいんです。すすきのを通り過ぎたり交差したりする人間たちのドラマを追ってみたい。ダンスシアター『NORIKA』を撮らせていただけないでしょうか。今は、当時はなかったBSという媒体もあります。企画を通す立場になってみて、やっぱりあのころの番組は熱かったしテレビ屋の粘りが画面に出ていたと思うんですよ」

「三十年前というと、静佳師匠は三十代後半でしたか」

「ええ、珍しく年齢を公表する踊り子さんでした」

「うちのお店はストリップ劇場とは違うし、踊っている子もまだ若いです。とてもよいお話だと思うんですが」言葉がそこで途切れてしまった。

テレビに出れば、どんな夜中の番組だろうと少しは話題になる。けれど、とノリカの勘が待ったをかける。店に有益でも、瑞穂とみのりには家族がいる。ストリッパーになったことが知れた二十年前、「恥さらし」と罵った親の顔を三日で忘れた自分とは違う。なにより、自分に元ストリッパーという肩書きがつくうちはまだ、店の内容以外で話題になるのは本意じゃない。繁盛目指してなりふり構わず、という言葉も浮かばないではなかったが、それはまた別の話だ。ノリカがピンで踊る店ではないのだ。

　柴崎は「そうですか」とつぶやいて、運ばれてきた紅茶に黒スグリのジャムをスプーン三杯大盛りで入れた。

「実は、この仕事を辞める前にもう一度、作り手が傷つくような番組を作りたかったんですよ」

「作り手が、傷つく番組ですか」

「最近の北海道発の番組は、観光とグルメばかりで土地の人間は素朴だの穏やかだのといった東京の価値観か、農業のほのぼの話ばかりだ。国境問題は常に利権がらみだし。臭いものに蓋をするような番組を撮り続けながら、疑問を持っているのも現場の人間でしてね。なんだかこう、社会が巧妙に傷つかない方を選んでいるような、何でもそういう風潮に乗らないと発表の場を失うような危機感があるわけです」

「それと、作り手の傷ってどういう関係があるんでしょう」

　ノリカの質問の前で、柴崎の唇が奇妙に歪んだ。聞きようによってはひどい問いなのかもしれぬと気づいたが、引っ込めることもできない。柴崎がカウンターに向かって紅茶のお代わりを注文した。そのあと背筋を伸ばし、居住まいを正すと絞り出すような声で言ったのだった。

「すすきのから旅立ったり、すすきのに流れ着いたり、毎日毎日この街は通り過ぎる人間によって姿を変えています。そういう場所なのだと割り切りながら、どこかで割り切れないものを残している。人間にも季節があって、春と秋では同じ気温でも向かう先が違う。僕はもう冬といっていい人間だけれど、そういうヤツだからこそ正面きって傷つくことができるし、誰かに傷を残せる気がするんですよ」

柴崎は数秒黙ったあと、ノリカが借りる前の「ＯＮ　ＭＡＫＯ」の話を始めた。

初代オーナーはレコード会社に所属して音楽プロダクションにも籍を置いていた男性歌手だったという。地方出身アイドルとしてデビューしたが、歌謡曲全盛期で振り落としに遭いジャンル替えとなった。相沢(あいざわ)みちる、という名に覚えはなかった。三年で故郷に戻った彼は、キャバレーやクラブと契約して、夜の街で歌うようになった。なんでもそつなくこなすクラブ歌手の歌い方が板についたところで、自分で店を持つことになった。

パトロンは歯科医だった、と言うときそこだけ柴崎の声がちいさくなった。

「店はそこそこ繁盛していました。立地条件も良かったし、まだ〝箱バン〟という言葉が生きていた時代でもあった。でもそこで相沢みちるは新しい才能に出会ったんです」

「新しい才能ですか」

「確実に中央で勝負できる歌唱力です」

相沢は新しい才能に惚れ込み、そのせいで歯科医と揉めて独立した。そして開いたのがニューハーフのショーパブ「ON　MAKO」だった。

みんな男ばかり。それも、情痴の絡んだ関係だ。正直ノリカは、どこにでもある話だろうと思った。だからこそ、仕事と体は分離させなきゃいけないのだ。

久しぶりに脳裏に「ラブアロマ」の看板が過ったとき、柴崎が言った。

「やっと中央とのパイプが出来たというとき、相沢は倒れました。何の因果か咽頭がんです。店は惚れ込んだ才能に譲り、引退。最期はあっけなくて寂しいものでした。最後に歌ったかすれ声の『アヴェ・マリア』を聴きました。あのとき初めて、人間ってなにもできないことに気づいて傷つくんだと思いました。傷つかぬよう、常になにかしら動いていろんなことを避け続けているというのが現実です」

柴崎は、深々とため息を吐いたあと、薄くなったつむじをノリカに向けた。

――このとおり。

「彼が死んだあと、なんとしてもデビューしてプロになろうと頑張っている二代目と、昨夜踊っていた彼女たちが不思議なくらい太く交差したんです。踊る彼女たちの姿を、二代目に見せたい。僕らはそこから広がる世界を信じたい。そう言いながらも、若い彼らを見守りたいという気持ちに隠したつもりの、自分の嫉妬心と闘いたいんです。これは決してきれいな話じゃないんだ」

作り手が傷つく、とはつまりそういうことだと柴崎は言った。ノリカは少しぬるくなった紅茶にジャムをひとすくい垂らし、かき混ぜずに喉に流しこんだ。低いロシア民謡のリズムにつま先が反応していた。

「考えさせてください」

ノリカがいま言えることはそれだけだった。出演がたとえ三分でも、撮りようによってはひとの一生を預かる仕事をしていると自負する男に対して、即答こそ失礼ではないかと思った。竜崎の顔が浮かぶ。相談してみようという漠然とした思いの傍ら「ラブアロマ」へ行くことも決めている。傷か――。胸奥でひとつつぶやき、打ち消した。

その日はショータイムの前後、飲み物がいつもより多めに出た。閉店後、カウンターの端に座り数字と睨みあいながら慣れぬ経理ソフトに売り上げを打ち込む。使い方は瑞穂から習った。すでにフロアは瑞穂とみのりが拭き始めていた。「あたしゃ床拭きからのたたき上げ」という言葉が浮かぶ。青森のちいさな小屋にいた、年老いた踊り子の口癖だ。

最近は店の後片付けも四人が同時進行になった。最初はひとりふたりと散っていたのが、四人で店を出る日も多くなった。夜中の豚汁とおにぎり、あるいはすすきの温泉でひと風呂。金のない者たちの結束は、ちょっとでも手を加えるとすぐに美談にすり替わってしまいそうな危うさを秘め、ぎこちなく前へと進んでいる。

柴崎の口説き文句は、ビル風に似た速度で何度も通り過ぎた。棚の酒をチェックしてグラスを拭き、今日の一杯の準備を始めた竜崎に昼間の話をした。

「ここでその歌手と、あの子たちの姿を撮りたいって言うの。返事はまた後日ってことにしてある。BSの番組ですって。どう思う？」

「前の借り主と今の借り主が、ここで会うという企画なんですか」

「師匠のドキュメンタリーを撮ったひとだった。三十年前って、わたしまだ十歳」

「わたくしは八歳でした」

混ぜ返すように竜崎が言った。ノリカは「うまい話」の持つ危うさが気になるのだと返す。竜崎はそれに答えず、フロアで床拭きをするふたりのほうに視線を流した。

「あの子たちが、どう思うかですね」

「瑞穂もみのりも、この仕事が公になって困ることがなければいいんだけど」

「少なくとも、店にとっての悪影響はないでしょう。酒場を舞台にした人情番組は、そんなにひどい作りにはならないんです」

「どういうことなの」

「流れて、留まって、そしてまた流れてゆくことが前提だから。場所のテーマが安定しているから、ぶれようがないんです」

　そこまで言うと、竜崎が顔を上げた。ノリカはひとことも返せない。まるで自分も再び流れてゆくのだと断言されているみたいだ。

「彼女たちに、訊いてみたらいかがですか」

　ノリカは「そうだね」と頷いて、雑巾がけを終えたふたりに声をかけた。

「ちょっと相談したいことがあるの」

　帰り支度を始めたふたりが、ノリカを挟みカウンターに座った。瑞穂、みのり、ノリカの順に「今日の一杯」が出てくる。色は青、白、赤と続いた。夜食代わりにと牧田が置いていった、チーズと薄切りにしたライ麦パンも皿に並んでいる。

「トリコロールね」と瑞穂が言った。ふたりとも、カクテルのアルコール度数を三パーセント以下に抑えてあることは知らない。翌日体がむくまないようにブレンドされた果実やビタミン、すべて竜崎のオリジナルだ。

　ノリカは柴崎の言葉を、自分の感情をできるだけ入れず、箇条書きのように伝えた。

先に反応したのは瑞穂だった。

「それって、すごい宣伝になるんじゃないですか」

「それはそうなんだけど。あなたたちがここで踊っていること、テレビに出ちゃうんだよ」

瑞穂は結局サツホロ不動産を辞めず、パート勤務を四時上がりにして、「NORIKA」で踊っている。息を切らしながら店にやって来て、途中で買った肉まんや焼売(シューマイ)を口に入れながら急いで化粧をする毎日だ。ときどき、みのりにあつあつの肉まんを手渡しながら「事務も執れるダンサーって格好いいと思わない？」と笑う。

みのりは融通のきかない性分を武器に、自分のコンディションさえもコントロールしている。それぞれ替えがきかないポジションにいることを、ふたりとも分かっているようだ。みのりがグラスの半分を一気に喉に流しこみ、ぼそりと言った。

「厚化粧して照明あてれば、誰だかわかんないと思う」

相変わらず身も蓋もないことを言う。瑞穂が「はぁぁ」と全身から力が抜けるような声を出してのけぞった。みのりの愛想なしのひとことがきっかけで、張っていた空気があっさりと弛む。四人でいると居心地がいいのは、それぞれが自分の役どころを忠実に守っているお陰だった。いつか崩れてゆくことを怖れてはいけないけれど、こんなひとときがあると、それを少しでも先延ばししたくなる。

ノリカはテレビに出て得られる客層や反響と、失うものを無意識に秤(はかり)に掛けていた。瑞穂の真似をして「はぁぁ」と言ってみる。みのりがむっときた様子で唇をとがらせながらグラスを空ける。

「ここの前のオーナーが店にやってくるっていう設定らしいの。テレビのひとには、撮りたい画があるんでしょう。歌手デビューをかけて頑張ってるって聞いた。比重はそっちの方に掛かるだろうと思うけど、このチャンスを逃す手はないか」

いくぶん明るめに言ってみる。ノリカの肩先で、みのりが乾いた声で笑った。

「ばりばりのメイクして、カメラ蹴飛ばす勢いで踊っちゃう」

「みのりちゃんが言うと、本当に蹴飛ばしそう」瑞穂が声を落とす。

ノリカが「その前にわたしのケリが入る」と言うと竜崎も笑った。四人でいると、舞台の上で仲良く盆に乗って踊っている錯覚が起こる。息の合ったチームショーだ。掛け値なく楽しいのだ。

ふとグラスからこぼれ落ちる滴のように、瑞穂が言った。

「牧田さん、喜ぶかな」

ノリカの指先が、チーズの前で瞬間ためらう。横でみのりがライ麦パンにチーズを挟んだ。

「これ、けっこういける」とみのりが言うと、「牧田さんの差し入れって、いつも美味しいよね」と瑞穂が笑った。ノリカはため息を吐きそうになって慌ててグラスを持ち上げた。

小屋と違って、ここには舞台の上と下がないのだった。手を伸ばせば触れられる場所にダンサーがいる。下着を取らずに踊るこの子たちは、女神ではなく手の届くアイドルに近い存在だ。ふたりとも、現役時代のノリカが見てきた、広げた脚のあいだに集まる必死で切ない視線とは違う眼差しにさらされている。ノリカは精いっぱいの笑い顔をつくり、ふたりに向かって言った。

「美味しいけど、体重管理もよろしくね」

「はぁい」瑞穂がパンを半分にちぎった。


番組のクルーが「ＮＯＲＩＫＡ」の店内撮影に入ったのは、桜が満開となった五月の連休明けだった。午後四時、カメラの撮影位置を決めるために、店内の隅々に立ち照明を調整している。瑞穂とみのりには、いつもどおりのリハーサルをしてくれ、という。いつもどおりがいちばん難しいだろう。普段と変わらずにいるのは、竜崎ひとりのように見えた。

「三日間張りついていても、編集が終われば四十五分の番組ですから。残念ながら撮った映像すべては使えないんです。なのであまり気にせずやってください。用意されたものに面白味はないんですよ。驚いたり焦ったり泣いたり笑ったり、自然な映像が欲しいんです」

もっぱらよくしゃべりよく動いているのは、柴崎と同期入社というディレクターで、カメラと音声は口数の少ない若手ふたりという組み合わせだ。音声担当者がピンマイクを着ける際、シャツの内側を通してくれと言った。上着の内側、パンツのベルト部分に音声器具を挟み込む。ノリカの吐く息まで、彼らのヘッドフォンに流れてゆくと思うと、なにやら鼻息も控え気味になる。光の加減や音響、映像が仕事の彼らは黙々と撮影の準備をした。

瑞穂もみのりも、シャツに黒パンツのユニフォーム姿でダンスの打ち合わせをしている。瑞穂はカメラやノリカの襟元に着けたマイクを見て面白そうにしているが、みのりはただでさえ愛想がないのに、今日はいっそう表情が硬かった。柴崎は、ノリカに話しかけるときだけ妙に機嫌がいい。

「道内のドキュメンタリーは、このメンバーでやることが多いんです。全国放送だと東京の制作会社が同行するんですが、今回は地元番組なんで」

「ちっちゃい番組ですから」と言いながらも柴崎がクルーや出演者を見るときの目は、ノリカがなにか訊ねることもためらうほど鋭かった。三十年前の熱さと、日和(ひよ)った番組を撮ってきたことへの悔いがふとした瞬間に見え隠れする。小笠原が言っていた「最後のダンスを踊る子はわかる」という言葉が妙な現実味を持って押し寄せてくる。

携帯電話を耳にあてた柴崎が「下におりるから、ちょっと待っていてください」と言い残し店を出て行った。番組メインの「歌手」が到着したらしい。名前を聞いていなかった。柴崎が今日まで意図的に言わなかったのか、それとも伝え忘れていたのか。両方の可能性を考えると、ノリカの視線の位置が下がった。二分ほどして、店のドアベルがひかえめに鳴った。

柴崎の後ろから、長い黒髪をセンターで分けて化粧も薄めの女が現れた。紺色のワンピースにおとなしいラメの入ったボレロを合わせている。首にはひとつ、ちいさな粒ダイヤが光っていた。ノリカを見て、すっと美しいお辞儀をした。つられてこちらも腰を折る。頭を上げたときには、彼女にライトがあたっていた。

「初めまして、角倉さとるです」

「フジワラです、今日はよろしくお願いします」

通り一遍の挨拶をするが、ノリカの意識は、彼女のほっそりとした体型からは想像していなかった太い声に引きずられてゆく。

男だったのか――。

瞬時に「ON　MAKO」という店名に大きくうなずきそうになる。オン・マコ。「ン」と「マ」の位置を逆にすれば、立派な放送禁止用語だ。

柴崎は巧妙にカメラに映り込まない位置に立っていた。客がやってくる前に、挨拶とカウンターでの会話を撮る算段になっている。バーテンダーは手元以外は撮らない約束だった。完全な黒子として、飲み物だけを撮って欲しいという竜崎の申し出の、深い意味は問われなかった。「それがわたくしの仕事ですので」と譲らないものの、番組には大きく影響しないということで、店側の要求が通った。テレビマンたちは興味のないことには徹底して目を向けないし、強くも出なかった。

「すすきの交差点」と題された番組は今回「新しい道の前に立つ」という副題で、新旧交代時の若手側の道の険しさとひたむきな姿、巣立つ側にスポットをあててゆく、というものだった。

「歌と踊りは普段お客さんのいる場所から撮ります。最初に角倉さんとノリカさんの表情を撮らせてください」

まずは角倉さとるが「ON MAKO」を閉めたいきさつをノリカがカウンターで聞く、というシーンの撮影だ。カメラがカウンターのふたりを前に構えている。竜崎がロンググラスのスプリッツァーを並べて置いた。

ディレクターが「どうぞ」の仕草でひとつおおきく頷いた。ノリカは角倉さとるにかける最初の言葉が思いつかないまま、軽く頭を下げた。ふと、音響の話題がいいかもしれぬと思い、スピーカーの出力がとても良くて感謝している、と告げた。

「出せない音がないみたいなんです。いつも余力を残していて、とてもいいスピーカーに育ってる。残していってくださって、ありがとうございます」

角倉さとるは、男とは思えないほどちいさな顔にアーモンド型の大きな目を持っていた。涙袋さえ深い色気を放って、正面から見てしまうとしばらく目を離せなくなりそうだ。ノリカの目からみてもそうなのだから、柴崎もこの子に心奪われているのかもしれぬと思った。なるほど、と思ったあとは妙な緊張から解放された。

「先代が、山奥に別荘を持っていたときにとことん音を染みこませたって言っていました」

「音響システムがそのままになっていて、すぐにお店を始められそうな感じでした。ミュージシャンが始めたお店と伺って、納得しました」

「大切に使ってくださっていて、嬉しいです」

「今日初めてお目に掛かって、改めて、どうして音響を残したまま店を閉めてしまったのか不思議に思っているんですけれど」

割とスムーズに話が運んでいる、と思っていたノリカの質問で、会話がぴたりと止まった。ディレクターがわずかに視界の端で動くのが分かった。角倉の背筋がすっと伸びる。おかしな間があいたが、慌てる様子もないようだ。

「店を閉める決意をしたときに、師匠が付けてくれた芸名以外のものを店から持ち出すのは、ルール違反だと思ったんです」

「ルール違反、ですか」

「この店にはもう、戻って来られないわけで。だからといって、歌い手で駄目だったらまた音響だけでも使ってどこかでお店を始めるということも、考えたくなかったんです。

気持ちよく捨ててあげないと、お互いに良くない気がして」

　そう言い放つ表情に気負いは感じられない。ノリカはわずかに声を落とし、こっそり「彼」の年齢を訊ねた。音声はどんな声も拾ってゆくだろうが、ここは使わずにいてもらおうと顔も伏せ気味にする。角倉はあっさりと「二十八です」と答えた。アイドルでも演歌歌手でもシンガーソングライターでもない、年齢不詳、性別不明でただひたすら「歌い手」に徹した彼が跳ねる瞬間を見てみたくなった。

「次の場所へ行くには、一度なにもかもを捨てて身軽になるしかないのかもしれませんね」

　自分も同じ、と続けると本当にこの身が軽く思えてくるから不思議だった。角倉の瞳がライトのせいなのか潤んで光ったように見えた。

「今日は、一曲歌わせていただけると伺っています。新オーナーのノリカさんのリクエストにお応えしたいと、いろいろ持ってきました。お好きな曲を選んでください」

　びっしりと細かな文字が書き込まれたＡ４の紙がクリアファイルに挟まっている。ジャンルごとに分けられているようだ。

「これ、みんなレパートリーなんですか」

「はい、二枚目もありますのでどうぞご覧になってください」

　言われたとおり、クリアファイルから紙を取り出した。クラシック、歌謡曲、演歌、ロック、ポップス、フォークソング。ジャニス・イアンから美空ひばりまで、角倉がすぐに歌える曲には国境も性別もなかった。ノリカがステージで使っていた曲は、文字が浮き上がって見えた。すぐに踊れる曲がいくつも入っているのを見て、しばらく言葉を失った。

「おかしなことを伺うようですけど、いったいどのジャンルでデビューが決まったんですか」

「最初はロックバンドでヴォーカルを務める予定でしたけれど、バンドメンバーを揃えることができなかったので、ソロということになりました」

うつむきそうになるところを呼吸を整えることで持ち直している。それで、と続けた。

「オリジナルでデビューするのは先送りになったままです。だから、地元テレビで取材を受けるというお仕事を頂いても、マネージャーもいません。自由が切ないのは、まだデビューしていないからです。何でも歌えますって言っちゃった手前、今さら引っ込めることもできないんです。ウリがないって、それはそれで残念」

両肩を軽くすくめて笑う姿が卑屈に見えないのは、彼が持っている品だろう。きらめくような希望は見えないが、自虐に落ちたり諦めているわけではないのだ。ホルモン調節も、胸に詰め物をしている様子もないけれど、声以外はすべて女に見える。柴崎がここでの撮影を決めた本当のところは、もしかすると角倉さとると浄土みのりが交差する一瞬を見たかったからかもしれない。

ここでノリカはあらかじめ頼まれていた台詞を口にした。柴崎から、歌手とダンサーが同時に画面に収まる映像が欲しいと言われている。

「もしお嫌でなかったら、今日だけうちの女の子たちをバックダンサーにするというのはどうでしょう。わたしも彼女たちが角倉さんの歌で踊っているところを見てみたいです」

ノリカのひとことに、角倉の頬が持ち上がった。ぱっと花が咲いたような笑顔だ。

「嬉しい」

その言葉に嘘はなさそうだ。自分たちにあたっていたライトが消えて、ディレクターが「オッケー」と言った。

辺りの気配が別のざわつきに包まれるなか、竜崎がグラスを示して「どうぞ」という仕草をする。ノリカは先に手を伸ばし、ひと息に半分飲んだ。薄くなっている。それでも毎日一杯ずつ覚えるカクテルは、もう自分の店の味だ。

ノリカが曲を決めかねていると、角倉が「差し出がましいですけれど」と、一度頭を下げた。クルーはフロアに場所を移している。柴崎もそちらへ行ったようだ。そっと、どうかしたのかと訊ねてみる。

「歌もダンスも殺し合わない曲って、限られてきます」

「たしかにそうね。どっちも立たせるのは難しいかもしれない」

角倉の言葉の意味が理解できて、ノリカの心もちも上向いてくる。短くとも、ステージをひとつ作ることに感じる心の張りだ。

「ビートの利いたがちがちのロックで、ダンサーが前というのがいいと思うんですけれど、ノリカさんはどう思われますか」

それならば、ダンサーが歌い手の邪魔になることはない。黙っていても歌が前に出て行くのだ。

「角倉さんはなにがいいと思いますか」

「ちょっと、驚かせる方向でいきましょうか。なにがいいかな」

声とはうらはらに、悪戯っぽい笑顔はまるきり「彼女」だ。角倉さとるの持ち味を考えれば、長くステージに立たせておくための計画が頓挫するのも頷けた。この強い印象は、初日がいちばんの踊り子になってしまう可能性を秘めている。危険な賭けを、どう乗り越えてゆくか——。見極めきれないほど広い可能性の前に立つと、果たして自分に育てられるのかどうかと尻込みするのはノリカも同じだ。頓挫は、捉えようによっては事務所の誠意かもしれない。

リストの曲名がひとつ浮いて見えた。ロックのジャンルに入っている。ボン・ジョヴィの「It's My Life」。ショーでは二回目のトップに入れている曲だった。瑞穂とみのりがふたりで息の合ったところを見せる一曲だ。

「これ、どうですか」と指を指してみる。角倉がノリカと目を合わせにんまりと笑った。

「いいですね。柴崎さんも驚いてくれそう。問題は音声さんの調節かな。たぶん大丈夫でしょう。相談してきます」

角倉が軽やかな仕草で背中を見せてフロアに向かう。腰のくびれも片側に流した髪とうなじも、女より女っぽい。女じゃないのが分かっているから余計にそう感じてしまう。ノリカはひとつ、意識的に息を吐いた。瑞穂とみのりをカウンターに呼んだ。視界の片隅で竜崎がゆったりとグラスを磨いていた。

「『It's My Life』の生歌で踊るのって、どう」

「生歌ですか」真っ先に、瑞穂が語尾を上げて喜んだ。みのりはいいのか悪いのか、ちいさく二度頷いた。

「じゃあ、角倉さんが立つ位置との距離をみながら、前で踊ってちょうだい」

「ヴォーカルの前で、踊るんですか」

「この曲なら、バックダンサーじゃなくていいという彼の判断」

男の人なんですよね、という瑞穂に、どっちでもいいよ、とみのりが返す。角倉はこのユニットの武器に気づくだろうか。ノリカは自分が初めて舞台に立つときのような高揚感のなか、いま視界に入るものすべてを覚えておこうと思った。

音声との打ち合わせが済んだ角倉がカウンターに戻ってきた。三、四日の旅ができそうな大きな肩掛けバッグからＣＤを抜いて、曲名を確認するとノリカに笑顔を向けた。

「先代が趣味で作ってそのままわたしに遺してくれた、デジタルのカラオケ音源です。いつも勘で引き抜いてるんですけど、一発で欲しいＣＤが出てくる日はいいステージになるんです」

ただのジンクスですけど、と笑った。ふと、ノリカもこの空気のなかで踊りたくなってきた。じわじわと沁みるようにして胸の奥に迫ってくるなにかがある。ひりつくような緊張感と闘いたくなっている。

角倉さとるは、柴崎が湿っぽく解釈するような心もちのなかにいるようには見えなかった。人の心は見かけよりずっとシンプルかもしれない。歌いたい、踊りたい。こんなに熱くて簡潔な欲望がどこにあるだろう。カメラの前で、自分たちの動く範囲を説明している瑞穂とみのりも、その欲望を実に上手く楽しんでいるように見えた。

すみません、と角倉がノリカの顔を覗き込んだ。

「音の調節をしたいんですが、アンプに触ってもいいですか」

「もちろん。わたしもまだ充分に使いこなせていないんです。教えていただけると嬉しいです」

慣れた仕草でアンプの音を調整する彼を見た。角倉は八センチヒールのパンプスを履いており、目線はノリカと同じくらいだ。楚々とした気配と、ケア万全の爪の先と、髪の毛から漂うオリエンタルハーブの香り。どれも、彼の声を予測させない。歌えばもっとすごいことになるのだろう。アンプの中音を絞る指先を見ながら、ノリカはこのあと起こることに思いを巡らし、深呼吸した。心臓が二倍に膨らんだような気分だ。

ディレクターが、照明をショーと同じにして欲しいという。ノリカはフロア照明を落とし、スポットを点けた。角倉さとるが太いワイヤーの専用マイクを持って、客席正面の壁を背にして立つ。

カメラマンが、客席の上に立てたライトからつよい光を放った。瑞穂とみのりの肩先をかすめて、角倉の上半身につよいスポットがあたる。ディレクターが「うん」と頷いた。

「いつもどおり、楽しくやってください」

瑞穂とみのりは、黒いパンツスーツ姿のままスタンバイしている。当の角倉は、ボレロを脱いで、ノースリーブのワンピース姿だ。紺色の生地が光を吸って、白い肌を浮き上がらせる。腕の筋肉は鍛えられたランナーのようだった。柔らかい、走るための筋肉だ。鍛えた肺と喉は、アンプの調整で想像がついた。

「スタンバイいいでしょうか」

——はい。

三人同時に返事をした。

「ちょっと待って」

ノリカは急に思い立って、ミラーボールのプラグを差し込んだ。光のブロックが壁や角倉の首元の粒ダイヤに反応して光る。

柴崎が天井を仰ぎ「こいつを忘れてた」と大声を出した。カメラマンが「すげえ」と言って調節を始めると、角倉さとるが笑い出した。

「これ、先代がどこかの店の中古を買ってきて取り付けたんです。どう考えても大きすぎるでしょう」

マイクを通して響く笑い声ほどに、乾いた心もちではないことが伝わり来る。ひとしきり笑ったあと真顔になり、彼がマイクを握り直した。

「よろしくお願いします」

ノリカは角倉の合図でプレーヤーの再生ボタンを押した。二拍おいて、ビートのきいたイントロが流れ出した。瑞穂とみのりのポーズも、入りも決まった。角倉の声は、軽々とカラオケを飛び越えてゆく。店内が彼の喉から飛びだす歌声に、時間を止めた。まるで楽器だ。使いこまれた楽器のような、低音のきいた声だった。

ただ上手いというのとはまるで違う。全身に鳥肌が立った。高音も低音も、原曲キーで歌えるほどの声量が阻んでしまう未来があるのだった。技術が足伽になる。それは浄土みのりに感じた印象とまるで同じだった。持って生まれた能力にまだ若い心もちがついてゆけない。

角倉さとるは、ひとつの楽器だった。

瑞穂もみのりも、カメラやクルーの視線など意に介さぬ様子で踊っているのだろう。オーディオの位置からはピルエットやバックポーズのときしかその表情を見ることはできないが、伸びやかな手足の動きで分かる。

It's My Life——。

角倉のシャウトで曲が終わる。クルーは誰ひとり動かなかった。

「ありがとうございました」角倉のひとことで、張り詰めた店内の空気がゆるんだ。彼がノリカの前にやってくる。瑞穂とみのりもこちらを見ている。ディレクターが慌てた様子で角倉を呼び戻した。

「すみません、もうちょっとこっちにいてください。おひとりおひとりのコメントを撮らせてください」

柴崎が「今のはリハーサルじゃないのか」と問うた。

「まさか、この映像でいきますよ。柴さん見てなかったんですか、こんな映像二度と撮れませんよ。これでいきます」

半ば怒りに似た口調で彼が言った。柴崎は長年一緒に仕事をしてきた仲間の興奮がよほど可笑しかったのか、そんな映像が撮れたことが嬉しかったのか「すまん」を連発し、腹をゆすりながらこちらに向かって言った。

「ディレクターも僕と同じ気持ちのようです。気分のいい一発撮り。記憶に残りますよ。みなさん、ひとことください。ここはノーカットで使います」

まず角倉さとるがカメラに向かって微笑んだ。

「お店を手放したことを後悔はしていません。生活が規則正しくなって、以前出なかった音域も出せるようになっています。歌を選んで、良かった。こんな時間をいただけて、嬉しいです。『NORIKA』のおふたりは、すばらしいダンサーです」

瑞穂が肩先に緊張を漂わせ、カメラの前に立った。

「踊る場所があって、ときどきこんな出会いがあって、踊りが好きで良かったです。自分で言うのもなんですけど、最高のステージでした」

自分の番が来たみのりが、ノリカを振り向き見た。感情のこもらぬ目だ。ノリカはその瞳に向かってひとつ頷く。みのりがカメラに向き直る。

わたしは――、ひと呼吸ぶん間が空いて、硬い口調で続けた。

「死ぬまで踊りたいです」

ノリカの胸奥を、冷たく重い風が吹きすぎた。

6

「NORIKA」を舞台にしたドキュメンタリー番組の放映日を迎えた。

ダンスシアター「NORIKA」は、五月から六月にかけてわずかだが売り上げが伸びた。かろうじて右肩上がりという感じだが、七月の士気は上がる。

それでもオーナーの生活費までは出なかった。頭を悩ませているのは貯金が目減りしている現実と、竜崎をはじめとして、欠勤もなく働いている三人の収入がこれでいいのかということだった。売り上げがもうちょっと跳ねてくれれば、いやせめてもう一杯ずつ飲み物の注文があれば、という祈りにも似た思いが一日に何度か胸をかすめる。それでも誰ひとり泣き言を言わない。いくら好きな仕事でも、生活を楽しめるほどの収入がないままでいられるわけもない。蓄えは大切だ。衣装一枚揃えるにしても、ここいちばんの「思い切り」を応援するのは、やはり金なのだった。

午前零時、床拭きは明日にするとノリカが声を上げて、瑞穂とみのりの三人で店を出た。この時間に帰らなくては、放映に間に合わないのだ。竜崎はひとあし先に店を出ていた。日中は爽やかに吹いている風も、夜中となると少し肌寒い。店では白いフレンチ袖のTシャツを三枚ずつ揃えて、ユニフォームのインナーにしている。出勤と帰宅はジーンズとシャツに替えた。

気づくとみのりも似たような服装だ。瑞穂は着慣れた感じのスウェットジャンパーと、裾を折ったボーイフレンドデニム。可愛げがあるのは瑞穂くらいで、ノリカとみのりは夜に溶けてしまいそうなくらい愛想のない服装だった。

零時三十分から、ＢＳで放映になる「すすきの交差点」は、牧田をはじめとする常連客には伝えてあった。これから三人でおにぎり屋に寄っていてはオンエアに間に合わない。小走りで部屋に向かって、なんとか、というくらいだ。

全員ここで別れて、自宅でテレビを見ることになるだろうと思っていた矢先だった。みのりのひとことがノリカと瑞穂を驚かせる。

「もしかして、テレビ持ってないの、わたしだけですか」

いつも強気で、場の空気など気にする風もないみのりだが、今日は言いづらそうにしている。なんと返していいか分からず、ノリカの口は開いたままだ。

「なんでそれを早く言わないの」瑞穂が珍しく不機嫌な声を出した。

「だって」

「だってじゃないでしょう。あと三十分でオンエアだっていうときに、テレビ持ってないって」

いつもは自分が負う役回りを瑞穂に取って代わられていることに気づいて、ノリカが割って入った。

「まぁ、言ってくれただけいいと思うし。みのりはわたしの部屋で」

言いかけたところで、瑞穂は更に唇を尖らせて怒りも露わな表情だ。

「わたしも一緒に見たい。じゃあ、ふたりとも今日はつき合って。うちはBSでもCSでもWOWOWでもだいじょうぶだから」

返事を待たずに歩き出した瑞穂の後ろを、みのりと顔を見合わせてついて行く。声をかけようものなら、その場で叱りつけられそうな勢いですたすたと歩いてゆく。ノリカは、みのりとノリカのふたりで床の雑巾がけをしているのを見た際の瑞穂を思いだした。子供を産んだことも育てたこともないけれど、自分がもし女の子ふたりの母親だったら、こんな場面を見ることがあったかもしれない。そのあとふと自分が笑っていることに気づいた。瑞穂が立ち止まったのはおにぎり屋の前だった。

「ふたりとも、いつものでいい？」

ほぼ同時にみのりも横で頷いていた。テイクアウト用に開かれた窓に向かって、瑞穂がたらこバター四つ、チーズわかめ四つ、鮭が四つ、と立て続けに注文して支払いをする。

「四つって、なんで」とみのりがつぶやいた。自分なりに瑞穂を怒らせたことだけは理解しているらしい。

「わかんない」ノリカは小声で返した。

おにぎりの入った袋を受け取ったのが零時十五分。瑞穂の家は札幌駅の北口から更に十五分ほど歩いたところだと聞いていた。これからタクシーに乗って間に合うかどうかというところだ。それに、両親と同居と言っていなかったか。こんな時間にいきなり訪ねていって「お嬢さんが踊っている店のオーナーです」という挨拶が通用するわけがない。

わたしたちやっぱり――、言いかけたノリカに向き直り瑞穂が「安心して」と言った。

「先月からひとり暮らしを始めたの。ここからタクシーで五分のところ。さ、急ごう」

瑞穂は空車の赤いランプに向かって手を振った。乗車してすぐに、スマートフォンを取り出しなにか打ち込んでいる。ふたりとも瑞穂に声を掛けられないまま、五分ほどで目的地に着いた。財布を取り出す瑞穂を止めて、ノリカが料金を支払う。素直に礼を言う彼女はもういつもの笑顔に戻っていた。みのりだけがどことなくばつが悪そうだ。ノリカは表情のすぐれないみのりを促して、瑞穂のあとをついて行った。

十階建てのマンションだが、創成川（そうせいがわ）のあたりは人気物件が多いのと家賃が高いのでノリカが入居を決める際に避けた地域だった。オートロックシステムのマンションだ。慣れた仕草で鍵を差し込み、瑞穂は続くふたりをせき立ててエレベーターに乗り込んだ。

「早くしないと、始まっちゃう」瑞穂が最上階のボタンを押して振り向き、悪戯っぽく笑った。

　ほのかにラベンダーが香る玄関に入り、ノリカはふと、自分が二十三だった頃のことを思いだした。所属の劇場があったときはそこが住所で旅回り、フリーになってからは電話一本で仕事をしてきた。容易に行方不明になることができる環境で四十まで生きてきた。我ながらあっぱれだ。

　早く、とせき立てる瑞穂につられて、みのりとふたり、とりあえず靴を揃えてそろそろと部屋に入った。カウンターキッチンとリビング、寝室があるようだ。ひとりで住むには少し広すぎるのではという印象の部屋だった。瑞穂がテレビのリモコンを持って、スイッチを入れた。大画面のテレビとラグとクッションのほかには何もないリビングだ。さてどこに腰掛ければいいんだろうと躊躇するノリカの目に、戸惑う自分の姿が飛び込んできた。壁に畳二枚ほどもある鏡が張られており、部屋を広く見せていたのはこれだったことに気づいた。ほぼ同時に気づいたみのりと、鏡の中で目が合った。ふたりの横に立った瑞穂が、おにぎりの袋をラグの上に置いた。

「殺風景なとこでごめんね。好きなところに座ってて。いま、飲み物持ってくるから」

　あと三分で番組が始まる。鏡について語り合っている暇はなかった。ノリカは鏡の中の自分にのぞき見されているような気分で、できるだけそちらを見ないようラグの端に座った。まるでダンススタジオのような部屋に、テレビと録画システムがある。壁の色と同化しそうな薄ベージュ色の遮光カーテンには、ドレープを邪魔する折り目が残っていた。

『すすきの交差点・新しい道の前に立つ』

夜の繁華街を行く人波を、かき分けるようにカメラが進み、静かなナレーションが始まった。

＊

――札幌市、すすきの。夜の街・札幌を支える、旅の入口、そして出口。老いも若きも、ひとときこの場所で羽を休め、そして旅立ってゆく。人が人に出会い、別れる街、すすきの。この街で生まれ、この街で育ったひとりの歌手がいた。

角倉さとる――。

ナレーションが途切れたところで、角倉が雑踏を割ってこちらに歩いてくる。ネオンを吸って白い頰がより白く、艶めいている。カメラはそのあと角倉の背を追い始めた。

――メジャーデビューを目前に控えたひとりの歌手の、過去と未来が交差する様子をカメラが追った――。

そこで、大きく筆文字の題字が現れた。

『歌うこと、踊ること』

次のカットはボイストレーニングをしている彼の姿だった。雑踏を歩く妖艶な姿ではなく、ジーンズにTシャツというラフな服装だ。胸も平たいし、よく見ればちいさな喉仏も上下しているのに、女にしか見えない。眉を描いただけの顔がアップになるが、しみひとつなかった。ピアノの音に合わせ、ひとつひとつ声を出してゆく。上がってゆく音階に、無理なく応えている。ボイストレーナーが課題として歌わせているのは中森明菜の「難破船」だった。

ワンコーラス流れたところで、トレーナーのコメントが入った。

「角倉の強みは、たいがいの曲をピッチ調節なし、原曲キーで歌えるということです。聴く側になんのストレスも与えない歌声は、大きな武器ですね。けれど、それだけに聞き流されてしまう危険もあるんです。歌唱力とうまくバランスの取れた負荷が必要になってくる。立ち止まって聴いてもらうきっかけです。それを助けるのが、持って生まれた容姿のような気がしています」

表現者、という言葉をトレーナーは使う。

「内側で発酵したものを曲にのせて伝えることが、歌い手の表現力です。上手いだけでは食べていけない世界で勝負しているんだと、いつもそこを厳しく言っているんです。

歌の上手い人間は、それこそ掃いて捨てるほどいる。表現者は上手いことの向こう側にいる人間のことです。表現力は、彼らにとって精神力でもあるんです」

トレーニングスタジオの隅に座り吸入器から出る蒸気を吸い込んでいる角倉が映る。その目はカメラや他人の視線などみじんも気にしていない風だ。吸入を終えた角倉が、カメラに向かって話し出す。

「コンディションで左右される部分を悟られたらおしまいだと、いつも思っています。生きものだから、毎回同じとはいかない。けど、それをカバーするのが技術なんです。昨日より今日、今日よりも明日、もっと上手くなることが先代との約束なんです」

――先代とは、ライブハウスで歌っている角倉さとるを見つけた、元アイドルシンガーの相沢みちるである。

古いレコードジャケットが三枚映し出された。「先代」の若い頃の姿だ。夢やぶれた男の、デビュー当時の映像が挟み込まれた。白いパンタロンスーツで、中性的な笑顔をふりまき歌っている。昭和の歌謡曲はたいがい聴いてきたノリカだが、相沢みちるの曲は思い出せなかった。

続いて、角倉さとるが筋力トレーニングをしている場面に切り替わった。ベンチプレスを上げる両腕には無駄な肉がない。

「呼吸を整えるための筋肉ってあると思うから」

華奢(きゃしゃ)な体のどこにそんな筋力が備わっているのか想像がつかない。同行しているディレクターが質問を入れたようだ。角倉に言わせると、これも先代相沢みちるの教えだそうだ。

「相沢さんが亡くなってから、引き継いだお店を閉店されたのはなぜですか」

「借金もなかったし、食べるだけならなんとかなったかもしれないです。けど、上手くなるという約束が果たせるかどうかわからなかったんです」

――こうして角倉さとるは十年歌い続けた店をたたみ、相沢みちるの夢だったメジャーデビューの「再起」を誓った。相沢が遺してくれた人脈を頼りに上京し「美女アル系ロックバンド」という新たなジャンルで打ちだそうという計画が持ち上がった。

しかし計画は、その名にふさわしいメンバーを揃えるのに苦労する。

「デビューが一度流れて、そのあとはソロでいこうということになったんですけど、なかなか。でも、なんにでも順番ってあると思うから。ネット配信でも街角ライブでも、今できることをしています」

――さまざまな人生が交差するすすきの。この街にたどり着き、この街から旅立ち、ここで生きたことの証として、角倉さとるは自身の出発点となった店を訪ねることにした。

画面が再びすすきのの夜を映し出した。角倉が店内での撮影時と同じ服装で、黒い大型バッグを肩に掛けて歩いている。ディレクターが中身を訊ねた。化粧道具と着替えひと組と、すぐに歌える曲目のリストと、カラオケのＣＤです」

「そんなに大したものは入れてないんです。

——なぜか、と訊ねると角倉さとるは「いつどこで歌うチャンスがあるかわからないから」と答えた。すすきのの街を歩いていると、自分に根がないのがよく分かるという。

「だって、すごく人恋しい。会いたいひとがいっぱいいるし、こんなに狭い場所なのに、そのひとたちと会える確率も低いんです。常に呼吸している街だから、すぐに変化する。誰が入って来て、誰が出て行ったのかもわからない。懐かしさとか甘えとか、そういう感情を拒絶されてる気がする。だからここが好きなんだと思います」

——ライブハウスで歌っていたころ、女物のシャツのほうが体にしっくり合うのでそればかり着ていた。いつのまにか女の子に見られることが多くなっていた。

「どっちでも、別にいいかなって。歌わせてもらいやすいほうでいいようって思っただけなんですよ。お店でずっとこんな格好をしているうちに、こっちのほうが楽になっちゃっただけ。あと、お客さんに喜んでもらえることがいちばんの理由かな、声とのギャップで」

　無邪気に笑う角倉さとるに、カメラが寄った。顎のラインやこめかみ、生え際、髪をかき上げる仕草も女にしか見えない。これだけの肌を維持してゆくことの難しさを口にしないことで、かえってその手間暇を想像させた。喉を支える肺活量と筋力を鍛えるのと同等の場所に「角倉さとる」という着ぐるみの手入れがあるのだ。

角倉がゼロ番地に近いビルの前で立ち止まった。

「ここです。入ってみますね」

――通い慣れた店だが、今はダンスシアターへと変わっている。角倉は今日、その店を訪ねることで、自分には戻る場所がないことを再確認したいのだと言う。

ダンスシアター「ＮＯＲＩＫＡ」。扉の上の赤いネオン管が画面いっぱいに映し出された。角倉がひとつ大きく息を吸い、吐いた。店内の撮影が終わったあとに撮っていった映像だ。

場面の入れ替えで解釈を変えてゆく映像の妙を、ノリカは不思議な気持ちで眺めていた。ドアが開いて角倉を迎え入れる店内へとカメラが切り替わった。そのあとは、ノリカが見たこと聞いたことへと続いてゆく。カウンターで話している部分はカットされていなかった。

角倉がディレクターのところへ行って、曲の説明と撮って欲しい部分の希望を伝えている。彼の目が野性の光を放っている。

「少し激しい曲でいきたいんです。せっかく若手のダンサーと出会えたので、彼女たちにはわたしの前で踊って欲しいんですよ。踊りに負けない歌にしますから、お願いします」

「激しい曲って、本当にこれでいくんですか」と訝しげなディレクターの声が入る。

「長く、リハーサルのないステージをやってきましたので、今日もそういう感じで。もしもお気に召さないようでしたら、撮り直していただいて大丈夫です」と角倉。

――本当に、リハーサルなしでやろうというのか。スタッフはこのとき、角倉の顔を何度も覗き込んだという。頑として譲らない「常に本番」の姿勢は、若いダンサーふたりにも伝わったようだ。

みのりと瑞穂に、ディレクターが小声でひとことふたこと確認を取った。このとき既に角倉は、一発撮りを心に決めていたらしい。角倉が、ふたりに微笑みかける。

「ご一緒できて嬉しいです。この曲はおふたりのレパートリーのひとつだと伺いました。いつもどおり、存分に踊ってください。わたしもがんばりますから」

フロアがふんわりと角倉の持つ雰囲気に巻き込まれるのが、画面を通して伝わってくる。瑞穂とみのりの表情も、そこから先は迷いが消えた。それぞれ自分が持つ「気力」の呪文を唱えている。黒いパンツスーツ姿で音を待つポーズ。回り出すミラーボール。

角倉の合図で、曲が始まった。不穏な気配のイントロ、そして角倉さとるのいきなりのシャウト。音は割れていない。マイクの調整が上手くいったようだ。声の入り、流す箇所のない息の合ったダンス、キレのある動き、なにより若さと真剣な眼差し。瑞穂が浮かべる挑むような笑みと、唇を開放していてさえぶれることのないみのりの軸。カメラなど怖れずに前へと進むふたりの姿に、ぼんやりと膜がかかった。

ノリカは自分が泣いていることに驚いたが、涙を拭う姿を見られたくない。ふたりが画面を凝視しているあいだに、乾くよう祈りながら瞬きを繰り返した。

It's My Life――。

歌い手は一音も外さず、ダンサーはどのポーズにも狂いがなかった。一発撮り、傑作だ。二度目がこれ以上になるとは思えない。心地良い緊張感のあとの、言葉にならぬ解放感が画面いっぱいに溢れていた。

ひとりずつ、コメント映像。角倉、瑞穂と続き、最後にみのりだ。

「死ぬまで踊りたいです」

映像は再び夜のすすきの景色へと移った。カメラの前を横切り、角倉さとるがその背中に決意と潔さを漂わせ雑踏に紛れてゆく。背中が見えなくなったところで番組が終わった。画面が次週の予告に切り替わった。

＊

老舗のうなぎ屋の暖簾が大写しとなったところで、テレビの前に三人の大きなため息が溜まる。

「踊るより緊張しちゃったねぇ」瑞穂が紙コップにお茶を注いだ。エンドロールが流れるあいだも映像が続くので、結局四十五分のあいだ誰も口を開かず、画面だけを見ていたのだった。

「おにぎり、冷えちゃったかな」口を開くのは瑞穂だけだ。

中身を確認しながら三つずつそれぞれの前に置く。テーブルや椅子がないので、膝のすぐそばにおにぎり、紙コップがある。横を見ればまた自分と目が合う。鏡の中の三人は、どこかよそよそしかった。オンエアを見るには見たが、瑞穂が始めたひとり暮らしや、この部屋がまるでレッスン場のようであることや、なによりもうひとりいるかのようなおにぎりの数。瑞穂に訊ねたいことが次から次へと湧いては萎んだ。

みのりがたらこバターのラップを剝がし、奥歯のかたちまで残りそうなくらい大口を開けて食べ始めた。ノリカも無言でチーズわかめを食べ始める。ひと言訊ねれば済むことを、ただわだかまりながら腹にものを入れるのは消化に悪そうだ。さて、と口を開きかけたところに、ひとつ目を食べ終えたみのりが感情のこもらぬ声で言った。

「牧田さんは」

瑞穂が「あっち」と寝室の戸を指さした。照れているようでもあるし開き直っているようにも見える。なかなか言葉を結ばなかった嫌な予感がノリカの胸に落ちてくる。

「牧田さん、いいよもう。出ておいでよ」

　数秒後、寝室の戸がそろそろと開いて、牧田が腰を折ったまま顔を出した。ノリカと目が合わぬようにしているのか、フローリングの一点を見つめたままだ。

「おにぎり買ってきた。一緒に食べようよ」

「どうも、みなさんこんばんは」

　牧田が間の抜けた挨拶をしながら、その大きな体を縮こまらせて歩いてくる。笑うわけにも怒るわけにもいかない。みのりが訊ねなかったら、自分たちが帰るまで寝室で息を殺していたのだろうと思うとなにやら切なくなってくる。ノリカにひとこと言われるくらいは覚悟しているのだろう。三十八の牧田より二十三の瑞穂のほうがずっと肝が据わっている。早くおいでよ、と手招きする姿はまるで古女房だ。

「すんません」

　もう観念したような素振りだが、瑞穂のすぐ後ろに長い脚を折り曲げ正座する姿はやはりどこか情けない。みのりはふたつ目に手をつけた鮭おにぎりを食べ終わりそうだ。がらんとした部屋に、十勝（とかち）の草原を映し出すテレビ画面がある。こんな場面でなにを言ったところで始まらない。かといって無言も気詰まりだ。瑞穂が呆れたような口調で言った。

「これから三人で行くからってメールしたのに。靴と一緒に寝室に隠れちゃってるんだから」

「いたなら、一緒に見ればよかったのに」

ようやく出てきた言葉は、ノリカのあきらめを伝えたろうか。牧田は肩を前後に揺らし「そうですよね」と縮こまる。みのりはおにぎりを食べ続ける。瑞穂も眉尻を下げたり上げたりしながら、牧田の様子を見ている。ひとつ息を吐いて瑞穂が、じゃ、いいわけさせてね――、と切り出した。

「夜中に帰って、親に気を遣いながらシャワーを浴びる生活に、ちょっと疲れてたの。この部屋は、牧田画廊の持ち物。ちゃんとお家賃払ってます。もともと絵画教室とモデル養成教室に使われていた部屋だったから、ほら」

指さした先に大鏡があった。

いまの二人の関係を訊ねるのがいいことだとも思えない。ただ、ノリカが自分の立場から言わねばならぬこともある。

「牧田さんのご親切、いつもありがたいと思っています。瑞穂とはラッキーな巡り合わせで、うちで踊ってもらえるようになったんです。関わる人の数が増えると、いろいろ問題も起こってくると思うんです。そこはどうか、大人の対応をお願いできますか」

血縁にまつわる情などひと滴も信じていないが、あるとすればこんな感じではないか、と思う。たしかにいま、言うに言われぬ気持ちを抱きつつも、ノリカは瑞穂を守ろうとしている。なにか問題が起きたらそのときは年嵩のあなたを責めますよ、と牧田に言い含めているのだ。

「わかっております」と牧田が頭を垂れた。瑞穂が彼を弁護するように、正座をしてノリカに向き直る。

「今後、このひとのことで生活が荒れることはないです。わたし、いまの自分がとても好き。七月いっぱいでサッホロ不動産を辞めます。八月から牧田画廊の会計事務の空きができるので、そこに再就職。ここは半分社宅みたいなものだと思ってもらえるとありがたいです」

一切の無駄がない説明だ。瑞穂の目は、明日を見るためにある。ノリカは自分が手に入れられなかったものの多さに驚きながら、瑞穂の自信に溢れた頬を頼もしく思い頷いた。

さて、とみのりが居住まいを正した。いつの間にかおにぎりはすべて平らげている。ノリカも自分の分をふたつ手に持ち、微笑んだ。

「いい番組だった。これ、もらっていくね。ありがとう」

「すみません」

牧田が言い瑞穂が頭を下げた。なにを詫びる必要があるだろう。みのりがきっかけをくれなかったら、後味の悪い思いを抱いて瑞穂の部屋を出たかもしれない。そう考えると、すべてが風に運ばれるように、良い方角へと向かってそよいでいるように思えてきた。

「じゃ、また明日」

玄関で、牧田は深々と頭を下げた。瑞穂はにっこりと笑って手を振る。手を振り返すみのりの後を追うように、ノリカもエレベーターに乗り込んだ。建物を出ると、上着なしでは少し肌寒いくらいだった。行き先を確認もしないままふたり並んで、西に向かって歩き出した。

創成川の緑地開発で、すっかり「川を渡る」という感覚が薄れていた。気づくと川のこちら側。みんな半歩ずつでも前に進んでいるのだと思うことでしか、今を乗りきることができない。瑞穂と牧田のことで多少の動揺はあるのだが、心もちが「すすきの交差点」で見た角倉さとるの禁欲的な横顔へと戻ってきた。

「いい番組だったね」ノリカの言葉に、みのりがひとつ頷いた。

「わたし、あんな顔をして踊ってたんだ。初めて見た」

「今まで、ビデオで動きをチェックしたことはなかったの？」

「顔まで気にしてなかったから。踊りは誰にも負けてないと思ってたし」

「勝ち負けではないでしょう」

「大会に出ても、クラスを上げるときも、ずっとそれしか考えてなかった。勝たないと前になんか進めないし。誰にもできないことをしないと、競技場では全然目立たない。

ストリップの舞台は、そういうことないんですか」

そういうこと、か――。

確かに昔は、自分の客がほかの踊り子のステージを観ているだけで怒り出すストリッパーもいたと聞いたが。結局、全員がいい舞台をつとめて初めて「いい週だった」ということになるのだ。自分だけを見てくれというのは、この時代もう既に通らないわがままだろう。

「腕がある子は、あんまりひとにおかしな要求はしなかった気がする。相手がファンでも楽屋を同じくした踊り子でも、不平とか不満とかあまり言わないかな」

実際は不平も不満もあったのかもしれないが、そんな感情に構っていられないほど、ステージのことしか考えていないのだ。そういう踊り子を何人か見た。彼女たちとは言葉を交わさなくても解り合えて来た気がしている。みんな、今はなにをしているだろう。名前を替え、服を替え、居場所を替えて達者に暮らしているだろうか。

そして自分は――。

「腕って、なんですか」みのりが語尾を上げた。

「ファンじゃないひとも楽しませる能力よ」すかさず答える。夜風がふたりを通り過ぎた。

「テレビに映ったわたし、嫌な顔してた。自分が瑞穂ちゃんより踊れてると思った時点で、もう駄目だったんだ」

　呆れながらもノリカは驚いていた。みのりの勘違いにではない、この子は確かに今日、半歩前進したのだという手応えがあったからだ。

「いつもそうやって踊ってたの？」

「負けてない、自分は絶対に負けてないって思って踊ってました」

「じゃあ、もうそういう気持ちを捨てられる段階に入ったってことだから、そりゃ喜ばしいことじゃないの」

　ノリカの言葉の意味がのみ込めていないようだ。それでいいのだ。赤子が歩き出す時期がまちまちなように、ダンサーにだって蓋が開く時期があるのだろう。それでも踊りたい者だけが残ってゆくのだ。ノリカはこの夜風が自分たちをどこかへ運んで行ってくれることを信じて、大きな星しか瞬かぬ空を振り仰いだ。

「わたし、ノリカさんみたいになりたい」

　空に向かってつぶやいたみのりの言葉を横に聞いて、鼻の奥が痛んだ。冗談じゃない、アンタをこんなところで終わらせられるか。言葉にすると安くなりそうだ。

「ノリカさんの、何になりたいわけ」

「踊りも、人柄も、ぜんぶ」

「ぜんぶ、ねぇ」

しっかりと傷つくのも、悪くなかった。みのりの勘違いはいつかすっきりと晴れるだろう。あんたは人の恩に後足で砂をかけて逃げるような人間にはならないよ、と胸奥でつぶやいた。

この先もしもそんな別れがあるとしたら、笑って送り出して初めて自分はみのりの言う「ノリカさん」になれるのだ。

「死ぬまで踊りたい、っていい言葉だね」

「格好つけすぎました」

「格好良かったよ」

みのりも歩みを止めて、空を仰いでいる。ノリカは冷えた夜気に包まれながら、軽くステップを踏んだ。


プロデューサーの柴崎から電話が入ったのは、昨夜の残りのおにぎりを食べていた午前十時のこと。毎日おにぎりというのも栄養が偏るばかり、今日はなにか野菜を摂らねばと思っていた最中だった。

お忙しいところ、おやすみのところ、こんな時間帯について、「すみません」を何度か言ったあと柴崎はすこし興奮気味に言った。

「反響がね、とてもいいんですよ」

「反響って、昨日の番組ですか」

「そうですそうです。地上波でもないし夜中だし、普通はこんなにすぐ反応なんてないんです。ＢＳってのは、視聴率の世界では『その他』でひとくくりですからね。だけど、なんとなく流しておくにはいい番組が入っている。そこに引っかかってくれた層があったようなんですよ」

「反応が良かったということですか」

「そうですそうです。角倉さとるや、あのダンサーはいったい何者だという問い合わせがね、もう五件くらい入ってます」

　ノリカはそれが多いのか少ないのか分からない。思ったままを口に出してから、みのりの率直なもの言いに感化されていることに気づいた。柴崎は一拍おいたあと「多いですよ」と、憤慨した声で言った。

「角倉と、あのショートカットの子の問い合わせばかりですよ。ほかに、録画を逃したんだが再放送はいつだという問い合わせもきています。口コミで広がるときのいい気配がするんです。また、なにか情勢が変化したら連絡します。取り急ぎ、すみません」

　ぷつりと切れた通話の、相手を確かめるように画面を動かす。間違いなく相手は柴崎だ。そうか。ノリカはその場に立ち上がり、手のなかにあったおにぎりの、ひとくちにしては少し多めのかたまりを口の中に入れた。

店にゆくと、既に竜崎がカウンターで今日の仕込みを始めていた。どちらかに何かあっても店だけは開けられるようにしてあるのだが、彼が先に鍵を使ったのは初めてだった。

おはようございます、の挨拶をしてすぐに竜崎が言った。

「オンエア、見ましたよ」

「いい番組だったね」

言いながらノリカは、昨夜の瑞穂のことを伝えるかどうか迷った。牧田が瑞穂の部屋のオーナーで、勝手に出入りできる仲であることをどう説明しよう。だいたい、上手く腑に落とせてもいないのだ。もう少し時間が必要かもしれない、と思ったところで竜崎が頭を下げた。

「申しわけありませんでした」神妙な顔つきだ。

「なにか、あったの」おそるおそる訊ねた。

「牧田のことです。釘を刺しておこうと思った矢先に、こんなことに」

竜崎が起きるころを見計らって牧田から電話があったという。本人から詫びが入った、と竜崎が言った。牧田は、まさか瑞穂がノリカとみのりを連れて帰ってくるとは思わず、合鍵を使って部屋に入り、一緒に放送を見ようと待っていたのだった。

「牧田さんは、なんて」

「折を見てちゃんとご挨拶をしようと思っていたようです。わたくしも出遅れました。そういう軽はずみなことをする男だという認識がなかったものですから。まことに申しわけありません」

もしも牧田が女にだらしのない男だったら、竜崎がこんなに頭を下げることもないだろう。毎日「ＮＯＲＩＫＡ」に通ってくる彼に、自重を促すこともできたはずだ。

「あなたが謝ることじゃないと思うけど」

どう応えていいか迷い、語尾がぼやけた。こうした空気を引きずっていては、じきにやってくるふたりにも伝わってしまうだろう。ノリカは「まぁ、とにかく」と笑った。

「ふたりとも、大人なわけだから」

「なにか気に掛かることがありましたら、わたくしが彼に伝えます。遠慮せずおっしゃってください。瑞穂さんやお店のためにならぬことは、誰もしたくないでしょうし」

「そのときは、頼みますね」

言いながらノリカの脳裏に竜崎の言葉が舞い戻る。

瑞穂や店のためにならぬこと――、か。

なあんだ、と思った。ノリカさんのためではないのか。

「オンエア、反響があったみたいなの。角倉さんとみのりのこと、問い合わせが来ているんだって。柴崎さん、喜んでた」

「あの子たちに、良い風が吹けばいいですね」

　ほんとうだ、と返す。良い風か。風を良くするも悪くするも、心もちひとつと思うとき、ノリカの胸奥はいっときひんやりとする。どうしようもない「ひとり」を実感するひとときでもあった。昨夜みのりが見せた素直な横顔を思いだす。

「死ぬまで踊りたい子に出会えて、良かったと思うの」

　作り手が傷つくことができるいい番組になったんじゃないか、と柴崎の言葉を借りながらこの気持ちを腹に落とした。竜崎が今日のチーズをサイコロ大に切り、ちいさな皿に載せた。味見を、と言われて口に入れる。舌の上から喉の奥、鼻の先まで濃厚な香りが広がった。

「美味しいのかな、どうなんだろう。旅先で初めて会ったひとみたいな感じ」

　竜崎が眉尻をわずかに下げた。お気に召しませんかと訊くので、そうではないと伝える。

「初めてだから、よくわからなくて。チーズってこんな味だったっけっていう感じなの。これに合うお酒って、なんなの」

「シャンパンでも、ワインでも。多少の癖は、コクと捉えていたんですが」

　コクの正体はなんだろうと思い、訊ねた。

「トリュフです」

「トリュフってこんな味なんだ」

ノリカは思わず声をたてて笑った。世界三大珍味のトリュフの味を、自分は知らなかったのだ。ふと、静かな音を立てて胸底に落ちたものがあった。

「正体がわかると、急にありがたくなるものなんだ」

「正体というほどのことでは」と竜崎が返す。

いつか耳にした「銀座の宝石」という言葉を思いだした。この男も、トリュフだったっけ。なんだ、うちのお店は珍味ばっかりじゃないか。ノリカは、さて自分はどんな味がするだろうと思いながら、ちいさく「死ぬまで踊りたい、か」とつぶやいた。

テレビ局に入った問い合わせが角倉とみのりのことだったという現実に、瑞穂はもうとうに気づいているのだろう。だからあの子には牧田が必要なのだ。小屋に集う面々もそうだった。踊る側も観る側も、等しく「幸福感」を求めている。

己の居場所を再確認するという残酷さを秘めたひとときに。ひとが言う幸福に日々見放されているとしても、そのときどきの「幸福感」だけは、紛れもない自分のものという実感だ。瑞穂にとって踊る時間を支えるのが牧田ならば、みのりにとっての支えは昨日まで溢れて止まらぬ負けん気だった。

けれども、とノリカはひとつ息を吐く。みのりも自分も、今日からが本番なのだ。己の弱点に気づいたところからどう前に進むのか。ノリカはそこをどう支えてゆくのか。

果たして支えてゆけるのか。若さを頼りにはできない。そんなもの、すぐに通り過ぎてしまう。大切なのはここから先なのだと自分に言い聞かせた。

音響の調子をみていたところへ、瑞穂が入ってきた。サツホロ不動産の事務所から、今日も走ってきたようだ。朝から事務を執り、夜は踊る生活も半年が過ぎた。瑞穂にとってはいろいろなことが潮目を迎えているのだろう。いつもと変わらない笑顔で「おはようございます」と頭を下げる。

「昨日はどうもありがとう。いい番組だったね」

「あれから、劇団の子たちからメールが来てました」

昼休みにまとめて返信したのだと言って笑う。夜中にすぐ返信などできない。三十分でも多く眠らなければ、踊る体力を維持できない。あれから牧田が自宅に戻ったのかどうかは問うまいと思ったところで、察した瑞穂に先手を打たれた。

「牧田さんはあれから、おにぎり持ってすぐ帰りました。一緒に暮らしているわけじゃないんです。時間がないこと、牧田さんもよく知ってるから」

「八月からは少し楽になるのね。牧田さんにお礼を言わなきゃね」

瑞穂がポーズを決めたときの愛嬌ある笑顔で「はい」と答えた。そしてカウンターの竜崎に深々と頭を下げた。

「牧田さんからもお電話入ったと思います。すみません、黙っていて」

竜崎が「大丈夫ですよ」と言って、サイコロ大に切った先ほどのチーズに爪楊枝を刺して渡した。瑞穂はそれを口に入れ、すぐに「トリュフ」と叫んだ。

「これ、牧田さんが好きなんです」

ノリカやみのりと生き方が異なっても、踊ることが好きなのは同じなのだった。誰より瑞穂がいちばんよく解っている。彼女の幸福感は、ノリカの想像を超えたところに着地する。踊りを選んできた二十年に悔いはないけれど、瑞穂なら自分にはなかった「生活」を見せてくれるかもしれない。

ほどなくしてみのりも店に来た。白いＴシャツと黒いストレッチパンツが、よくしなる筋肉にはりついている。つくづく美しい体だと思う。みのりもまた、いつもと変わらず愛想笑いもないままひとりひとりに「おはようございます」と頭を下げながらフロアにやってくる。

瑞穂がそのときだけ頬に照れを浮かべて「昨日はありがとう」と言った。「うん」と返すみのりの髪から、ビルの間を縫って吹く風のにおいがした。

開店前の三十分から一時間はラテンダンスの練習で、それが終わると打ち合わせだ。ショータイムの時間配分はその時々の演目によって変わる。「ＨＡＶＡＮＡ」は、目玉の一曲として必ず入れてあった。

「すみません、ノリカさんにお願いがあるんですけど」

みのりはそう言うと、リュックから一枚のCDを取り出した。ジプシー・キングスのベスト盤だった。手渡されたCDを受けとる。

「あれから何度も繰り返し聴いてます。和訳も頭にたたき込んでます。先日の振り付けも頭に入っています」

「『ボラーレ』を、踊りたいの？」

「はい。わたし用の振り付けをお願いします。どんな動きも必ずクリアしますから」

そのちいさな顔に見たことのない真剣さを浮かべて、みのりが頭を下げた。胸の底から妙な熱さがこみ上げてくる。じわじわと目盛りを上げて、ノリカを満たしつつある。この感情はいったい何だろう。

「オガちゃん」そう言ったあと、瑞穂がしゃくり上げた。

先に泣かれてしまった。竜崎が今日のつまみプレートをデザインし始めた。肩先がノリカにエールを送っているような気がする。こんなときは、なんでも追い風にしたくなる。

「すんごい難しく組み立てちゃうかも」

淡い淡い目覚めだった。けれど確実に、浄土みのりがかたちを成し始めている。まっすぐな瞳がこれから先なにを見るのか、いったいなにを欲しているのか、それを見届けるのはノリカなのだ。

死ぬまで踊りたいです――。

耳の奥で、蘇るひとことを繰り返す。浄土みのりがいったい何に取り憑かれているのか、その正体を探るのはやめよう。みのりが一歩成長するたびに、自分は確実に傷つくのだ。けれどそれは、すべてノリカ自身の問題だ。引き受けてやろうじゃないか。これが「季節を異にする人間の交差点」なら、それでいい。

ノリカはひとつ手を叩いた。

「じゃ、ギリギリまで難易度上げちゃおうか。とりあえず、覚えてるところやってみて」

プレーヤーにCDをセットした。

ひとつ目の音から、もう浄土みのりの世界になっていた。小屋の客席を盛り上げるための一曲には、ノリカの得意技がふんだんに入れてある。けれどみのりの身体能力があれば、もっと表現に幅を持たせることができる。

背中を反らしながらのステップ、片脚で体を斜めにした状態のままの三秒間静止、回転にジャンプ。溜め、そして流し目。みのりはたった一度でほとんどの動きを覚えていた。本人が言うように細かなところに自分の決め技を入れてもいる。記憶がおぼろげな部分に、苦しいポーズなり技を入れるだけの余裕があるのだ。そしてこの、強靭（きょうじん）なバネだ。

ノリカは、呼吸も乱さずにラストのポーズを決めた彼女に訊ねた。

「ねぇ、今まで誰に見せるために踊ってたか、教えて」

「バレエのときは、いちばん高い席に。競技会のときは審査員です」

「わたしの振り付けは、ストリッパー仕様なの。だから、お金を払ってくれたお客さんに届かなかったらおしまい」

「どうすれば、ノリカさんみたいに踊れるようになりますか」

「客席にある人の心を束ねて包み込むようなつもりで踊ればいいのよ」

「わかりません」

「目の前にいるお客さんがつまらなそうにしてても、今日自分はこのひとにいちばん優しい女になろうって思いながら踊るの」

静佳にたたき込まれた言葉をそのまま口にしていた。

数秒うつむき、顔を上げたみのりが大きく頷いた。

ノリカは目立たない壁に飾ってある、小笠原のタンバリンに向かって心で手を合わせた。

ありがとう、見ててね、オガちゃん――。

7

八月を迎えて「ＮＯＲＩＫＡ」の店内も賑やかになってきた。「すすきの交差点」を見たという客が次の客を呼んだ。週に一度は柴崎も顔を出す。噂を聞きつけたテレビ局の関係者も、ちらほらとやってくるようになった。

演目の一部の目玉を「ＨＡＶＡＮＡ」、二部を「ボラーレ」にしてから一週間が過ぎた。みのりのソロダンスと瑞穂の愛嬌が店の大きな商品だった。客席から声が掛かるのは瑞穂で、客席を黙らせるのがみのり。その役割は開店時と大きく変わらない。

店の外は夜になっても二十八度から下がらなかった。ここ数日、街はビール一杯で済まない客が次の店、次の涼を求めて夜を歩いている。多くの人が街をゆく姿を見ると、そのうちの何人かの足が「ＮＯＲＩＫＡ」に向かう気がしてくる。竜崎から「暑さは客足に直結」と聞いてからは、毎日汗の出るような気温を祈り続けていた。

ノリカが梅雨空のない夏を過ごしたのは久しぶりだった。たったひと夏で、小屋の古いエアコンから出てくる埃（ほこり）と黴（かび）で気管支が傷んだ日々を懐かしんでいる。ノリカはこの、好きなだけ陽を浴びながら歩いて店に通う生活が、自分を生活者として正しい方向に向かわせている気がして嬉しかった。

踊り子時代に活躍した小型ミシンも、一日二時間から三時間フル稼働している。既製のレオタードに手を加えて、瑞穂とみのりの衣装作りをするのだ。脱ぐことを前提とした衣装ならば、踊りながらファスナーを下ろせるように工夫が必要だが、今はそんなことを考えずにひたすら着やすく踊りやすいものを考えている。

八月最初の金曜日は、柴崎が一番客だった。牧田は遠慮がちに現れるようになったものの、毎日店に金を落としてゆくのは変わらない。いきなり来なくなるのはやめてね、と言ったノリカの冗談を真に受けているのかもしれない。ひとつ変化があるとすれば、差し入れがみのりの好きなものに傾いてきたくらいだ。食べ物ならフランスパンで、それ以外はすすきの温泉の入浴券を喜んでいる、というのは瑞穂からの情報だろう。

「どうもどうも」と店内に入ってきた柴崎は、バーカウンターの真ん中の席に腰掛け、竹鶴17年をショットグラスで注文した。別料金枠の飲み物で割高になるけれど「いま一番飲みたいもの」を優先させる年齢になったから、と言って笑う。

「角倉がね、いよいよ東京でデビューライブをやるんですよ」柴崎の頬がゆるむ。

「おめでとうございます、どちらでですか」と訊ねてみる。

「Kフォーラムの、小ホール。お披露目としてはいいところだと思うんですよ。マスコミも来るし、新人の初期投資としてはまあまあってところです。もちろん、うちもドキュメンタリーを撮りに行きます」

「柴崎さんや角倉さんのお陰で、ここも新規のお客様が増えました。局の方々にもご贔屓にしていただいてます」

　柴崎はわずかに照れた笑みを浮かべながら「客にとって次があるってことは、店の力です」とつぶやいた。「ＪＩＮ」の文字が書かれたコースターの上に、竹鶴のグラスが置かれた。横にはミネラルウォーターだ。ひとくち舐めたあと「それで相談なんですが」と柴崎が言った。

「もう一度、あの子たちを貸してくれませんか」

「どういうことでしょうか」

「実は、だんだん僕にも欲が出てきまして。角倉が気持ち良く歌えたというあのワンシーンを、もう一度再現してみたいんですよ。札幌での『ふるさとライブ』に出てほしいんです。二度出来れば、偶然じゃない。それは証明です」

　なんの証明かと問うと「力です」と即答した。力はどうか知らないが、欲ならば自分にもある。瑞穂とみのりを、店の中だけに収めてはおかぬという決意だ。が、裏側ではその後もノリカと縁が切れないという保証を欲している。心根の卑しさに気づいているぶんだけ、ノリカの押しは柴崎より弱い。この場でなにをどう言っても、己の口を許せなくなりそうなのだ。

「わたしは、同じ舞台は二度ないと教わってきました」

「静佳さんに、ですか」と柴崎が言った。そうだと答える。

「前回を上回る舞台は、あるということですね」残りの竹鶴を一気に飲みほす。

ノリカは答えなかった。柴崎の覚悟に寄り切られてしまいそうだ。言われるままに瑞穂とみのりをテレビに出したとして、自分はふたりが画面と噂の中で消費されてゆくのを黙って見ていられるだろうか。

「すすきの交差点」を見た夜の、涼やかな風が二度と吹かないように、柴崎の野心もただの燃え残りと一蹴すべきではないか。迷いは言葉の数を少なくし、柴崎のグラスも二杯目となった。フロアでは、店に流れる「CHICAGO」のサウンドトラックをバックに瑞穂がキャサリン・ゼタ＝ジョーンズの振りを真似ている。サッホロ不動産を辞めてからここ数日で、みのりを誘って録画しておいたミュージカル映画を観たという。そのまま泊まることもあるというから、牧田と暮らしていないというのは本当らしい。

牧田画廊は十時出勤で三時半上がり。そうした勤務形態で昼飯と社会保険付きという待遇が破格なこともよくわかっていると瑞穂は言う。彼女が牧田の母親に気に入られているからこその条件だった。女三人が集まれば、ノリカが言いづらいひとことは大抵みのりが口にする。

――牧田さんと切れたら、衣食住のほとんどが消えるってことだよね。

――あいかわらずみのりちゃんは言いにくいことはっきり言うね。

そこはわたしも心配なのだとノリカがひとこと言えば、瑞穂が黙ってしまいそうで口には出せない。今は問わないことで、ノリカ自身の心のバランスを保っている。ただ、いつまで続けられるか自信はなく、そんなところに柴崎の言葉を聞くと余計に心細くなってしまう。ある瞬間脳裏に、竜崎とノリカのふたりしかいない店内がありありと浮かぶのだ。

「駄目ですか」と柴崎が問うた。

「駄目ってことはないと思いますけど」とノリカが言葉を濁す。

竜崎がプレートにホイップしたチーズとピクルス、サイコロ状にしたライ麦パンを載せてカウンターに置いた。空きっ腹に酒を入れた柴崎が「お」と喜びながら、パンにチーズを塗る。プレートの半分を腹に入れてから、思いだしたようにおしぼりに手を伸ばした。

「まぁ、二、三日考えてみてください。相談してくださると、大変ありがたい」

その日、一回目のショータイムは十二人の客が入った。テレビ局関係者が半数で、あとは瑞穂とみのりにそれぞれついているファンだ。一週間に一度の客、三日に一度の客、その半分以上が二回目も観てゆく。

映画や舞台で瑞穂が興味を持ったものや、みのりが試してみたい技、ふたりの意見と希望を聞いてノリカがワンステージを組み立てる。瑞穂は苦手なスローを克服しつつある。みのりは「引き」の動きを覚えたのか、組ダンスも息が合い見ていて気持ちがいい。

二十名も入ったときは、アンコールに応えているうちにもうワンステージ分の演目を出した。そこで喜んでもらえれば、次がある。少しずつだが売り上げは伸びていた。四人が四人ともそれぞれの分担を分かっている。それでもときどき、小笠原がタンバリンを振った日が忘れられないと言う客がいた。もう一度踊ってくれないか——そんな声が掛かるときのノリカは、柔らかく微笑むのが精いっぱいだった。

振り付けのために、ふたりにある程度の方角を示すことはできるけれど、その心もちをうまく言葉にすることができなかった。調子に乗って人前で踊れば、たちまちみのりと瑞穂のユニットに傷をつけてしまいそうなのだ。理想に自分の体がついてゆかない。

「NORIKA」のダンサーは、あくまでも若いふたりなのだった。

客の入りに比例して、飲み物の売り上げも上がっていた。ワンドリンクで帰る客がほとんどいない。「NORIKA」の客層は、三割が女性客だ。飲食店ばかりの雑居ビルという条件のなかで、これは驚くべきことなのだと竜崎が言う。

「女性のリピーターは、必ず次は別の友人知人をお連れになります。店を気に入ってくれそうな人選びは、どんな宣伝よりも力があります。それに、女性客の多い店はママに魅力がある場合が多いんですよ」

「ママって、わたしのことですか」

もちろん、と言う竜崎に「そんな気はしない」と答えた。竜崎が左右の眉尻の高さを変えて「そこは、本人がわかっているとしらけますから」と締めた。

フロアはあとひとりの客を残すだけになった。そろそろ十二時に近い。店内に流す曲をよりスローなものに替えたあと、客のグラスに水を注ぎに行った。短い髪に清潔感のある、白いつるりとした顔立ちの男だった。四十半ばくらいに見えるが、この落ち着き方はもう少し上かもしれない。白い地模様の入ったシャツのボタンをふたつ外し、腕をめくって、ボトムは黒いジーンズだ。柔らかな革素材のレースアップシューズは、一見ダンスシューズに見えた。どこかで見たことがある気がするが、どこだったのか思い出せない。

「今日のダンス、振り付けはふたりで考えてるの」男が問うている。

「ママが振り付けと構成をやっています」と瑞穂が答えた。ストリップ小屋の客席、という感じでもなさそうだった。

男はノリカを見上げ「そうだったんですか」と数回頷いた。微笑んで、チーズ用のピックが二本転がる皿を持ちテーブルを去ろうと回れ右したところで、落とし気味にした男の声が耳に入った。スローなバラードは、その言葉を消してはくれなかった。

「ふたりとも、ここでしか踊ってないの？」

ノリカは自分の動きが止まりそうになるのをこらえ、できるだけふらつかぬようカウンターの中へ入った。

「どちらのお客様ですか」竜崎が小声で問うた。

この男には、たいがいのことを気取られている気がする。ノリカが「ラブアロマ」へ行った翌日は竜崎の言葉数が少ない。

「どこかはわからない。けど、たぶんダンス関係者」と答えた。

ふたりのあいだに、氷を割る音が響く。リズミカルな音も今日は湿って聞こえた。フロアの空気が動いた。カウンター前へとやってきた男の、すぐ後ろに瑞穂とみのりがついてくる。ノリカは店を出て最後の客を送り出す。エレベーターのボタンを押した。

「本日はありがとうございました。どうぞまたお越しくださいね。お待ちしております」

笑顔がひきつらぬよう、できるだけ歯を見せる。男はエレベーターが七階から動かないのを見て、ノリカに向き直った。

「いいユニットですね。目線が違う。あちこちで噂は耳にしていたんですが、聞くより見たほうが早いと思って来てみたんです」

「それはありがとうございます」

男は軽く上を向き、エレベーターがまだ動く様子がないのを確認して、ジーンズのポケットから薄い名刺入れを取り出し、ノリカに一枚差し出した。

「すみません、ご挨拶が遅れて。今日のところは見るだけにしようと思ったものだから。

彼女たちにも、まだ言ってません」

『たちばなダンスカンパニー　橘（たちばな）　朝（はじめ）』

心もち大きめに印刷された名前の二文字は、骨太の明朝体。朝と書いて「はじめ」と読ませる名前の潔さに目を奪われた。

「なかなか一回で読んでもらえないので、ルビ入りです」

照れる姿に、卑屈さはない。芸事をひとつおさめたひとの、姿勢の良さばかりがノリカの気を滅入らせてゆく。やっと思いだした、橘朝だったのだ。ロイヤルバレエで学び、帰国後は日本バレエ界の異端児と呼ばれた男。北海道に拠点を移してからはクラシックバレエの枠を弛め、ジャンルを超えたダンサーを育てている。

はやくエレベーターの扉が開いてくれないかと、ノリカはできるだけゆっくりと腰を折った。

「ショートカットの子は、クラシックと競技ダンスをやってたって言ってましたが」

「ええ、そのようです」

「ふたりはもともと、ママさんの教え子というわけではないんですか」

「ここには、開店に合わせて募集した際に」

橘は、驚いた様子でノリカを見た。

「『HAVANA』の出来がすばらしくて、それを伝えたら彼女、ママさんの振り付けについて熱く語ってくれましたよ。セミロングの子も、妙な華がある。ふたりはもともとのお弟子さんではなかったんですか。僕はてっきり、ずいぶんと長いつきあいなんだと思って」

そこまで言うと、橘朝はひとり納得した様子で首を小刻みに前後に揺らした。

「ショートの彼女、開ききってませんよね」橘が、わずかに声を低くした。ノリカには「わかっているんだろうな」という脅しに聞こえる。

恐ろしくて、首を縦に振るのが精いっぱいだ。七階の客は、まだ降りてこないつもりだろうか。恨めしく思いながら固く閉じた扉を見た。

「ふたりとも、なかなか出会えないダンサーだと思っています」

「そうですね」橘は大きく頷いた。

「できれば、彼女に挑戦してほしいオーディションがあるんですよ。おそらく勝ち上がってゆくはずです。声をかけてみても、いいでしょうか」

真剣な眼差しに向かって「うちの店はどうなるんでしょうか」とは問えなかった。橘は突然すみません、と言ったあとノリカがどこの所属なのかを訊ねた。

「僕、北海道でカンパニーを持ってから日が浅くて、肝心のあなたのことを存じ上げず、すみません」

ノリカはやっと数字が二階に近づいているエレベーターの表示を見て、ほっとひとつ息を吐いたあと答えた。

「わたし、もともとストリッパーなんです」

「なるほど」静かな声が返ってきた。

橘の納得にはなんの蔑視も感じることができず、そのことがかえってノリカの心を萎ませた。いっそのこと大げさに驚かれたり、質問を謝罪されたりしたほうがましだった。傷つくとは、こういうことかもしれない。自分を貶めているのは誰でもない己だったと気づいてしまった。堂々とストリッパーを名乗ることも、その過去を告げることも、恥じてはいないと思う心もみんな、恥を引き受け続けることが仕事だったノリカの「恥」の実体だ。自分は恥ずかしいのだ、なにもかもが。恥を別のものに変えるために、この心はいったいなにと向き合い、なにと闘ってきたのだろう。

エレベーターの扉が開いた。中で三人の酔客が壁に寄りかかっている。橘朝は乗り込んですぐに「また来ます」と言ってノリカに頭を下げた。ノリカも腰を折り返す。顔を上げたときにはもう、扉は閉まっていた。手の中に名刺が一枚残されていた。

店に戻ると、着替えを終えた瑞穂とみのりが、床拭きの準備をしていた。ノリカはできるだけ明るくふたりに告げた。

「今日ね、柴崎さんがまたふたりを撮りたいって言ってた。角倉さんが『ふるさとライブ』をするんだって。カメラで追っかけるみたい。どういうかたちかわからないけど、またテレビに出たい?」

瑞穂が片手を挙げて「はぁい」と返事をする。みのりはそんな瑞穂を見ている。

「みのりは出たいの、出たくないの」

「どっちでもいい」

「どっちかにしなさいよ」

「お店の宣伝にもなるんだから」と瑞穂がたたみかける。

「わかった」とみのりが頷いた。

ノリカは自分の雑巾をバケツのお湯に浸して、きつく絞った。こんな楽しい時間、いったいどこまで続くんだろう。

続けさせてもらえるんだろう——。

背後に感じる竜崎の視線に同情がないことを祈りながら、左手で体を支え、床拭きを始めた。

「じゃあ、ステージの応援と撮影はオッケーですって言っておくからね」

いずれにしても、このふたりにノリカの不安な顔を見せるわけにはいかない。

「はぁい」という声が床を這って響いてきた。

「瑞穂、いい腹筋してるじゃないの」

「みのりちゃんのほうは特撮ヒーローみたいだけどね」ふふんと鼻を鳴らして瑞穂が笑

う。

「いいじゃん、鍛えた成果だよ」

じゃれあいは、放っておくとずっと続きそうだ。

「ふたりとも、おいしい一杯が待ってるよ。早く終わらせよう」

竜崎を見た。ときおり目は合うけれど、内側が読めない瞳だった。


橘朝は三日後に再び「NORIKA」にやって来た。二回目のショーが始まる少し前、瑞穂とみのりが着替えているときだった。

今日の衣装は黒のトップスとショートパンツのセットに手を加えたものだ。胴の部分をラメ入りのストッキング生地で繋いである。腰には取り外しのきくベルトを巻き、後ろ側にだけ紫色の羽――ナイアガラを付ける。ふたりが回ると、ダンスがいっそう大きく見える。毎日ミシンを動かし、ふたりの衣装を縫っているときがノリカの楽しみになっていた。

橘は会釈をして、まっすぐフロアに向かった。ショータイムを前に既に十席が埋まり、ほどよく分散している。橘が座ったのは、フロアを囲むように設置された、いちばん端の席だった。

「いらっしゃいませ。先日はありがとうございました」

「今日は純粋に、ふたりのステージを楽しみにしてきました。なんだかここに来ると、若いころを思いだすんですよ」

いくつのころか問うてみた。十代後半、イギリスへ留学する前だと返ってきた。

「朝のレッスン、夜のレッスン、すべて終わってから夜中にこっそりフロアダンサーのバイトをしてたんです」

「橘さんが、バイトですか」

異端児の、意外な過去だった。

帰国したあと全国公演を果たし、彼について数々のドキュメンタリー番組が生まれた。夜中に再放送されたトップダンサーの番組を、ノリカも何度か見たことがある。最初に店を訪れた際に、いくら私服とはいえ名刺を見るまで気づかなかったのは迂闊だった。入った店の無礼さも気にならないほどに、この男はスターなのだ。橘が屈託のない笑顔で言った。

「楽しかったんですよ、踊ってお金がもらえて、チップはそのままお小遣いになるんです。店のママは、もともとフラメンコダンサーだった」

その店で週に二回のバイトを始めた半年後、橘はバレエ留学で海を渡った。

「僕、彼女たちを見ていると、そのころのわくわくした気分を思いだすんです。きっと楽しくて仕方ないはずですよ。伝わってきます」

　ノリカはひと滴ぶんさびしい気持ちになりながら、ママさんはバイトで雇っていたのが橘朝だと知ったときどんな反応だったかを訊ねた。嬉しそうな表情で彼が答えた。

「知ってたそうです。公演や新聞で見てたって。最初から知っていて雇ったみたいだった。気分転換でもしたいんだろうって思ったそうです。今年八十になるけど、まだまだ現役で踊っています」

　橘朝は帰国後、彼女がいる土地という理由で札幌にカンパニーを開くことを決意したのだと言った。八十の現役フラメンコダンサー、と聞いてノリカの背筋が伸びた。

「ここは彼女がやっているお店に、雰囲気がとても似ているんです」

「失礼ですが、今でも営業されているんですか」

「もちろん。円山（まるやま）にあるちいさな店ですけど、現役で踊っていますよ。彼女がいる限り、僕もダンサーで居続けなければいけない気がしてるんです」

　ノリカは、正体の分からぬものにひれ伏したいような気持ちになった。

「彼女は、僕のたったひとりの身内みたいなものです」

　彼は笑いながら「本来の血縁は、残念なくらい信じてないんです」と言った。

　ノリカが各テーブルに飲み物を届け終え、ショータイムが始まった。ふたりが長い手足と腰から垂らしたナイアガラに光を集めて、のびのびと踊っている。演目を増やし、アンコールに応え、手拍子――。みのりがアンコールで再び「ＨＡＶＡＮＡ」を舞うあいだ、ノリカは橘朝の横顔を見ていた。彼の視界いっぱいで踊るみのりの指先が、いったいどんな明日に触れるのか、ふるりと背中に冷たい風が吹いた。

橘はその日、帰りがけにみのりと瑞穂に名刺を渡して名乗った。瑞穂はその場でぴょんと跳ねたが、みのりはじっと名刺に視線を落としたままだった。

「ちょっとお話をしたいと思いまして」と橘が言った。フロアには低くラテンギターの曲が流れている。竜崎が気を利かせて、テーブルに飲み物を持ってきた。銅製のカップに四つ切りのライムが浮いている。橘の前に、壁に沿わせた椅子をふたつ移動させる。瑞穂、みのりの順に腰を下ろした。ノリカはカウンターのいちばん端の席に座り、椅子の向きをかえて三人の様子を見ていた。

「実は、オーディションがあるんですよ」と橘が切り出した。

「なんのオーディションですか」訊ねたのは瑞穂だった。

みのりは、眉間に皺こそ寄せていないが、口を開かずじっと橘の様子を観察している。みのりがこんな顔をしているとき瑞穂は余計に気を利かせて喋る。ふたりの役割分担が崩れかけたときが、ノリカの出番だった。

麻ジャケットの胸ポケットから、橘が一枚の紙を取り出してカップの横に滑らせた。

「これなんです。映画の『バーレスク』って、ご存じですか」

瑞穂がおおきく頷いた。みのりの顔が上がった。やっと彼の話を聞く気になったようだ。

「もともとは酒場の与太話から出たことなんですけどね。実は北海道のダンサーで、この舞台を作ろうということになりましてね。僕も一枚かんでいます。道内の、腕に覚えのあるダンサーがしのぎを削ってひとつの舞台を作るってのが大前提です」

橘朝は、主役クラスは話題作りも兼ねて、名の通ったダンサーを考えている、と前置きをした。公演には北海道の文化振興団体、新聞社や航空会社からも助成金が出る予定で、主に橘がダンサー選出の任を負うことになっているという。

そこでみのりが口を開いた。

「それなら最初からカンパニーのダンサーを出したほうがいいんじゃないですか」

「そりゃそうなんだけどね」彼の余裕ある微笑みが空気の揺れを止めた。

「バレエに留まらず、いろいろ踊りたい連中が集まってますから、もちろんうちからはたくさんの応募者が出ます。でもオーディションというからには、広く門を開きたいと僕は思ってるんです。ダンサーの世界がぬるま湯じゃあないことくらい、みんな知っているんですよ」

「じゃあ、わたしたちも受けていいってことですか」瑞穂が訊ねた。

「もちろんです。それで、こうしてお誘いに上がったんです」

瑞穂とみのりが、ほぼ同時にノリカの顔を見上げた。微笑んでみせる。ふたりの表情を見たくない。目を閉じた。止めはしない、それさえ伝わればいい。

「オーディションは、十月です」

ノリカはそこで目を開けた。瑞穂は身を乗り出して橘朝の話を聞いている。みのりはオーディションの内容が書かれた紙を手にしていた。

「気楽に考えて、ぜひエントリーしてください。お待ちしています」

橘は、そこまで言うと立ち上がり、ノリカに向かって深々と頭を下げた。ノリカもカウンターのスツールから下りる。通路で向かい合った。手の届かないところにいると思っていた存在が目の前にいた。もしも自分が二十歳だったら、迷わずこの話に飛びついていたはずだ。度数ばかり高くて辛いカクテルを飲んだような胸苦しさ。ノリカもひとつ頭を下げる。

「この子たちは、どこに出しても恥ずかしくないダンサーです。お声がけいただき、ありがとうございます」

瑞穂とみのりのほうを見ないようにして、店から出る。エレベーターの扉がすぐに開く。静かに頭を下げたノリカに、橘朝が言った。

「彼女がどこまでやるのか、知りたいんです。許してください」

それがみのりを指していることは承知している。ノリカがこれから心を砕かねばならないのは、瑞穂のほうだった。

店に戻り、オーディションの要項を読んだ。一次審査は集団でダンス技術の習熟度を、二次審査で個人の技術と適性を、最終は面接だ。

橘朝は「勝ち上がる」という言葉を使っていた。負け落ちる、という言葉が浮かび急いで打ち消した。いちど楽屋で「裸で稼ぐことを覚えた体でオーディションを夢見ると、手痛いしっぺ返しが待っている」と聞いたことがある。客席の位置が違うからだ、と言ったのは当時ノリカよりも十年長く踊っていたストリッパーだった。

――あたしも若いころはミュージカルのステージに憧れてた。けどね、何度か舞台を観に行ってるうちに、客席との距離が違うってことに気づいたんだ。手を伸ばせば届くところで脚を広げてる踊り子が、二千三千っていう客が入るステージに立てるわけないんだ。あたしたちの盆は、客の目の高さだろ。身長ぶん下の客席に向かって踊るのと、見上げるような客席に向かって踊るのじゃ、天と地くらい違うんだよ。

姉ダンサーの言葉が間違っていたとは思わない。それでも、夢をみた時間はしっかり残っていた。

わかっちゃいたけど――。

思ったよりも早かっただけだ。よりによってこんな日に、と思いながら「日給を、二千円ずつ上げます」と告げた。予定に入っていなかったのはオーディションのほうだった。一万円が入った袋をそれぞれに手渡す。やっとここまで来たというのに、という悔しさが顔に出ないよう努めた。

一日の終わり、竜崎がハーフサイズのシャンパンを開けている。流れるような仕草のあと、グラスを持ち上げて「乾杯」をする。

「なんか、すごく嬉しい」と瑞穂。

「うん」と素っ気なくみのりが返す。

わずかな困惑を残していても、全体を眺めるとやはり良い日だったとノリカは思う。竜崎は、言葉にならぬところを泡にしてグラスに注いでいる。こんなに心地いい真夏の夜風みたいな一日も、確実に終わる。無理やりノリカの視界に入ろうとする「さびしさ」を、シャンパンの泡と一緒に喉へと流した。

一週間後、角倉さとるが「ふるさとライブ」を行う日時が決定したという連絡が入った。九月の第二週だった。その夜柴崎が依頼してきたみのりと瑞穂の出番は、オープニングのつかみ「It's My Life」と角倉のデビューシングル「The Sands」の二曲だった。お店には迷惑をかけない時間帯に開催しますから、という。柴崎はジャケットに角倉のサインが入ったCDをノリカに差し出した。化粧映えする角倉さとるの顔をアップにしたモノクロのジャケットだ。ケースを開くと、歌詞カードの裏面には同じアングルで素顔の彼がいた。

「引き受けてくださってありがとうございます。振り付けは、デビュー曲と『It's My Life』の二曲を、お願いしたいんです。アンコールがあったときに続けて二曲踊っていただけるようにと思って。意地でもアンコールかけます」

デビュー曲について、柴崎は「いい曲なんです」と言った。振り付けはすべてノリカに任せるという。そんなかたちで角倉さとるに関わってゆくとは思わずにいた。柴崎はまた竹鶴をちびちびと舐めながら、歌謡番組が極端に少なくなった今を嘆いた。

「ハガキ書いて、ラジオにリクエストする時代じゃないっていうことはよくわかってるんですよ。時代にのっかってやって来たのは俺たちなんだから。けどね、隣り合った人間がまるきり違う音楽聴いてる世の中って、なんだそりゃって思いますよ。街頭放送なんぞ誰も聴いてないですよ。みんな耳ふさいで人の話も聞いてないんだから、同じ曲なんか聴けるわけないいんですけどね。いったい、手の届かないスターってのは、どこに行っちゃったのかなって思うんですよ」

グラスを持ち上げて竜崎にもう一杯と言いながら、柴崎は「角倉だけは時代の徒花にしたくない」とつぶやいた。徒花か、とノリカは胸奥で繰り返してみた。どんな花も、咲く場所を間違えちゃいけない。ちゃんと陽の当たるところで、水を与え根を伸ばし存分に咲かせてあげたい。柴崎の言葉ひとつひとつが、みのりに向けたノリカの心に寄ってくる。打ち消すつもりで、事務的な話を振った。

「振り付けの締め切りやリハーサル日程はもう決まっているんでしょうか」

「みんな本番につよいから、前日のリハーサルでいけるんじゃないかと思ってます。僕の個人的野望でしかないけど、東京のプロダクションが出来ないようなステージを作ってやりたいんですよ。角倉のデビューCD、千枚からのスタートなんです。半分売れなかったら、二枚目が遠いんですよ。プロダクションは、ダンサーをつけてステージパフォーマンスさせるより、あの見てくれだからひとりでインストアイベントをやらせたほうが効率がいいと考えているんです」

「インストアって、ショッピングモールでやってる感じですか」

「通りかかっても、みんな耳にイヤホン突っ込んでるんですよね」

角倉さとるのデビュー奮戦記を撮りながら、泣きたい気分になった、と柴崎は言う。映像として成立させてゆくには、残念な場面も入れねばならないのだった。ドキュメンタリーですからね、とうなだれている。

「角倉が逃げないと決めた現実につき合ってると、泣けてきますよ。なにもお涙頂戴の話になんかしたくないのに。夢のある成功物語じゃ、どうしていけないんだ」

竜崎が新しいコースターの上にショットグラスを置いた。柴崎は伸ばしかけた指先を止め、横に座ったノリカの顔を覗き込むようにして見た。

「あの子たちにもいろいろ声が掛かっているって聞きました。仲間内でダンサーオーデイションの話が漏れてきたんです。道の文化振興とマスコミと航空会社がスポンサーについて、大物が乗り気になってるって」

吐いた息の、酒のにおいがきつくなってきた。ええまあ、と曖昧に頷いた。柴崎と橘朝が同じ時間に店にいなかったのが偶然なら、ダンスの神様に感謝したい。ノリカは角倉のCDを軽く持ち上げ「今夜、ゆっくり聴かせていただきます」と言って席を立った。初めての曲に、自分がどんな印象を受けてどんな踊りが降りてくるのかを考える。ノリカがどう踊るか、ではなくみのりと瑞穂の技術力を信じて組み立てられる。ノリカの腕では無理なところも、みのりは軽々と超えてゆく。

瑞穂が幕を閉めて、着替えを始めた。柴崎はノリカを呼び止め、なおも角倉の話を続けた。

「角倉は九月のあたまには札幌入りします。各地のショップを回って、札幌にも滞在しますから、そのときに連れてきます」

ノリカは頷き、とにかく体に気をつけるように伝えて欲しいと告げた。

ふと、角倉のステージでの衣装のことが頭をかすめた。迂闊なことに、ギャラの話もしていない。こうして外部から仕事を依頼された場合はノリカが窓口なのだった。自分のマネジメントをしていたころとは違って、頭を下げてばかりではいけないのだ。振り向き「柴崎さん」と声を掛ける。

「角倉さんのステージですけれど、うちの子たちは友情出演という感じなんでしょうか」

「いや、そこはちゃんとします。振り付けも含めて、ノリカさんが分配してください。驚くほどは出せませんが、局の規定がありますから」

「ありがとうございます。そう言っていただけると、わたしも伝えやすいです」

竜崎はショーの前のオーダー票を確認しながらこちらに背を向け準備をしていた。ひととおりのやりとりを聞いていたはずだ。ときどき助けを求めるように竜崎に視線を投げるのだが、ほとんどの場合目を合わせない。開店してからは現場の判断はすべてノリカの仕事だった。自分はオーナーなのだから、と言い聞かせてみる。心の切り替えがうまくいかないときは「ラブアロマ」に行けばよかった。

みのりと瑞穂がナイアガラ付きの衣装に着替え終わった。化粧と髪の毛をお互いに確認し合って、スタンバイオッケーだ。竜崎を見る。オーダーのドリンクが上がったようだ。ノリカはカウンターの外へ出て盆に載せ、それを客席に運ぶ。今夜は十席が埋まっている。そのうち四人が若い女性客だった。三十代後半のリピーターがひとりと、ほかの三人は初めての客だ。カシスオレンジやシンガポールスリングといったカクテルがひんぱんに出るようになっていた。瑞穂の女らしい文字とみのりの殴り書きめいたオーダー票が、ひどく愛しく思えてくる。このさびしさの正体をまだ識りたくなかった。

一曲目は「It's My Life」だ。角倉のステージが終わるまでこの曲は動かさないほうがいいだろう。今夜、聴いてからの判断になるが角倉のデビュー曲を組み込むことも出てくる――少しでも多く流れたほうがいい。

歌声とダンスは人の目に触れ、耳に入り、そして受けとった人の唇から出て行く。美しく脚色され不思議な波を作り、人の体から出たり入ったりを繰り返し、変形する。吉と出るか凶と出るか。一度でも気を抜けば、情け容赦ない言葉が波紋となって広がってゆく。

真夜中、ノリカはひとり店に残り角倉さとるのデビュー曲を聴いた。

――「The Sands」。

ジャンルは歌謡曲だろう。イントロのタンゴのリズム、歌詞の言葉、音のひとつひとつがはっきりと聞こえる。生の歌声は一度しか聴いたことがないが、音源に大きく手を加えている感じはしなかった。

くちびる読んで　言葉をさがし
たどり着くのは　砂が舞う街
それでもいいと　追ってきたのよ
もうなにも　なにも　言わないで

ゆらめきうねる　風のかたちに
砂は描くの　ふたりのあした
埋もれてゆくの　昨日の道も
新しい空　そして地平線

異国の砂嵐　あなたと歩く
刻が止まらぬなら
せめて　この手に触れていて

三回、目を閉じて聴いた。カップリングは「It's My Life」のカバーだ。「The Sands」はデビュー曲だというのに、もの悲しいメロディーラインだった。タンゴのリズムがそう聴かせてしまうのか、それともこれが角倉の本質なのか。カップリングのギャップは、角倉のキャラクターと歌唱力が埋めるのだろう。

ノリカは四回目でスピーカーの音が集まるフロアに立った。全身を耳にする。音が毛穴という毛穴から染みこんでくる。右腕が真っ直ぐ天を指し、体がS字にカーブした。右の人差し指からつま先まで、異国に降り立った女になる。

これは、組ダンスだ。

振り付けをしながら、ノリカの体はあきらかに女の動きを組み立てていた。しなやかに添うてゆく女の体を、包み込むようなリードが必要になる。高く上げた脚を支えて、しなる背中を抱く腕。

おおよその動きを組み立て終えて、ノリカはひとつ大きく息を吐く。

振り出しに戻るんだ、三人が出会った日に。

みのりと瑞穂がやって来た、大晦日。あの日二人が踊った「リベルタンゴ」が始まりだった。

フロアの真ん中で同じ曲を聴き続けながら、この八か月を振り返る。あっという間だったけれど、それはノリカが感じた時間の流れでしかないのだった。

刻が止まらぬなら
せめて　この手に触れていて

角倉さとるの伸びのある声の聴かせどころだ。さびのメロディーが繰り返される。なんにでも、終わりがあることを識るときだった。再びのテレビ出演を決めてからあれこれとふたりの衣装のことを考えていたが、黒のパンツスーツで踊るのがいちばん見栄えがいいような気がした。

オーディオを止めた。ふと思い立って、壁から飛び出たプラグをコンセントに入れる。音のない店内で、ミラーボールが回り出した。

壁にかけた小笠原のタンバリンが一度、風もないのに澄んだ音をたてた。

「オガちゃん」

壁のタンバリンに歩み寄り、見上げる。ノリカは耳に神経を集め、立ち去ったジングルの音を追いかけた。はっと息を呑んだ。

ミラーボールが投げかける光のなか、ノリカはゆっくりと左脚で半回転した。目の前の景色が変わる。一回、二回と繰り返す。軸足はもう癒えている。

痛いか？　いや、痛くない。

愛しい者を旅立たせるのなら、まばゆい光の向こうがいいのだろう。いっそ静寂と感じるほどの拍手の中へ、みのりを送り出してやろう。存分に、闘わせてあげよう。

ミラーボールが回り続けていた。

8

夏が早くやって来たぶん、秋も早まったようだった。角倉さとるの「ふるさとライブ」は柴崎の強力な後押しで、朝と夕方のワイドショーで紹介された。しかしカメラに映るのはほとんどが角倉のショットで、無名ダンサーの映像は見切れたものばかりだった。それでも瑞穂は録画して何度も見たと喜んでいる。みのりはあいかわらず冷めた顔つきでそんな瑞穂の隣にいた。

　柴崎が申しわけないと言うとおり出演料は少額だったが、店以外の場所で踊って報酬を得ることが大切だった。とりわけノリカが今回のことを喜ばしく思ったのは、みのりがいつもと違う舞台を経験したことで、動きに余裕が見えるようになったことだ。ポーズを決めたあと口元に不敵な笑みを作るみのりは「ＮＯＲＩＫＡ」のフロアを一段高いステージに変えてしまう腕を身につけた。

　九月第三週の水曜日、角倉のイベントパンフレットで名前を見て、という女性客が三人店にやって来た。とにかく「ＮＯＲＩＫＡ」に行ってみようと思った、と聞けばお世辞でも嬉しい。

「おふたり、すごく格好良かったです。ここで角倉さんの曲で踊っていらっしゃると聞いて、三人で絶対に行こうって話してたんです」

「角倉さんはもう東京に戻られたんですよね」問うと、ノリカと同じ世代の女が答えた。

「いま、全国のインストアイベントで歌ってます。ライブハウスで歌っていたころから大好きだったんです。わたし、公式ファンクラブの会員ナンバーがひと桁なんですよ。

YouTubeでアップされている映像は、毎日何度も見てます」

「うちのショーは、今は二回とも『The Sands』と『It's My Life』を入れています。楽しんでいってくださいね」

三人はほぼ同時にノリカに頭を下げて、すぐにフロアの中央席を確保した。角倉の曲を入れてからはショーの演目も多少変化したが、みのりの「HAVANA」だけは変わらずにトリ前の一曲から動かしていない。これを見ないと帰れないという客も現れて、ノリカの鼻もわずかに高くなる。

飲み物のオーダーを取ってカウンターに戻ると、ドアベルがひかえめに鳴って女がひとり店に入ってきた。ノリカに負けぬ長身に黒いロングのワンピースを着ている。プリーツ素材が細い体に似合って、曲線に無理がない。顎のラインからうなじにかけて斜めにカットされた黒い毛先も、卵形で色白となればなまめかしくダウンライトに映える。眼差しに少しきつい印象を持つのは、胸元に光る長い銀色のネックレスのせいかもしれない。黒い服は嫌いじゃないが、こうした出で立ちでやってくる女には心なしか警戒心を持ってしまう。

女はノリカに視線を移すと、軽く会釈をして入口にいちばん近い席に腰を下ろした。初めて牧田が座った席も、そこだったことを思い出す。いらっしゃいませ、という言葉が届いたのかどうかノリカが確かめる前に、竜崎が女に頭を下げた。女は黙って銀色のポーチから細い葉巻とライターを取り出して火を点けた。竜崎が黒い陶器の灰皿をカウンターに滑らせる。ノリカは一枚の絵のように視界に収まるふたりを見た。

竜崎が、カクテルグラスを氷で冷やす。道具入れの中から銅製のシェーカーを取り出した。ドライジンとライムジュースに、アプリコットリキュール、メロンリキュール。氷をふんだんに使い道具を冷やし、捨ててまた氷を入れて。流れるような動作でシェーカーのキャップを閉めると、表情を消し去った眼差しをわずかに下に向けて振り始めた。グラスの氷を捨てて、そこへカクテルを流しこんだ。緑色には淡すぎて、心細くなるような色だった。

女がオーダーするのはこれだと、最初から知っていたみたいだった。シェーカーを洗い始めた竜崎に、フロアからのオーダー票を渡した。いつものように「はい」と言って受けとる彼に、さっとカウンターを示し知り合いかと問うてみた。竜崎は浅く首を前に倒し目を伏せた。しつこく訊ねたところでよいことはないのだろう。ノリカはフロアのオーダーを待つことにした。

竜崎がミキシンググラスにジンを流しこむ。ノリカは肩先に彼の動きを感じながらつまみの皿を用意する。白い皿にディップソースとライ麦パンの薄切り、水気を取ったリーフの上に人参と南瓜の角切り温野菜、チェダーとカマンベールとゴーダのチーズ三種を並べた。三人分を並べると、見栄えのするひと皿になる。カウンターの女性への皿は、竜崎に任せることにした。瑞穂が出来上がったカクテルをフロアの女性客のもとに運んだ。

オードブルの皿を渡す際、みのりの視線がカウンターの女とノリカを往復した。ノリカは首を微かに傾げて「わかんない」ことを伝えた。カクテルとオードブルの並んだテーブルを前に、フロアはたちまちかしましい気配を帯びる。運んでいったふたりに、矢継ぎ早になにか訊ねているのは角倉のファンクラブひと桁会員の彼女だった。

みのりが頷き瑞穂が話す。黙って見ていれば、個性をつぶし合わぬ組み合わせが気持ちのいいコンビなのだった。ノリカはときどき、今に満足しそうになり慌てた。刻々と変わりゆく瑞穂とみのりの状況を認めたくないのかと己に問うも、納得できるような答えなど降りてはこない。

ショー目当ての客がふたりずつ三組立て続けに来店した。そのなかのひと組は牧田と友人だった。牧田は店に入りしな、カウンターに座っていた女を見て動きを止めた。気配を察したふうの女が入口に立ち尽くしている牧田を見た。

「おひさしぶり。元気にしてたのね」

すこしかすれ気味の声と語尾の上がり具合に、女の生きてきた道が透けて見える。彼女はノリカより少し年上だろう。牧田は戸惑いを隠さず女を「キリコさん」と呼んだ。

「ご無沙汰してます、ミラノからいつ戻られたんですか。ここで会えると思わなかったです」

「画廊に先にお邪魔すれば良かったかな。さっき札幌に着いたばかりなの、ごめんなさいね。お父様とお母様はお元気でいらっしゃるの」

「おかげさまで。母が先日いただいた葉書に感激していました。ミラノのアトリエに遊びに行ってもいいかって本気で訊くんですよ。帰国されるなら、言ってくださったら良かったのに」

「なんとなく、気が向いちゃって。銀座に行ったら、ＪＩＮがこっちにいるって聞いたの。それならきっと牧田君の近くだろうと思って」

　牧田は最敬礼でもしそうに背筋を伸ばし「光栄です」と言ってから、慌ててノリカを見た。その瞳がゆらりとカウンターの中へと移動し、不安げに揺れた。竜崎の噂はもう、銀座にまで届いているのだ。誰の目にも明らかな牧田の動揺は、キリコのひとことで更に揺れた。

「牧田君、珍しく今日はおしゃべりね」

　一気に十センチも身長が縮んだふうの牧田を救ったのは、みのりだった。

「牧田さん、いらっしゃい。いつもありがとうございます」

　空気が揺れて、カウンターの女を遠巻きに囲んでいた、竜崎、牧田、ノリカの視線がいっせいにみのりに向けられた。みのりはその場の誰の視線も気にしているふうではなく、首を軽く斜めにして口角を均等に持ち上げている。ノリカはみのりが新たに覚えた微笑みに驚いた。中性的な気配にひとつ新しい感情表現を取り込んだみのりは、いまこの笑みを研究中なのだろう。

角倉さとるが、他人に見える自分のイメージを優先できているのと同様、みのりも内側に閉じ続けてきた自意識を開きながら前へ進む者なのか。親から学べなかったものは、他人様から盗んで自分のものにしてゆく。みのりはありとあらゆるものを吸収して、新たな「面」を増やしている。演じている意識がないので始末に負えない。二十歳の赤ん坊だ。人として幼いことは彼女の武器でもあった。

牧田はみのりの微笑みに救われ、泣きそうな顔で「こんばんは」と返した。キリコ以降に入ってきた客はカウンターの席には着かず、そのままフロアの端へと向かった。牧田にドリンクを運ぶのはみのりだった。店内では、それが彼の精いっぱいの配慮なのか、瑞穂とほとんど言葉を交わさない。

みのりがグラスをのせた盆をフロアに運ぶ。その背中を見て「キリコさん」が言った。

「肝の据わった子ね、若いのに。ここのホステスさんなの」

「いいえ、ダンサーです」初めて竜崎が彼女に向かって口を開いた。

キリコが「おや」という顔をして、カウンターの中へと視線を戻す。ノリカは新しいオードブルの準備を進めながら、ふたりの様子を窺った。ショートカクテルをみごとに三口で飲みほして、彼女が静かにグラスを置いた。コースターに書かれた「ＪＩＮ」の文字が滲むことはなかった。

　甘く煮た人参を優雅な仕草で口に入れて、新たに作られたカクテルを飲む横顔は、女のノリカが見ても美しい。キリコの体がスツールの上で捻れて、カウンター前の壁へと視線が注がれた。そのあとすぐに逆に捻って、飾られた絵を確かめるように見ている。細い首に斜めの線が入る。ライトの加減で光と影ができて、くっきりとした目鼻立ちは彫刻のようだ。

「この絵を掛けたのは牧田君ね。ＪＩＮが自分で飾るわけないだろうし」

　ふるりとノリカの内臓が揺れた。胸に付けたネームプレートの「Ｊ」がひときわ赤く光った気がする。ノリカの知らない竜崎がキリコという女によって薄皮一枚ずつ剝がされている。それを止める力も意思も、竜崎にはない。ふたりのやりとりは、言葉こそキリコが一方的であるように見せかけて、実は竜崎の所作ひとつひとつが彼女への隙のない応対なのだった。そうでなくてはこんなに、ひとつの額にきれいに収まっているわけがない。

「元気そうで良かった。正直、どこでなにをしているのか心配だったから。何も言わないことが誠実だなんてまだ思ってるなら、それはあなたの若さとミスよ。いつまで経っても直らない悪い癖でもある」

竜崎がわずかに首を前に倒した。いいお店じゃないの、と彼女が言った。そしてノリカにその、真っ直ぐ人を射貫きそうな瞳を向けた。

「お店の名前どおり、ノリカさんとおっしゃるの」

瞳とは逆に、優しく語尾を上げる。ノリカは「はい」とうなずいた。

「JINをまたカウンターの内側に戻してくださってありがとうございます。面倒くさい男だけど腕はいいと思うの。これからもよろしくお願いします」

「こちらこそ、竜崎さんには開店のときからずっとお世話になっています。お礼を申し上げるのはわたしのほうです」

竜崎との関係を訊ねたいところを堪えた。ここで訊いてはノリカがすたる、と自分に言い聞かせる。キリコはそんなノリカの心を見透かしたように、自分は竜崎の元女房だと告げた。優越も卑下もない。この女にかかると、疑問の解消のためにしか「元女房」という言葉が存在しないみたいだ。

自分がどんな顔をしているのか想像がつかなかった。ノリカを演じきることが、いまできる精いっぱいで、それゆえに竜崎を憎からず思っていたこともはっきりした。今日はさっさと「ラブアロマ」へ行こう、なにがあっても行こう。胸の裡で呪文のように店の名前を唱えた。

細い葉巻が半分の長さになったころキリコが、竜崎に向かって心もち背筋を伸ばして言った。

「ヒロユキが、結婚したって」

パイナップルの細工をしていた竜崎の動きがぴたりと止まった。が、一秒待たずに再び手元のペティナイフを動かし始めた。黙々と仕事を続ける竜崎の手に光るナイフに向かって、キリコが続けた。

「あの子にはニューヨークの空気が合っていたみたい。アトリエのご主人と一緒に暮らしてるそうよ。ＪＩＮに会うことがあったら、心配かけてごめんって伝えて欲しいって。自分で言う勇気はないんですって。あの子らしいといえばらしいけど」

竜崎は表情を変えず「そうですか」と言って、パイナップルの完熟部分を数切れずつガラスの器に盛りつけた。竹製のピックが花魁（おいらん）のかんざしのように美しかった。ねぇ、とキリコがそこだけ張りのない声でつぶやいた。

「ＪＩＮ、こんなつまんない話をするために北海道まで来るわたしも、相当つまんない女だったたってことよ」

だから——。キリコの声が張りを取り戻した。

「あなたももう、自由になりなさい。わたしも自由になるから」

瑞穂がリモコンのスイッチを押して幕を閉めた。そろそろ着替えをしなくてはいけない時間だった。ノリカはパイナップルの皿を手に、追加オーダーを取るためフロアに出た。

「みなさま、こちらは当店からのサービスです。どうぞ召し上がってください」

牧田が端の席で上目遣いにこちらを見ている。キリコのことについてノリカがなにかひとつ訊ねたら、怯えついでに要らぬことまで教えてくれそうな気配だ。唇だけで微笑んで、ちょっとだけ威嚇してみる。牧田が首をすくめた。

ノリカがカウンターに戻ると、もうそこにキリコの姿はなかった。竜崎は何ごともなかったようにオーダー票を受けとり、カクテルの準備を始める。ついさっきまで一枚の絵としてフレームに収まっていたはずの彼女が消えて、カウンターはまた竜崎の城に戻っていた。

ヒロユキとはいったい誰なのか。疑問が疑問を生んで、人工の光の下で塵と一緒に舞っていた。一回目のショータイムが始まる。一曲目、開いた幕の正面席から角倉のファンが歓声を上げた。「みのりさん、瑞穂さん」と女の声がかかり、ノリカは客層が変化していることを感じとる。

二回目のショータイム後、カウンターにやってきた牧田が勘定を頼んだのは竜崎だった。いつもならばノリカに「今日も良かったですね」とひとつ媚びて帰ってゆくところだ。牧田が分かりやすくうろたえているのはありがたい。一歩遅れてノリカも店を出た。

「牧田さん、ちょっと」できるだけ柔らかく声をかける。エレベーターの前で牧田が予想どおり怯えた目をした。

「今ごろ訊くのもなんだけど、開店祝いにいただいた壁のシャガール、あれはどういう意味だったのか教えてちょうだい」

「どういう意味って」牧田の眉は情けないほど下がり、許してくれと懇願している。どんな顔をされたって――ノリカの苛立ちに変わりはなかった。

「ヒロユキって、誰なの」

牧田が浅い息を繰り返し、ひとつ息を吐くたびに首が前へ倒れ込んだ。この男が持っている情報を漏らさず聞かねば、ノリカも引っ込みがつかないのだ。鼻の穴を膨らませ、半ば観念した牧田が早口で言った。

「ヒロユキは、キリコさんの弟です」

「シャガールの絵と、どういう関係があるの」

「彼は、シャガールに憧れて絵描きになった男なんです」

混乱した。キリコは竜崎の元女房で、その弟が絵描きで、店の壁にはその男の憧れている画家の絵が飾ってある。何がどう関係しているのか、どれもこれも意味ありげで意味を持たず、関係があるわりに肝心要がぼやけた状態でノリカの前に散らばっている。

「キリコさんの弟さんが、ニューヨークで結婚したそうなんだけど」

牧田の顔が思いもよらぬほど崩れ、体はじりじりと後ずさりを始めた。ノリカはそんな牧田に一歩近づき更に追い打ちを掛ける。

「わざわざミラノから弟の結婚を伝えにやってくる元の奥さんって、どういうことなの」

牧田は勢いをつけて腰を折り、Tシャツがめくれるほど頭を下げた。

「すみません、ここから先は俺の口からはとても。あとはＪＩＮに訊いてやってください。きっと、ノリカさんになら話すと思うから。すみません、許してください」

何度も「すみません」を繰り返し、牧田は非常口の扉から階下に向かって走って行った。ため息をひとつ吐いた。体の中から空気が漏れだしてゆく。ひどい徒労感だ。ぽつぽつとした足取りで店に戻ると、竜崎が勘定に追われていた。慌ててカウンターに入り、伝票と釣り銭の計算をした。竜崎の、なにごともなかったふうの応対に苛立った。

閉店後の床拭きを終えて夜食をつまんだ瑞穂とみのりは、その日ノリカと竜崎に話しかけることもせず短い挨拶を終えるとすぐに店を出た。ふたりを送り出したあと、ノリカはカウンターでパソコンに打ち込んだ売り上げを伝票と照らし合わせた。静かな店内に道具を仕舞う音が響き、それを追いかけるようにノリカが打つ訂正のキーのたどたどしい音が重なった。

数秒どちらの音も途絶えたところで、竜崎の辛抱がひとあし先に尽きた。

「今日は、お見苦しいところをお見せしてしまいました。申しわけありません」

「お見苦しくはなかったけど、意味はわからなかったかな」

できる限り軽く、あらん限り優しく言ってみる。

やせ我慢だの綱渡りだの、言葉にすれば格好がつくけれど、今のノリカは自分でも収拾のつかない焦りと苛立ちでいっぱいいっぱいだ。訊きたいことは山ほどあるが、こちらから切り出すのは癪に障る。かといって、今夜なにも知らぬまま部屋に戻ってすやすや眠れるほど、竜崎のことを割り切って考えているとも言いがたいのだった。

「ラブアロマ」に行かなきゃ。ほどよく疲れ、帰宅を促す緩衝材が必要だった。頭が疲れたときは、体も同じくらい疲れてもらわないと眠れないのだ。

「履歴書に離婚歴は必要ないだろうし。このシャガールのことも」言いかけて少し迷った。が、迷ったことで竜崎におかしな誤解をされるのも悔しい。急いで言葉を続ける。

「牧田さんがこの絵を飾ったことにも、理由があるらしいってことだけはわかったかな」

竜崎の視線が壁に移った。ノリカはパソコン画面を見ているふりをやめた。

「喉が渇いた。悪いけど、なにか一杯作ってもらっていいかな」

「承知しました」

ロングのグラスをふたつ用意して、竜崎がジンを注ぎ入れた。切ったライムと氷とソーダ、泡がはじける音まで聞こえてきそうだ。ひどく静かだ。すすきのの街からすっぽりと抜け落ちてしまったような静けさだった。紙のコースターが置かれた。ノリカははじける泡を口元に運んだ。ほぼ同時に竜崎がカウンターに戻したグラスは、半分空いていた。珍しくひとつ深呼吸をして、彼が話し始めた。

竜崎とキリコが知り合ったのは、当時画廊の二代目として東京に買い付けに行っていた牧田がきっかけだった。上京の際牧田は、商談が成立したキリコを幼なじみの竜崎がいる店に連れて行った。バーテンダーの仕事に打ち込んでおり、各種大会でタイトルを取ったころだったという。

ノリカは、おそらくキリコが先に竜崎に興味を持ったのだろうと思った。いま竜崎から受ける印象は、完全な受け身だ。

「彼女とつきあい始めたころ、弟を紹介されました。バーテンダーは、もともと人見知りが長じて入った世界でした。不思議と彼女たちとはとても気が合って、結婚後もキリコさんが海外で仕事をしているあいだはヒロユキと一緒にご飯を食べたり、一緒に彼女が仕事をしている国に行ったり。二年くらいはすごく楽しい時間が続いたんです」

竜崎はそこまで言ってグラスを空けた。三人の時間がどれほど楽しかったかを伝えるのに、彼は「至福」という言葉を使った。

米仏共同制作の映画で服飾デザインを担当した彼女は、本格的に布専門のアーティストとしてミラノにアトリエを持った。その矢先、保たれていた均衡が崩れた。

「大人の余裕を失っていたのは、わたくしのほうでした」

義弟の想いに気づいていなかったわけじゃない、と竜崎は言った。美味しい酒や食べ物や、絵や音楽や映画について語り合う三人の関係を思い返すとき、キリコはふたりの母で、ヒロユキと自分が恋をしているような不思議な感覚があったのだと打ち明けた。

「ずっと好きだったし苦しかったと言われれば、自分もそうだと言うしかなかったんです。突き放すことができなかった。姉の夫を好きになることと、妻の弟を好きになることと、どちらがどういけないことなのか、わからなくなりました。キリコさんへの気持ちは変わらなくて、自分がどうすればなにがどうなるのか、まったく見えなくなりました」

自分の立ち位置がつかめぬままそれぞれが嘘をつきながら、男と女の結婚生活、男と男の秘めた関係が続いた。一か月ミラノで仕事をして、半月日本に戻るという生活を続けていたキリコの問いは、みごとな直球だった。

——このまま続ける？　どちらかを選ぶ？　わたしはどっちでもかまわない。ふたりとも愛してるから。

キリコの潔さに、竜崎のほうが音を上げた。

「そこで笑って『そうだね』と言えるほど、達観できていなかったんです。姉も弟も、すべてを受けいれる心の準備があったのに」

竜崎の迷いはすぐにヒロユキに伝わった。本当の「至福」まで、あとは一歩踏みだす心もちひとつ、というところにきて肝心の竜崎がぐらついたのだった。アートグラフィック界で認められかけていた彼は、若い線と繊細さが売り物だったが、その両方が心の衰弱を早めることになった。答えを出さずに重ねた関係が三か月続いたところで、ヒロユキは左腕にカッターナイフを入れた。

ヒロユキは一命を取りとめたが、竜崎は銀座から姿を消した。

「そのシャガールと、道具一式を持って北海道に逃げ帰ったんです。女々しいことです」

絵は竜崎がヒロユキに贈ったものだった。牧田は、札幌に戻ってきた幼なじみが毎日絵を見ながら半病人のように暮らしているのを見かね、額を外して部屋を片付けた。

そこまで聞いて、ノリカは深くうなずいた。この、情痴にまみれた過去を持つ男は、今までその底を巧妙に隠しているゆえに深みを見せていたのだ。

「なんだよまったく」と腹の裡で毒づいたあと、吐き出した息に言葉をのせる。

「ほんっとに、女々しいことだ」

ヒロユキはニューヨークで新たな一歩を踏み出し、キリコはもうみんな自由になるんだ、と宣言した。竜崎は「夢の続き」をまだ追いかけているのかどうか。グラスの内側で動かずにいる泡みたいな毎日を想像してみる。なんだか誰も彼もが、自分しか愛せない人間のように思えてくる。五十センチの近さに客がいない生活は、自分たちがそれぞれ自分の観客なんだから、そりゃ幸せだろう。空きっ腹に入れたアルコールが効いてきた。

「ひと区切りついたなら、それでいいんじゃないの」

竜崎は無言でグラスを片付け始めた。腕の時計を見る。もう、午前二時を指していた。「ラブアロマ」が混み合う時間帯に入ってしまう。携帯を取り出し、予約の電話を入れた。

「会員番号四四六〇、フジワラです。十分ほどで行きます。空いてますか」

「いつもご来店ありがとうございます。今でございましたら、すぐご案内できます」

「よろしくお願いします」

通話を切って、バッグに携帯を投げ入れた。竜崎に、店の施錠を頼んでいいかと訊ねる。「承知しました。これからどちらかへお出かけですか」

いつもの竜崎に戻っていた。ノリカはその顔に向かって短く「マッサージ」と答えた。

慣れたコースと指先と鼻先に漂うイランイランの香りに、その日ノリカはうまく乗れなかった。男の指先に亀裂を割られながら、信号待ちでキリコの飲んだカクテルの名を検索したのが良くなかったのか、と考える。

カロスキューマ、ギリシャ語で「美しい波」。

その波が、なかなか自分の身に起こらない。いつもならハードタッチ二十分で手に入る快楽が、つま先を濡らす前にさっと退いてしまうのだ。そのたびに「美しい波」とキリコの整った目鼻立ちが眼裏を過った。

黒木の指先が再び太ももを這い始める。こんなこともあろうという諦めも手に入らない。自分にもそんなことが起こるのかと半分驚き、かなしくなる。竜崎の要らぬ昔話を聞いたせいで、快感のスイッチが隠れてしまった。

ノリカはタオルの内側にあった少し大きな手に触れた。温かい指先が動きを止める。男がそっとノリカの手を握り返してきた。

「ごめん、わたしなんだか今日はおかしいみたい」ため息にのせて打ち明ける。

「いいえ、わたくしが勘どころを失っているんです。お許しください」

男の声には波がなかった。低いところを保って、いつまでもこんな時間を過ごしていそうな気がしてくる。夜が明けても、太陽の昇らない場所で生息しているような、そんな声だった。

「こんなこと、初めてなんだよね。どうしよう、今日はツボ押しで帰れってことかな」

「お時間はまだ一時間ございます。わたくしでよろしければ、施術の延長もお受けできます」

「予定どおりいかない客も、いるの？」

「もちろんです。女性の体はデリケートです。心の浮き沈みに限らず、唇の荒れひとつで手に入ったり入らなかったりするのが快楽のような気がしています」

「調子悪いのかな」

「なにか、心にひっかかることがあるのかもしれません。ヒールのかかとが減っているとか、忙しすぎたとか」

　会話はわざとツボをはずしているとしか思えなかった。この男の仕事の片鱗が見えた気がした。アロマオイルの香りをふりまき、会話ではとことん外して小馬鹿にされながら、体と快楽のツボだけは逃さない。

「集中力が落ちてるかもしれない」と笑った。

「そういう日もございますね」

「どうしよう、このままじゃ帰ってもうまく眠れそうにないな」

　快楽は金を払って得るのだと自分に言い聞かせる。ずっとそうしてきたじゃないかと、言うことをきかない亀裂を叱咤する。黒木がノリカの手を握り直した。

「では、一度ゆったりとした施術をお試しになってみますか」

「もしかしてわたし、いつも早すぎ？」

　男が目を伏せた。ふと、そのゆったりとした施術を試してみようかという気になった。それで駄目ならあきらめる。金はもったいないが仕方ない。

「ねぇ、これってもしかしてカウンセリングなの」

「いいえ、世間話です」黒木が真剣な眼差しで言った。

「それじゃあ、ゆったりでお願い」

言われたとおりうつぶせになると、バスタオルを剝いだ背中に生ぬるいオイルが垂れてきた。肩甲骨のあたりを圧していた指先が、螺旋を描きながら少しずつ脇腹へと流れてゆく。乳房の近くをかすめて、大きく旋回しては骨盤を撫でて去ってゆく。

悪くない。男の手のひらのリズムに漂っていると、その指先が尻と太ももの付け根を撫でるたびにほんの少しずつ期待が積もってゆく。二回、三回、数えるのもそろそろ面倒に思うくらい全身が重くなったころ、するりと指先が亀裂を割った。

背後から滑り込んでくる不意の指先に、思わず息が漏れた。膝に力が入り、無意識に腰が持ち上がる。その隙を逃さぬ片手が体の下に滑り込んだ。指先が描く螺旋と往来、イランイランの香り。腰の前と後ろにあった快楽が、いつの間にかひとつになってノリカの体を包み込んでいた。

漏れた声が連れてくる快感がある。ずいぶん遠い昔にこんな声を出したこともあったが、相手も声で盛り上がっていると気づいたあたりでノリカに演技が混じるようになった。そこから男の体が面倒になったのだ。

探り当てた柔らかな場所を逃すまいとでもするように、指先が執拗にノリカを追いかける。逃げる気もないのに、ほかのことを考えようともがく。時間いっぱい楽しんでやれと思う。気づけば膝を立てて四つん這いになっていた。

いいじゃないか、このポーズが好きな客もいただろう、ノリカ——。

舞台でどんなに激しいポーズをとっても、快楽など遠い場所にあったじゃないか。もう、誰も見ていない。ここにはノリカの体を這っている指先しかないような気がしてくる。意識的に、膝の位置を離した。広がった亀裂に指が群がる。

もう、どうでもいい。あぁ気持ちがいい。

まるで予想もしていなかった真っ白い場所に放り投げられ、しばらくのあいだ体の自由がきかなかった。こんなに体が重たく感じたのは初めてだ。

そうしているうちに、再び男が手のひらでノリカの太ももを撫で始めた。耳に近いところから「先のコースに進みますか」と訊ねてくる。かすれ気味の声で「先って？」と訊ね返した。ディルドコースと本コースがあるという。この快楽には先があったのか。うつぶせで呼吸を乱し、両脚を広げている自分の姿はおそろしく滑稽に違いない。滑稽には滑稽で蓋をしてみよう。

「本コース、お願い」

「承知しました」

薄暗い施術室でアロマオイルにまみれながら、十年以上男と体を繋げていなかったことを思い出す。男はノリカの耳元で、貴女は客なのだからなにもしなくていいし、もちろん嫌なことはしないと囁いた。大きな手がノリカの腰を優しく抱いて、ゆっくりと往来を始めた。先ほどより重たい波が体の中心めがけて突き上げてくる。

——女と違って、演技で出来るもんでもないでしょう？

——毎度毎度、そこを勃てたら大変じゃないの？

問うてみたいが声にならない。耳の奥には自分のあえぎ声しかなくなった。つよく目を閉じる。繰り返す往来のすぐそばに、ゆるやかに芯を弄ぶ指先があった。体中の筋肉が勝手に収縮を始めたとき、再びの波にのまれた。

九十分コースに本コース追加、税別三万二千円也——。

テレビのニュースでは残暑の話題だが、九月の第四週、札幌にはもう夏の名残はなかった。朝夕は冷えるようになり、刻々と次の季節の準備をしている。大通公園の緑もあきらかに力を失っている。

みのりと瑞穂は本格的にオーディションの準備を始めた。といっても、練習場は瑞穂の部屋と店内だけだ。ふたりには通っている教室もないし稽古用のバーもない。

月曜日、ふたりが揃って店に入ってきた。ノリカは曲の確認と新しい演目の準備をしているところだった。揃いの黒いパンツに、瑞穂はサーモンピンクのパーカーを羽織り、みのりは綿シャツ姿だ。挨拶のあと瑞穂が「ノリカさん、ちょっと聞いてくださいよ」と言い出した。

「どうしたの、なにかあった？」

「わたし、昨日みのりちゃんの部屋に行ったんですよ」

みのりがふて腐れた表情でちいさく「始まった」とつぶやいた。

「中島公園の外れにあるっていう、ワンルームだっけ」

「そうそう。六畳にちっちゃいユニットバスとトイレと、洗面台みたいな台所がついてるっていうから、どんなところだろうって思って」

「家賃、二万五千円だったっけ。格安だよねぇ」

「格安も格安、一階の陽の当たらない部屋は想像してたんですけど」

行ってみたら、想像を超えた暮らしぶりだったと瑞穂が小鼻を膨らませながら続けた。

「六畳に、キャリーバッグひとつと、寝袋とノートパソコン一台しかないんですよ」

寝に帰るだけなんだから、とみのりが小声で合いの手を入れる。瑞穂の報告を嫌がっている様子でもない。それぞれが最適の居場所で自分自身を演じている。これは、じゃれ合いだ。

「そりゃ、潔いのを通り越して壮絶だね」ノリカが驚いてみせると、瑞穂も盛り上がる。

「掃除は除菌シートで床を拭くだけなんだって」

なにもないワンルームで、黙々とストレッチをするみのりが見えるようだ。部屋の隅に積もる綿埃は、なるほど除菌シートが何枚かあれば簡単になくなるだろう。適度に関節を開き筋を伸ばし全身を温めて、視界に入る綿埃を拭いて、寝袋に収まれば母の胎内に戻ることができる。

ありありと光景が浮かんできて、不意にノリカの頬に涙がこぼれ落ちた。瑞穂がなにか言いかけて止めた。ノリカはぼんやりとした視界のなか、二十年前の自分が信じた無限の可能性がいったいなんだったのかを思った。明るい明日に、なんの根拠もないことが頼りだった二十歳のころだ。誰にも約束された明日なんかなかった。だからこそ信じられる未来があった。

みのりがバッグから「バーレスク」のサントラ盤を取り出しプレーヤーに入れた。

「どれも踊れるようにしておこうと思って。毎日 iPod で聴いてます。当日の振り付けは違うだろうけど、曲を体にたたき込んでおけば逃げないでいられるから」

慌てない、ではなく逃げないと表現するのが浄土みのりなのだろう。闘うことより勝つことより、なにより自分が逃げずにいることがこの子にとって最も重要なことなのだ。あぁ、とすべてが腑に落ちた。終わらない一曲を踊り続ける、みんな自分という舞台の踊り子だった。瑞穂が低めの声で言った。

「昨日から、わたしの部屋に連れてきてます。オーディションで大本命が栄養失調なんて洒落にならないもん」

思わず瑞穂の顔を見た。丸い瞳が優しく光る。誰よりも自分の力量を理解しているのはこの子だった。力及ばず選出されなかったときの瑞穂を支えようなどというのは、ノリカのつまらない驕りだったのだ。

「瑞穂にそこまでさせたら、わたしの出番がなくなっちゃう」

「自分のためでもあるの。みのりちゃんの技術がすごいことくらいわかるもん」

それに、とにんまり微笑み瑞穂が続けた。

「みのりちゃんの留守中はわたし、ノリカさんと踊るんですよ。ちょっとでも上手くなっておかないと大変じゃない」

あっという間に大人になってしまった娘を見るようなさびしさに襲われる。そんなに急ぐことはないのに、と声に出さずつぶやいた。

みのりは一度外の舞台に飛び立ってしまったら再びここには戻らない。瑞穂はそのことに気づいているのかいないのか。どちらにしても、これでいいのだろう。みな、コントロールのきかない今日を生きてゆくのだ。

みのりがくるりとこちらを振り向いた。まっすぐな目でノリカを見る。つよい視線を押し返す。店内には「ウェルカム・トゥ・バーレスク」が流れていた。

ウェルカム・トゥ・ＮＯＲＩＫＡ——。

ウェルカム・トゥ・NORIKA——。

なんでもかんでもウェルカムの、小屋出身の踊り子には怖いものなんかない。

みのりが唇の両端をぐいと上げた。

「わたしはここを出ない。オーディションはただの運だめしだもん」

瑞穂が「そういうこと言わないの」とたしなめる。ノリカの腹の底にあった塊がむっくりと起き上がった。人として欠けているものの多さがそのまま浄土みのりを作り上げていることは百も承知だが、これはいただけなかった。

「みのり、その言葉、受かってからもう一度言いなさい。相手は場数を踏んだ人間ばかり。浄土みのりがなんぼのもんか、ちょっとテレビに出たくらいで何ができるかよく考えなさい。運を試すんじゃなく、あんたが運に試されに行くんだよ。舐めてかかると、泣くことになるよ」

「じゃあ、なんでわざわざ橘朝がここに来たの」みのりも負けてはいなかった。

「場末のダンサーがどれだけやるのか、笑いに来たに決まってるでしょう」

曲がひときわ明るいものへと変わり、店内の空気を混ぜ返した。カウンターの中から竜崎が三人を呼んだ。

「みなさんすみません、ちょっと味見をしてくださいませんか」

振り向くと皿に切り分けられた白いタルトが並んでいた。

「昨日、チーズタルトを作ってみたんです。今日のプレートに入れようかと思うんですが」

　ドリップペーパーを折り曲げながら、竜崎が「よろしければコーヒーも」と微笑んだ。瑞穂が真っ先に「いただきます」と駆け寄った。ノリカも続く。みのりはカウンターにやってくる気配をみせなかったが、瑞穂の「美味しいよ、おいで」にしぶしぶうなずき、ノリカの横でチーズタルトに手を伸ばした。竜崎は満足そうに微笑み、ドリップケトルのお湯を注いでいる。

「プレートで使えそうでしょうかね」竜崎が三人の顔を見比べながら訊ねた。

「立派な売り物だと思う。あとでレシピお願いします」瑞穂が甘えた声で言う。

「ビスケットを砕いて敷いて、クリームチーズと生クリームとヨーグルトを混ぜ合わせたものを流し入れて冷やすんです。とても簡単なんですよ」

　ノリカは無意識に壁のシャガールを見た。このタルトはヒロユキも食べたろうか。キリコがやって来た日からずっと、竜崎とのやりとりの中に彼女とヒロユキの影を見続けている。竜崎についての微かな疑問も声に出せない問いも、腑に落としてゆくときは必ず会ったこともないヒロユキが無理やり納得を促すのだった。

「ラブアロマ」で手軽な快楽から一歩進んだ日が、竜崎との分岐点だった。ほんの少し楽になったぶん手放したものもある。謎が薄れるということは、それまであった興味から手を引くということだった。

「美味しい。これ、女の人にすごくうけると思う。予算内でなんとかなるようだったら、曜日を決めて出すのもいいんじゃないかな」

明るいノリカに戻れば、あとは楽だった。

「そうですね。いろいろ考えてみます。チーズもあれこれと種類に凝りすぎると手を付けていただけないようなので、ここはケーキで広げてみましょうか」

「いいと思う。よろしくお願いします」

店を訪れる客の層がはっきりしてきたのかもしれない。たとえそれが「銀座の宝石」の腕を嘆かせることだったとしても、ノリカに罪悪感はなくなった。みなそれぞれの事情を抱えてすすきのですれ違ってゆく。

ここは交差点の街だった。

9

メールを報せる振動で目が覚めた。ノリカは腕を伸ばし、枕元の充電器から携帯電話を手に取った。

——おはようございます、瑞穂です。みのりちゃんもわたしもコンディションはバッチリ。全力で闘ってきます。

——おはよう。ふたりとも全力で楽しんでおいで！

毎日顔をつきあわせているので、電話も必要最小限でメールもノリカから送ることはない。画面での言葉のやりとりを苦手としているのは、ノリカもみのりも同じだった。こまめに牧田にメールを送る瑞穂は、ノリカの素っ気ない返信をゆったりと受けとめてくれるので、気が楽だ。

起き上がり、窓を開けた。秋の気配が濃くなるにつれ、窓を開けると湿った枯葉のにおいが部屋になだれ込んでくる。目の前は隣のマンションの壁なのだが、季節ごとに吹いてくる風は山側の土と葉のにおいがする。

遮光カーテンにも等級があると知ったのはこの部屋を借りたときだった。生活のための知識を身につけることのなかった二十年が、自分のいったいどんな部分を長けさせたのか考えると、ひどく心許ない。舞台の下には「好きで踊ってきた」だけでは済まされない日常があった。ときおり、十日に一度ずつ居場所を替える日々が懐かしく思えることがある。そのたびにノリカは、自分の体からまだなにかが抜けきっていないことを実感した。

踊る体を維持するためにやってきたことは、そのまま健康となって返ってきたし、衣装を作るための裁縫技術も少しは上がった。体を動かすことに抵抗はない。足腰のためなら、毎日十キロや二十キロは歩ける。体が鈍らないよう一日一時間の柔軟セットメニューは欠かさない。

「ラブアロマ」の本コースから二、三日のあいだ腰と太ももの筋が強ばっていた。コンディションは自分の筋肉と筋、あるいは骨が教えてくれる。無駄な力を加えた場所は、あとで必ず痛みを連れて来る。快楽に後遺症があることも、最近知ったことのひとつだ。なのに、とノリカは隣の建物の壁に並ぶタイルをひとつふたつと数えた。

今日からの毎日がどんな変化を見せるかを、知るための術がなかった。自分は舞台に立っている以外の時間もすべて舞台に費やしてきたが、ひとの心の細やかな変化も、喜怒哀楽の受け取りかたも、なにも学んでいない。瑞穂とみのりがオーディションに受かったあとのことを想像することができないのだった。

窓から入り込む風に、ふたりが落ちることを祈っていた。急いで窓を閉める。眠っているあいだに吐いた息がまだ床に残っている気がして、乱暴に寝間着代わりのヨガパンツを下ろした。右脚を抜き左のつま先にパンツを引っかけたまま、ゆっくりと足首を頭上へと持ち上げた。頭の上でつま先を軽く回す。ヨガパンツがベッドの上に落ちた。軸はぶれていない。心の持ちようで都合良く重くなったり軽くなったりする左脚を、床に戻した。

青汁、野菜ジュース、バナナ、ヨーグルト。

冷蔵庫の中に、現役時代と同じ朝食が並び始めた。どういうつもりだ、と自問しながらそれを食べる毎日が続いている。できるだけ目を逸らしていたい現実がすぐ目の前に迫っていた。青汁のシェーカーを片手で振りながら、昨日の瑞穂との会話を思い出す。

「即日、その場で結果発表だって。なんだか『ブロードウェイ♪ブロードウェイ』みたい。あの映画、きつかったんだよなぁ」

ただ微笑むだけで、なにも言えなかった。受かっても落ちても、なにかが変わってゆくのだ。瑞穂はともかく、みのりが実力を認められなかったときに自分はなにをすればいいのか、そこがぼやけたまま一向に晴れる気配を見せない。

難しいことをあっさりとやってのける人間はいつも、その居場所を同じくらいあっさりと捨てられる。潔いとか往生際が悪いという問題ではなく、技術にすら執着しない突き抜けた自棄があるのだった。左脚の怪我で分かったことがあるとすれば、ストリッパーのノリカを作っていたのは、日々の鍛錬だったということだ。天才なんかじゃない。

ノリカは太ももの筋肉を最大限に使い、せり出した舞台の先へ向かうときのようにつま先から手洗いの前まで歩いた。くるりとターンを決めてお辞儀をしながらドアを開けた。

午後二時、いつもより少し早めに店に出ると、竜崎が既にカウンターの中で作業をしていた。軽い挨拶をしてすぐにフロアの点検を始める。床よし、椅子よし、テーブルよし、壁よし。ノリカの視界にタンバリンが入った。

いま合否のどちらを祈っても、苦い思いに浸ってしまう。ならば祈らぬほうがよい。

背後から竜崎がノリカを呼んだ。

「お昼はお済みですか」

「いや、冷蔵庫に昨日の残りかなにかあったらこっそりいただいちゃおうと思ってた」

竜崎は「フォカッチャを焼きましょうか」と言って笑う。イタリア風のパンだという。

「あとはフライパンで焼くだけになっています。お好きなだけチーズとレタスとベーコンを挟んでどうぞ。トマトもあります」

フライパンでパンが焼けるのかと問うてみる。竜崎は「もちろんです」と答えた。最近は毎日、食べ物の話ばかりしていた。ほかになにか持ち出すと、お互いの心もちが面倒なのだ。竜崎の無表情もわずかに変化している気がする。感情の漏れない頬に、ときどきノリカの反応を窺うような陰ができるようになった。その後、キリコのこともヒロユキのことも話題にしたことはない。牧田も決してその話をしない。ただ壁のシャガールだけが意味を与えられて戸惑っている。

フォカッチャを焼くオリーブオイルのにおいを吸い込んだ。ノリカはつと、カウンターに向かう足を止めた。自分がいま演じなくてはいけないのは、キリコの役だろうか、それともヒロユキだろうか。ああ、と胸に納得の石が沈んでゆく。これは小屋のステージの真ん前に座ってノリカの脚のあいだを見ていた瞳に応えるときの、あの感触だ。

　みんなさびしい。とんでもなくさびしい心に、たった二十分の夢を見せていたころ、自分はあの時間が好きだった。壁に染みこんだ「ＯＮ　ＭＡＫＯ」時代からのにおいが鼻の先を通り過ぎた。次に、フォカッチャの香り。

「美味しそうなにおいだね。厚切りのトマトとチーズを挟んでもらっていいかな」

「承知しました。これは、ビーフシチューにもよく合うんですよ」

「ひとりで家にいても、そうやって料理を作っているの？」

　竜崎は照れたように笑い、やることがないんで、と答えた。なんだか女の子と話しているみたいだ。キリコがやって来てヒロユキのことも話してしまって、心から重い石を取り除いた竜崎が少しでも楽になったのだとすれば、それは彼にとってもいい区切りだろう。時計を見ると、二時半だった。もうそろそろオーディション結果が出始めているころではないか。

「ふたりとも、どんな感じだろう」

「今日、結果が出るんでしたね」

「そうなんだよ」ノリカは端の席に腰を下ろした。気づくと左右のこめかみを揉んでいる。自分がなにをそんなに奥歯をかみしめるのか可笑しくなってくる。竜崎もやはり

「受かればいい」とは言わない。そのあとのことが見えるのだろう。ノリカにも見える。今日から始まることのすべてが別れの儀式へと繋がってゆくのだ。

竜崎が十センチ四方のフォカッチャをスライスしたものに、厚めに切ったトマトとチーズを挟んだ。それを十文字にナイフを入れて四つに切り分ける。ひとくち大のサンドイッチが四切れ、皿に並んでカウンターに置かれた。ひと切れつまんで口に入れる。熱い生地に冷えたトマトとチーズが絡み合う。

「美味しい。これは美味しいよ、ＪＩＮ」

竜崎が、ハッとした表情でノリカを見た。一瞬目が合った。竜崎はいま、ノリカの反応にヒロユキを見たのだ。みんなみんな目の前のものが見えていない、ちゃんと見ようとしないし見ることができない。ノリカも終えられなかったステージに責められ、竜崎も過去に縛られ続けている。

上着のポケットで、携帯が震えた。瑞穂からのメールだった。

――わたしは一次、みのりちゃんは二次で落ちました～。いい経験♪　みのりちゃんは審査員となんか話してます。おなかすいた～。軽く食べて、お店に向かいます。

全身から力が抜けるとはこういう状態のことを言うのだ。首も頭を支えきれないし、手に持った携帯電話も重たい。椅子からずり落ちそうになるのを堪えて、できるだけ笑顔にならぬよう気をつけながら、竜崎に告げた。

「残念会みたい」ちっとも残念じゃない。

「甘口のシャンパンを冷やしておきましょうか」

　店の中の空気が数センチ持ち上がったような気がして、フロアを振り向き見た。椅子もテーブルもなにひとつ変わっていない。ここになにも音楽が流れていないことが怖くなった。思い立って、レディー・ガガのアルバムを流すと、竜崎が不思議そうな顔をする。急に表情が豊かになったように見えるのは、ノリカの余裕なのかそれとも男の安堵か。どうかしたかと訊ねると、あっさりと返ってきた。

「最近の曲も聴かれるのかと思いまして」

「最近ったって、何年も前のアルバムだけど。このひとのステージパフォーマンスに憧れた時期があったの」

　言葉にしてしまってから、怪我をする少し前だったことを思い出した。あの頃ワンステージを組み立てながら気にしていたのは、小屋の空気に合うかどうかだった。東京のど真ん中の劇場で、若い子たちと踊ることがほとんどなくなっていた。お呼びが掛かるのは昭和の歌謡曲や映画音楽が喜ばれる小屋が多かった。中だるみを締めるノリカの香盤位置でのレディー・ガガは勇気が要る。かぶりつきでビールを飲んでいる客の年齢層を考えると、なかなか出来ない冒険だ。懐かしさを売りにしている踊り子がいきなり今どきの若い子が選びそうな曲をかけてパンチを利かせても、という迷いだ。

瑞穂とみのりなら、使えるかもしれない。朝、起きたときに感じたあきらめに近い心もちはなりを潜め、新しい演し物に気持ちが傾いてゆく。現金なものだった。

ふたりとも、落ちた。

現実に感情を乗せてゆくのが難しい。サンドイッチをもうひと切れ口に入れた。竜崎がノリカの好きな甘めのカフェオレをカウンターに置いた。カップを離れる指先を見て、以前はもっと色気を感じていたことを思った。みんな、ライトのあたらない舞台の下ではうまく陰を作ることができない人間ばかりだ。

「喜んじゃあ、いけないよね」ノリカの言葉に、竜崎が微笑み浅く頷いた。

その日のショータイムは、みのりの仏頂面がやけにうけた。八人の客はみな、みのりの不機嫌がいつもより際だった演出だと思ったのか大喜びだった。いつの間にかみのりの機嫌を取る客も現れて、ペリエの差し入れなども入る。誰が飲んでも売り上げになるので、店としてはありがたいことだがノリカは手放しで喜ぶことができなかった。オーディションの結果ひとつで顔つきが変わるようなダンサーではいけない。

客が引けて床拭きも終わった午前零時、ノリカを挟んで瑞穂とみのりもカウンターのスツールに腰掛けた。竜崎が開けたシャンパンはほどよく甘くて今日の締めくくりにちょうど良かった。会話の口火は瑞穂というのが、もう四人の間では決め事のようになっていた。

「美味しい。今日は朝が早かったから、これだけでぐっすり眠れそう」

「今日はゆっくり寝なさいよ。いま、ＪＩＮがすごく美味しいフォカッチャを焼いてくれてる」

上質なオリーブオイルのにおいを吸い込みながらノリカが言うと、みのりが横でグラスを勢いよく空けた。自分の役どころを理解している瑞穂は、頃合いだと思ったようだ。

「どうやら主役には柿塚（かきづか）あかねが入るみたいなの。カンパニーの子たちが噂しているのを聞いたんだけど」

柿塚あかねの名前はノリカも知っている。コンテンポラリーダンスのドキュメンタリー番組で、世界大会まで行ったときの映像を見たことがある。世界の壁は厚い——という台詞が印象的なダンサーだった。年齢的にはノリカよりも少し上だったはずだが、彼女が主役ということは脇も実力派を揃えないと、ばらつきの激しいステージになってしまう。

演目は「バーレスク」だったよね、と瑞穂に訊ねた。

「審査員の席に、ひとりだけおおきなサングラスをかけた女の人がいて、たぶんあれが柿塚あかねだったと思うんだけど。そのひと、一次審査が終わるころ、いなくなっちゃった」

「どういうことなの」

「わかんない。時間がなかったのかもしれない。最初からペンを持ってなかったし」

瑞穂が言うには、受験者にはオーディションを体験してみたいだけというような、課題の振り付けを覚えられない者もいたという。

「全体的に、クラシックの要素は低くて、どっちかというとリズム感とかダンス技術とか、体型や背丈をみるような感じだった。五人ずつ前に出るんだけど、わたしの横で踊ってた子が途中で諦めちゃって列から抜けたの。バレエ経験があるひとだったら、あり得ない。その態度で先生に怒られてしまうもの」

ノリカも十代のころを思い出した。オーディションで審査員が見ているのは、技術だけではなく失敗したときの立て直しと笑顔と聞いたことがある。分かっていても当日は緊張する。順番待ちの控え室では、フェッテで左脚を軸にして三十二回転をするあいだに、じりじりと審査員の方へ近づいていってしまうといった嫌な想像をするものだ。同じ場所で回り続けるのが理想だけれど、重心が少しでもずれると、軸足にしているつま先はどんどん元の場所から離れてゆく。いま思えば、トゥシューズは人の心そのものだった。

橘朝は審査員席の中央付近にいたが、一次の終盤では明らかに不機嫌だったという。

「カンパニーの子たちは、どうだったの」

「どうやら、内部でも意見はわかれたらしいの。受けたい子と、そうでない子と。お膳立ても理想も主役もいいはずなのにね」

理想じゃ舞台はつとまらない。ノリカはひとつため息を吐いた。橘朝の落胆する顔が目に浮かんでやりきれない。その傍らほくそ笑んでいる自分の腹の裡も透けてしまい、甘いはずのシャンパンが酸っぱくなった。

絶品フォカッチャサンドがカウンターに置かれた。三人の手が同時に伸びる。美味しい、の三重奏を聞いて竜崎が嬉しそうにうつむいた。

気になるのは、みのりの態度の悪さだった。セミプロばかりと思っていたオーディションがある意味不発に終わったのは仕方ないとして、その選考に漏れたという現実がみのりにとって屈辱だったのは訊ねるまでもない。ただ、ノリカはこの不機嫌が明日に持ち込まれては、と思う。怒って席を立たれてしまうことを覚悟して、みのりに言った。

「事情はなんとなくお察しするけど、機嫌は今日のうちに直しておいてね」

「わかりました」

ノリカは拍子抜けしてグラスを落としそうになった。瑞穂も驚いたのか口にサンドイッチを挟んだままカウンターから身を乗り出して、みのりを見た。

「どうしたの、みのりちゃん」

竜崎も動きを止めた。三人の視線を浴びたみのりは、それぞれの顔を見て戸惑っている。

「なんか、まずいこと言ったかな」

「いや、やけに素直なんで」ノリカはそこで一拍あけてから、気持ち悪いなと思って、と続けた。

「そんなことないです」更に手応えのない言葉が返ってきて、瑞穂がそろそろと首を引っ込めた。選に漏れた怒りが自信のなさへと繋がって行かれては、とノリカも不安になってきた。昨日までの鼻息の荒さはどこへ行ったんだ。両肩を摑んで揺すりたくなる気持ちを堪えて、できるだけ前向きな話に切り替えようと、あれこれ思いを巡らせた。もうオーディションの話はやめよう。瑞穂も素早くノリカの気持ちを察したようだ。竜崎にシャンパンのおかわりを頼んでいる。

ノリカもグラスを空けて、席を立った。オーディオに、レディー・ガガのアルバムをセットする。「Bad Romance」が流れだし、それまで漂っていた戸惑いの空気にやっと潮目が訪れた。

サンドイッチを一気に口に入れたみのりが、シャンパンでそれを流しこんでいる。わずかな安堵とすれ違うように、みのりがフロアに出た。ぴしりと最初のポーズを決める表情は、いつもの彼女に戻っている。仏頂面は、もうなかった。

食べてすぐだというのに、ライブなみの迫力で踊っているみのりは、こちらを見ているはずなのにまったく視線が合わない。腕のキレもステップも、落とした腰の戻しかたも、完全に体に染みこんでいる。呆気にとられながら、自在に動く関節と音楽との一体感を見ていた。やはり可動域が広い。みのりは三人の視線など構わぬ風で踊り終えた。呼吸が乱れる様子もない。次の曲のイントロで、すたすたと席に戻ってきた。拍手をする余裕もなかった。

「いったい、いつ練習してるのそれ」瑞穂が訊ねた。

みのりはもごもごと口の中で「けっこう前にYouTubeのライブ映像で覚えた」と答えた。けっこう前っていつ、と瑞穂が食い下がる。ノリカも同じ質問をしたい。竜崎もこのやりとりを横目に見て、楽しげにグラスを磨いている。

「前のお店でやってたから。これをソロで踊れるのわたしだけだったし。みんな最初は教えてって寄ってくるけど、ついてこられなくなると途端に意地悪するんだ」

「同じだけのクオリティは、無理だと思うよ」

ノリカは前の店の同僚たちが気の毒になってきた。技術の差を埋めるだけの人間関係を、みのりは築けない。自分に厳しいダンサーは、教える技術を持っていない。ノリカは改めて「原石」の持つごつごつとした感触に気が引き締まる。

オーディションに落ちたのは、却って良かったのかもしれないと思い始めていた。原石が自ら角を落としてゆくのは、身を削る痛みが伴う。今日ひとつ角を落として傷つき、確かに輝きの中心には近づいたけれどまだまだ足りない。

「わたしも覚えたいな」こんなときでもやっぱり瑞穂は空気を温めるのだった。

「出来るよ、踊るのが好きならすぐに覚えられる」

みのりが嫌な記憶を振り払うように返す。ノリカは肩から力を抜いてみのりの瞳に向かって「そうでもないんだよ」とつぶやいた。

「ある程度がんばれば、一定のところまでは行くの。腕も場数を踏んでいるうちに上がってくるの。拍手に育てられることもある。目の肥えたお客さんが喜んでくれているのを見ると、やる気も湧いてくる。けど、それだけじゃあ超えられないところがあるんだよ」

みのりのしっかりとした眉が寄って、心細げな気配が漂った。この、赤子のような存在に「人間にはそれぞれ、持って生まれたものがある」ことをどう説明すればいいのか、うまい言葉が浮かばなかった。ただこれだけは、と思いながら祈るように諭す。

「みんながみんな、浄土みのりじゃないんだよ」

ノリカの言葉が腑に落ちぬ様子のみのりが、グラスを持ち上げてシャンパンのおかわりを頼んだ。瑞穂はぽつぽつと竜崎からレシピを教わっている。そのあとは皆、瓶が空くまでぼんやりと飲み続けた。

最初に「帰る」と言ったのはみのりだった。

「瑞穂ちゃん、今日は自分の部屋に戻る。いつもありがとう。また遊びに行ってもいいかな」

「あたりまえじゃない、なに遠慮してんの。テレビでもビデオでも、見たいときはいつでもおいでよ」

ご飯はちゃんと食べるように、しっかり寝るようにと、瑞穂はすっかり姉の顔だ。今日はどのみち、ここから先をふたりで過ごしてもおかしな反省会になってしまう。瑞穂がひとあし遅れて帰宅するのは、今夜のふたりにとって必要なことなのだ。みのりの去った店で、瑞穂も帰り支度を始めた。

瑞穂がダンスシューズや着替えが入ったリュックを肩にかけた。シャガールの絵の前で足を止める。おつかれさま、と言いかけて顔を傾けた。何か言いたげだ。どうしたのかと訊ねた。

「みのりちゃん、どう考えても技術的にはトップレベルだったんです」

「どういうことなの」

「審査結果は今日ではっきりするはずだったんだけど、最後の発表は延期になったの。二次で落ちたひとだけが発表されて、残ったひとには後日連絡だって」

でも、と瑞穂の丸い目元に陰りが出る。こちらも理由を訊ねる声が沈んでゆく。

「基礎は充分だし、技術的にはなんにも問題ないはずなんだけれど、みのりちゃん振り付けのときから、課題どおりに踊らなかったんです」

「それじゃあまるきり駄目じゃない。よく一次を通ったもんだわ」

晴れない疑問が語尾を重くする。瑞穂はひとつ頷き、それでも技術はカンパニーの団員たちに一歩も引けを取っていなかったのだと続け、審査員席はあきらかにみのりの踊り方に苛立っているようだったと言った。

「どのくらい、振り付けを外したの?」様子が飲み込めず問うた。

「ちょっとした決めのポーズとか、溜めとか、本当にちょっとした部分なんだけど」

瑞穂の言葉がいよいよ澱(よど)み、ためらいが見え隠れする。ノリカは軽く苛立ち「なんなの、言っちゃいなさい」と少しきつめに催促した。瑞穂の瞳が竜崎のほうへとひと泳ぎして、ノリカに戻ってきた。

「たぶんノリカさんだったら、ここでこうするんじゃないかなっていう動きに、勝手にアレンジしちゃってたんです」

「なんで。それ、どういうこと」

ノリカの視線は瑞穂と竜崎を往復し続ける。数秒後、結局瑞穂の言葉をそのまま反復して語尾を上げた。

「わたしだったら、ここでこうするって、なに」

瑞穂が不安げな瞳で言った。

「今日の振り付けの先生って上手く言えないんだけど、技術を見せびらかしているようなところがあって。カンパニーの人じゃなかったみたいなんだけど、なかなか覚えない受験者をちょっと小馬鹿にしたような感じもあったんです。わたしはあんまり気にならなかったけど、不愉快と思う子は陰でそんな話をしてて」

瑞穂がちょっといいですか、と言ってリュックを下ろしフロアに戻った。そして、クリスティーナ・アギレラの曲を口ずさみワンツーのテンポを取ったあと、左右に上半身を振った。

「ここで、課題の振りはすぐに脚を上げちゃうんだけど、みのりちゃんは審査員席側に向かってほんの一瞬止まって見せるんです」

ノリカは「ああ」と深いため息を吐いた。たしかにそれはノリカに染みついた癖だった。歌いかたで言うなら、こぶしのようなものだ。わけも分からず、泣きたくなってくる。なんでそんなこと。がくりと肩が下がった。

「それって、小屋のストリッパーの踊り。振り付け師のやったとおりに踊れなきゃ、オーディションを受けた意味ないじゃない」

「みのりちゃん、それでもちゃんと次の動きにぴったり合わせて行くんです。わかっててやってるの。あの子、ノリカさんが大好きなんですよ。ふたりで一緒にいても、ずっとノリカさんの話ばっかりなの。ふたりでダンスの話をしているととても楽しいし勉強になるんです。でも、みのりちゃんはそこを言葉に出来たり納得したりする前に『好き』だけで手一杯になっちゃうから。天賦の才能って、そういうもんだと思うし」

瑞穂はそこまで言うと、急に照れた表情で「最後のほうは牧田さんの受け売りです」と笑った。

ノリカはひとつ礼を言い「みのりを頼む」と頭を下げた。瑞穂はにっこりと笑い「はい」と言って店を出て行った。


オーディションから一週間後、六時半という早めの時間帯に柴崎が現れた。相変わらず腹を左右に揺すりながら、カウンター席に着くまで「やあやあ」と言っている。

「JINちゃん、いつものお願い」

「かしこまりました」

竜崎をJINちゃんと呼ぶのは彼だけだ。一度「JINちゃんってのもなんだか可笑しいから本名を教えてよ」と請われて、竜崎が「これが本名でございます」と言っているのを見たことがある。明かしたところで、竜ちゃんか甚五郎ちゃんだ。なにがあっても「ちゃん」を付けたい様子に笑いが止まらなかった夏のことを思い出した。柴崎が言うには「ちゃんを付けると、なんだか変な連帯感が湧く」らしい。

柴崎は席に着くなり「ノリカちゃん、聞いたかい」と声を掛けてきた。なんでしょう、と訊ねると、彼はぼそぼその眉毛をぎゅっと中央に寄せて頭の位置を下げた。カウンターに限りなく近づけた口元で、柴崎が「このあいだのオーディションさ」と言った。無意識にノリカの頭の位置も低くなった。

「なにかありましたか」

「あの子たち、ふたりともこれだったろ」柴崎は胸のあたりに人差し指でバツを作って片頬を上げた。「ええ」と短く返した。

「あれね、根っこから駄目になりそうなんだ」

「どういうことですか」

「主役を張る予定だった柿塚あかねがさ、こんなレベルの低いのと一緒には出来ないって怒って帰っちゃったらしいんだな」

「一次審査で出て行った話は、聞いてましたけど。レベルっていったって、いったいどういう客層をにらんでたんですか」素直な疑問だった。

柴崎は「そこがちょっとはっきりしなくてさ」とため息を吐いた。

「もともとが仲間内の酒の勢いでやろうやろうってことになったのは周知の事実だけど、橘朝が乗り気だってんでスポンサーがさくさく決まっちゃって、誰も引くに引けない状況だったたっていうんだ」

「言い出したはいいけど、不確定要素がいっぱいだったということですか」と問うと柴崎が「そうそう、それそれ」とそこだけ声を張り上げ、大きく頷いた。

カウンターに、竹鶴17年の入ったグラスが置かれた。柴崎はひとくち舐めてぽつりと「見切り発車ってこういうことかね」とつぶやいた。

道内のダンサーで「バーレスク」の舞台をという野望は、どうやら暗礁に乗り上げたまま身動きが取れない状況だ。話題と娯楽に徹するのか文化事業の一環として堅くゆくのか、すべてが中途半端な企画のオーディションで、瑞穂は一次、みのりは二次で落ちたという事実だけが残った。やりきれない思いを微笑みでごまかし「なんでしょうねぇ」と曖昧に首を傾げてみせる。「なんだろうねぇ」と柴崎が返して、会話はそこで途切れた。

一回目のショー目当ての常連がひと組ふた組とやってきて、カウンターに着く。今日のおすすめカクテルが書かれたカードを見てひとりひとり別のものを注文した。竜崎は一度も聞き返すことなく、メモもせず「かしこまりました」と言ってすぐ準備に入る。一切の無駄がない動きは変わらず優雅だった。

ノリカはショーの前のフロアを点検しながら、瑞穂とみのりの様子を窺う。照明もテーブルの位置もだいじょうぶ。床に滑りそうな箇所はない。昨日組み替えた演目は、一曲目を「Bad Romance」にして人気曲を残し、角倉さとるの「The Sands」を入れた。選曲は昭和の色合いを薄れさせ、どんどんダンサーふたりの若さへと近づきつつあった。

が、一曲目は既にみのりの動きで出来上がっているというのに、どういうわけか途中に小屋っぽい「しなを入れた動き」が入った。本家のストイックなダンスが、みのりのアレンジで妙に大衆性を帯びたものに変化している。彼女の動きがノリカをなぞるたびに「いいよ」とも「だめだ」とも言えない自分がいる。それがどんな心もちによるものなのか、正直なところ気づくのも億劫だ。

あの子、ノリカさんが大好きなんですよ――。

瑞穂の言葉に嘘はないのだろう。悪い気はしないが、いいことだとも思えない。オーディションの様子を聞けばなおさら、複雑な思いがノリカを責めた。

二回目のショータイムは、牧田と角倉の女性ファンが二名と初顔の中年男がひとりだった。フロアにはスポットがクロスしている。飲み物のオーダーを取る用意をしているノリカのところへ、みのりがやって来た。

「すみません、二回目の演目を最初のころの並びで『HAVANA』の入ったバージョンでやりたいんですけど、いいですか」

「最初のころって?」

「『リベルタンゴ』から始まるやつです」

いったいどういうことか、みのりの真意が摑めずに訊ねた。みのりはただ「お願いします」と言うばかりだった。瑞穂がカウンターの横でリモコンを手にして幕を閉めた。

心もちBGMのボリュームを上げる。瑞穂はそのままノリカとみのりを幕の内側へと入れた。

「ふたりともどうしたの。みのりちゃん、早く着替えないと」

ノリカの戸惑いを察した瑞穂がみのりの顔を覗き込みながら「フロアのお客さんのことなの」と語尾を上げた。みのりが目を瞑り頷いた。ひとつ息を吐いて、瑞穂がノリカを見上げた。

「フロアにいる、中年のひとり客、オーディションのときの審査員なんです」

「どういうことなの」

「わかりません。二次審査が終わったあとみのりちゃんに話しかけてたひとです」

みのりに「そうなの」と問うと、また浅く頷いた。

「みのりが、開店のときに作った『リベルタンゴ』でやりたいって言い出したの。意味がわかんなくて」

瑞穂がみのりに「時間がないんだよ、ちゃんと説明しなさい」と幾分強い口調で言った。みのりは観念した様子で口を開いた。

「あのひと、わたしの踊りかたが昔見たストリッパーみたいだって言うから、ぜんぶノリカさんの振り付けと構成で踊ってやろうと思って」

「それで、みのりの何がすっきりするのか教えて」

「こんな踊りを教えた師匠に会ってみたいって言われて、嫌な気持ちになったんです。それならぜんぶノリカさんのステージバージョンで踊るのがいちばんだと思ったから」

ただでさえ切れ長の目が幼い怒りを含んでつり気味だ。

「お客さんはそれで満足して帰ると思う？」

「この振り付けが、この近さでどれだけ威力を発揮するか、見せたいんです」

「ダンスに威力もへったくれもないでしょう。お金を払って観てくれるひとと、なにを理由に闘いたいわけ」

「お前は卑屈になってろって頭を押さえつけられるのは、死ぬほどいやなんです」

「なにが卑屈なの」

みのりは一瞬唇を噛み「自分の師匠を馬鹿にされたくないんです」と言った。

ノリカの記憶にある限り、みのりがこんなに意思をはっきりと口にしたことはなかった。他人がちやほやすればすぐに天狗になるわりに、自分の良さを本当のところで分かっていない原石がいる。

「あのバージョンですぐに踊れる？」

ふたりともノリカの問いに、ほぼ同時に頷いた。

「じゃ、着替え急いで」

ノリカは「リベルタンゴ」と「ＨＡＶＡＮＡ」が入ったバージョンをセットした。

ふたりが着替えているあいだに、フロアに飲み物のオーダーを取りに行く。角倉のファンふたりに「The Sands」の入っていないショーになることを告げるとひどく残念そうな顔をしたので、おまけショータイムを入れることを約束した。このくらいのサービスはあっていい。残念な思いで店を出る客がいることに耐えられないのは、ノリカの内側にまだ残る踊り子の血だろう。

色の入った眼鏡をかけた五十代半ばと思しき男は、言葉少なに「ジンジャービア」を注文した。ノリカは丁寧に頭を下げ、来店を喜んでいることを伝えた。男がノリカに対する興味を隠さぬ眼差しを投げてくる。微笑み返す。すみませんが、と彼が言った。

「浄土みのりさんの、師匠というのはあなたでしょうか」

「師匠を名乗ったことはございませんが、この店をオープンさせてからずっとダンスショーの構成をさせていただいています」

「基礎はバレエですよね」

「ええ。でも、ノンジャンルでしたので、おかしな癖があるかと思います」

「おかしな癖とは、いったい」

「ストリップ小屋の踊りかたという意味で」

別にいまここで、みのりの仕返しでもあるまい。客を威嚇してどうする。思いながらもみのりの屈辱が胸に沁みて、なにが出来るわけでもないのにこの男の偏見を砕いてみたくなる。

　男はすっと立ち上がり、静かに頭を下げた。ノリカは彼の意外な反応に盆を持ったまま立ち尽くした。

「僕、このショーを心して拝見します。お目にかかれて嬉しいです。終わったら少しお話しさせてください」

　曖昧に返事をしてカウンターに戻り、オーダー票を渡す。手の込んだものがほとんどなく、数分でフロアに飲み物が渡った。一曲目は久しぶりの「リベルタンゴ」だったが、ふたりの呼吸はほとんど狂いがなかった。牧田を含めた観客四人は、拍手でふたりを迎えた。

　オーダーを終えて道具を洗っていた竜崎が、ノリカの横にミネラルウォーターを置いた。

「なにか、ありましたか」と、そっと訊ねてくる。

「あのお客さん、オーディションのときの審査員だって」

「御用向きはなんでしょうね」

「ショータイムが終わったら、なにか話があるみたい」

　言葉にして推測し、納得してゆくこともある。言ってからなるほどと思った。彼はみのりがホームグラウンドで踊っている姿を見に来たのだ。それは決して悪い感情からではないということが、態度でなんとなく伝わり来る。「選外」という結果に安堵した自分を責めていたノリカに、新たな不安が押し寄せた。

気がかりは、男がみのりの「HAVANA」を、口を半開きにして身動きひとつせず見ていたことだった。斜め後ろから眺めていても、今日の動きはよりいっそう鋭利で止めが利いている。良く言えば見せるダンスだが、悪く言うと泥臭い。

ラストの曲が終わったあと、「The Sands」のおまけがついた。角倉のファンふたりが立ち上がって両手を挙げ左右に揺れ始める。ライブ会場の様子を想像する。角倉は元気でいるだろうか。

牧田が勘定を終え、角倉のファンふたりもノリカに礼を言って店を出て行った。ひとり残った男は、瑞穂とみのりが幕の後ろで着替えをしているあいだに、ノリカに名刺を差し出した。

『株式会社リバーサイド代表　大滝浩一』

名刺だけでは、男が何者なのか分からない。ノリカの気持ちを解くような静かな声で彼が言った。

「東京で映画を作っています。大きな会社ではありませんが、三十年この業界におります。会社を設立してから十年目です」

「映画って、どんな感じの？」ノリカの不安はひとつだ。何本かアダルトビデオに出演したあと、プロダクションの方針で小屋に流れ着く子を何人も見てきた。ノリカのようにストリップ一本でやってきた踊り子との技術差ははっきりしていて、やる気のないま踊っている子は早々に業界を去った。ＡＶもストリップもやめて何をしているかといえば、歌舞伎町に「元ＡＶ嬢専門キャバクラ」という受け皿があるという。どれもこれも物にならなかった現実の川をゆったりと流れてゆくなか、彼女たちにおかしな悲愴感が漂わないのは、年齢に見合わぬ収入と一見きらびやかな世界が見せる魔物のせいだ。若さは未来永劫じゃない。そんな簡単なことに気づくにはまだ若く、しかし彼女たちは確実に生活者としての能力を手放してゆく。ノリカは名刺に視線を落とした。

大滝はノリカの不安を察してかどうか「ＡＶではありません」と前置きした。

「いま映画の準備をしています。脚本はもう出来上がっているんですが、役者がなかなか揃わない。ストリップ劇場を舞台にした一本です」

大滝は「松ひとみ」を知っているか、と訊ねてきた。久しぶりにその名前を聞いて、胸奥がざわついた。昭和の終わりにひと時代を築いた、業界きってのアイドルストリッパーの名だった。新風営法施行の時代、小屋への締め付けが厳しいさなか、渋谷劇場初代オナニークイーンとしてその名を轟かせた伝説の踊り子だ。

当時斜陽だったストリップ業界が、彼女のお陰で持ち直した話は、今でも語りぐさになっている。松ひとみは、まだまだ若手を引っ張って行けそうなところですっぱりと業界を去った。その後は風の噂ひとつ聞かない。実際に舞台に立っていたのは十年だった。海外にいるのではないか――もう死んでいると聞いた――顔を変えて実業家になっている――。噂が噂を呼んだが、どれもただの噂を超えなかった。

「なぜ今、松ひとみさんなんでしょうか。確かに伝説のストリッパーですけれど」

「もうあんな踊り子は出ないと、この映画を撮る監督が言うんですよ。彼に言わせると、松ひとみは業界の山口百恵なんだそうです。内容は、ドキュメンタリータッチではありません。彼女が踊り子になって、若手の女の子をひとり育てて小屋を去るまでのお話を撮ります。イメージは西部劇で、持ち直した小屋と去ってゆく踊り子の対比があれば、いい日本の映画が撮れると言っています」

「大滝さんは、その映画にどう関わっていらっしゃるんですか」

「役者を揃えることと、資金繰りです」意外なほどすっぱりと言い切った。

「それで、浄土みのりにどういったお話を」わずかに声が低くなる。

「松ひとみが育てる、若手の踊り子として出て欲しいんです。立ち位置は助演女優です」

会話がそこで止まった。すぐには言葉が出てこない。

「彼女なら、できると思うんです」大滝は自信たっぷりにそう言った。

「みのりにはもうこのお話をしているんですか」

「先日、オーディション会場で少し。承知してはもらえませんでしたが、この映画は彼女で撮りたい。できる限り粘りたいと思っています。浄土さんのような原石を探すために、全国のつてを辿り、ダンサーオーディションを見ました。ひと目みたとき、正直もうこの子しかいないと思ったんです」

「女優さんなら、ほかにいくらでもいらっしゃるでしょう。まだここで踊っているだけの素人に声をかける理由はいったいなんですか」

大滝は少し言葉を選ぶ風で、視線を一度足下に落とした。数秒の沈黙のあと「うん」とちいさく頷き、言った。

「技術に見合わない、心の硬さ。そしてなにより、師匠を信じる目の澄んだ輝きです。出来上がった女優にこの役は無理です。不安に見えるよう計算された自信のある演技では、表現しきれない気がしているんです。だから、今日はあなたにお目にかかりたかったんです」

真っ直ぐにノリカへと向けられた瞳を、まだ疑っている自分の心根が嫌だった。ストリップ、という単語に過剰反応している。できれば、みのりをそちらへと行かせたくはないのだ。いまここでなぜ、ストリッパーの役に抜擢されなくてはいけないのか。ノリカの戸惑いは、心の裡にあった何本もの細い糸を撚り合わせ、繋いでゆく。

みのりもまた、答えを出せずにいるのだろうか。

大滝にノリカの振り付けで組み立てたステージを見せたいと言ったみのりの真意が、ぼやけたままフロアに放り出されている。ノリカはへたり込みそうになる心細さを懸命に堪えて、大滝に言った。

「あの子が、自分で答えを出します。本人にしか出せません」

死ぬまで踊りたい、と言ったみのりを、なにもストリッパー役で羽ばたかせる必要はないだろうという思いはそのまま、自分の振り付けに白羽の矢が立ったことへの責めへと変わった。

「半月、彼女をお借りしたい。もちろん本人がいいと言ってくれたらですが。彼女を、女優としてデビューさせたいと思っています」

着替えを終えたみのりが大滝の肩越しに立っていた。ノリカは無言のままみのりの瞳に問うた。

——やってみたいの？

みのりは肩のあたりにスポットを交差させながら、不安げな表情でノリカを見ていた。

10

秋風が冬の準備へと変わりつつあった。山の端は黄色く赤く染まり、日中の陽気が余計に朝夕を冷やしている。出勤するときと部屋へ戻るときの風のにおいが違ってきた。どこからも金木犀のにおいがしない十月だ。去年の今ごろ、札幌に戻って一から出直そうと決めたのだった。振り返れば、大きな決断をしたこともずいぶん遠いことに思えてくる。

映画プロデューサーの大滝から電話を受け「できれば数日以内に色よい返事を」と請われていた。みのりは大滝が店に現れてからずっと、ノリカと映画の話をするのを避け続けている。

「半月なら、ノリカさんとわたしで乗り切れるから」と言う瑞穂の言葉を聞いているのかいないのか、無言で通すみのりの強情さに、手を焼いている。一夜明けるたびにノリカも、みのりの返事を待っているひとがいる焦りと、このままでいいじゃないかという胸奥からの囁きに揺れる。

青汁をシェイクして口に運ぼうと思った矢先、携帯電話が震えた。瑞穂からだった。

「ノリカさん、おはようございます。早くにすみません、もう起きてましたか」

「うん、今起きたとこ。もう秋だねえ、布団蹴飛ばさずに寝てるもんね」

瑞穂は「そうですね」と相づちを打ったあと「今日、画廊がお休みなんです」と言った。

「ああそうか、月曜日だったっけ」

日曜が「NORIKA」の休みで月曜が牧田画廊の休みなので、瑞穂は日曜日の朝から月曜の夜までを休日としている。牧田は一緒なのかと思ったものの、無粋な問いはしないでおこうと「日中はショッピングでもするの」と語尾を上げた。瑞穂は「あんまり」と返してくる。なかなか用件を言わない電話が気になって、どうしたのかと訊ねた。

「お店に出る前に、ちょっとどこかでおしゃべりできたらいいなって思ったもんだから」

おしゃべりなんていつもしているじゃない、という言葉をのみ込んだ。瑞穂もみのりのことが心配なのだ。毎日みのりの様子を見ながらのショータイムを、楽しむのは難しい。みんな、ここらでそろそろけじめをつけなければと思っているのは確かだ。

「わかった。お昼ご飯はスープカレーのお店でも行ってみようか。最近、ちょっとランキングも変わってきてるみたいだし」

朝の涼しさがそんなメニューを思いつかせたのかもしれないが、瑞穂の反応ははかばかしくない。「ううん」と迷っている様子なので、なにか食べたいものがあればそっちにすると返す。

「なんとなく、メープルシロップたっぷりのワッフルが食べたい気分です」

「まぁ、たまにはいいかもね。わかった、それなら北愛ビルのスイーツカフェで待ち合わせよう。一時でいい？」

「はい、ありがとうございます」

明るい声が返ってきて、ほっとしながら通話を終えた。ノリカは改めて、自分の立っている場所から部屋を見る。ちいさな作業台の上にあるミシンに、縫いかけの衣装が掛かっていた。安いパイプベッドと録画機能が付いているもののなかでいちばんちいさなテレビと、衣装が詰まった段ボール。電話を持ったときにするりと台所とトイレのあいだにある狭い空間に入るのは、ほとんどの時間を楽屋で過ごしていた時代の癖だった。

メープルシロップたっぷりのワッフル、か。考えてみれば、甘いもののほとんどは竜崎が作ってくれた。砂糖をおさえたケーキやプリンや生クリームは、体重との闘いに明け暮れるダンサーの罪悪感をほどよく包み込んで、いつも優しい味がする。

みのりの映画オファーのことでぎくしゃくとし始めてから、十日も経っている。これが小屋ならまるごと一週をもやもやしたまま踊っていたことになる。なんでも十日単位で考えることまで癖になっていたことに気づいて、瑞穂を真似て「ほほう」と頷いた。

十二時半、黒いパンツにグレーのフリースパーカーを羽織って外に出た。初夏とそう違わない気温も、冬に向かってゆく景色が明日の寒さを予感させるぶん、低く感じられる。空の色も濃さを増した。こんな空はいっときのことで、あと一か月もしないうちにこの街には初雪が降る。ぽつぽつと歩く大通公園の植え込みでは、我慢強い緑が粘っていた。

冬場に西日本の劇場に呼ばれた際、なぜ道端に観葉植物が植えられているのかと驚いたことを思い出した。北海道ならば鉢植えにするような植物が腰高の中央分離帯からこぼれ落ちそうに茎を伸ばしていた。札幌から出なければ見ることのないものを、たくさん見てきたような気がする。そして同じだけ、見なくて済む部分からは目を逸らしていられた。

みのりがなにを躊躇しているのか、店が終わったら話し合ってみよう。瑞穂と昼間にふたりでスイーツとなると、やはり夜中はゼロ番地のおにぎり屋がいいだろうか。そんなことを考えているうちに、駅前の通りが見えてくる。北愛ビルのそばまで来ていた。一階のフロアに名だたるスイーツ店が軒を連ねている。十二時を過ぎて、オフィスビルから溢れたスーツ姿の人間が別のビルへと流れてゆく。

信号待ちで立ち止まると、車道を挟んで向こう側に瑞穂が立っていた。白いボーイフレンドデニムに薄紫の綿シャツ姿だ。片手にリュック、片手にフリースの柄物ジャケットを持っている。ジャケットを軽く上げて、ノリカに向かって振った。手を振り返す。そういえば、ふさぎ込みそうになるノリカを元気づけてくれるのは、いつも瑞穂だった。

急ぎ足で横断歩道を渡り、声をかける。呼び出しちゃってすみません、と笑いながら瑞穂が店内に入った。ワッフル店の店先に並ぶ列に入ると、鼻先に甘いにおいが漂ってくる。スイーツ店それぞれに、栗と南瓜のメニューが紹介されていた。金木犀の香りはしないけれど、季節を報せるものは案外そこかしこに溢れている。渡されたメニューを見ながら瑞穂が「やっぱり栗かな」とつぶやいた。

「わたしはプレーンと紅茶のセット」

クリームとメープルシロップで、カロリーオーバーだ。気をつけていないと、体が重くなる。それほどに今は消費カロリーが減っていた。五分ほどで並んでいた客がはけて、順番が回ってきた。プレーンセットと季節限定セットをそれぞれ頼む。

瑞穂は「席を取ってきます」と言って腰を浮かせた客の側へ駆け寄り、微笑んだ。あっさりとテーブルを譲ってもらい、椅子のひとつにフリースを置く。そのままトレイの受け取り口へ戻ってきた。万事において瑞穂の気働きに救われてきたのだった。それはスポットライトひとつで愛嬌へと変化する。

みのりを半月、映像の人間に預けてみるのもいいことだと、瑞穂の立ち振る舞いを見て最後の踏ん切りがついた。終わればまた次の展開が待っているのだろうが、踏み出さない一歩を長く後悔させるよりはいいのだ。戻ってきたときにひとつ殻を破っているふたりを見てみたいという、穏やかな気持ちに包まれていた。

フロアにひしめく客のおおかたが近隣ビルで働いているか、主婦と思しき女性客だった。子連れの若い母親ばかり四人も集う席があると思えば、この喧噪（けんそう）のなかでひとり黙々と文庫本を読む客もいる。ときどきベビーカーでぐずる子の声が聞こえた。ふたり用の席に着いて向き合い、改めて瑞穂に詫びた。

「みのりのことではずいぶん面倒かけちゃって、ごめんね」

「面倒なんて」と言う瑞穂の笑顔に、また救われている。一緒にいると素直な気持ちになれるのも、この子のお陰かもしれない。こちらに自然と感謝の言葉が湧いてくるのも、瑞穂が持って生まれた特質なのだった。まっすぐまっすぐ、育ってきたんだろう。できることなら、ノリカも瑞穂とみのりをまっすぐ育てたい。

　焼きたてのワッフルにシロップを垂らし、ひとくち大に切って口に運んだ。

「今夜、みのりにオファーを受けるようにって言おうと思ってるの。返事の期限はあと三日になっちゃってる。断るなら話が来た時点でってのが礼儀だと教わってきた。こんなに返事を引き延ばさせたのもきっと、わたしの踏ん切りがつかなかったせいだと思うの」

「そんなことないです」

　瑞穂はきっぱりとした声で言った。ノリカが「おいしいね」という言葉をのみ込んでしまうほど、つよい語尾だ。

「ありがとう」と言って、少し大きめに切ったひときれを口に入れた。瑞穂は砕いた栗が入った生クリームを舐めて「おいしい」と言う。邪気のない笑顔が昼間の街によく似合って、こちらまで嬉しくなる。

食べ終わるころには幾分気持ちも晴れて、スイーツのことは竜崎には内緒にしておこうなどと言い合っていた。終始ノリカの話に相づちを打ち、にこにこしている瑞穂の視線がゆるやかに周囲のテーブルを泳ぎ、紅茶のカップに戻ってきた。

「おいしかった。会えて良かったです、ノリカさんありがとう」

その言いかたがあまりに他人行儀だったので、ノリカは吹き出した。

「なに、いきなり。一緒にワッフル食べたくらいでそんなあらたまった顔して」

瑞穂の笑顔が一瞬歪んだ。小鼻が震えだしたと思うと、笑ったままの目からふるふると大粒の涙がこぼれだす。

瑞穂――。名前をつぶやいたきり、ノリカも言葉を探して迷った。数秒のあいだ、綿シャツの胸元に落ちる涙の染みを見たあと、おそるおそる何があったのかを訊ねた。

「ごめんなさい。妊娠しちゃったんです」

持っていたフォークが派手な音をたてて皿に落ちた。あたりの視線がいっときこちらに向いたものの、そんなことを気にしている場合ではなかった。衝撃、とはこんな場面のことを言うのだ。なおもぽろぽろと涙を流し続ける瑞穂を見た。

「妊娠、ですか」

もっと喜んであげなくては。これはとても喜ばしいことのはず。祝いの言葉を腹から取り出すまでに数秒かかった。長い沈黙になってしまったことを心の裡で詫びながら、ノリカは精いっぱいの笑い顔を作った。

「おめでとう」

　サーモンピンクとゴールドでフレンチネイルを施した瑞穂の、指先が頰の涙を拭った。泣いていてさえその身から包容力を失わない。この子は人の情を知っているし、愛されることに謙虚で、なにより可愛い。今日は特に、腹を決めた女の美しさが漂っているように思えた。涙でなにかを動かそうとしているわけじゃない。瑞穂が泣いているのは、迷いがないからだ。迷いなく赤ん坊を選択したことを心の底からノリカに詫びている。けれど決して卑屈になってはいないのだ。もう既に、瑞穂はひとりの母となっていた。その証拠に、彼女は一度もうつむかなかった。

「牧田さんは、なんて言ってるの」ゆるやかに上がった語尾はもう、ノリカ自身の戸惑いをしっかりと覆っている。ここで言うべきことが、遠くへ伸びる一本の道のようにはっきりと目の前にある。

「ノリカさんには自分が言うってきかなかったんです。でも昨夜ひと晩話し合って、とにかくこの報告はわたしがするからって。それで朝から電話なんかしてしまって」

「そうか、ふたりでちゃんと話し合っての報告なら安心だ」

　瑞穂の頰にふっと陰りがでて、なかなか次の言葉が出てこない。取り落としたフォークを持ち直して、残りのひときれを口に入れた。シロップの深い甘みがほんの少しの苦みに支えられていることに、初めて気づいた。

なんだ、殻を破らなけりゃならないのはわたしだったのか。

さあここからだ、と胸奥で呼吸を整える。どんなうっかり者でも、ここから先の道を迷っている暇はない。順番を間違えぬよう、ひとつひとつ駒を進めなくてはならないのだった。ノリカの耳に、フロアの喧噪が戻ってきた。ふたつ隣のテーブルに集う、ベビーカーを挟んだ若い母親たちに視線を向ける。さっきよりずっと彼女たちが尊く思えた。気づけば瑞穂の選択に胸の内側から拍手を送っている。

「いつなの？　予定日」

「六月十八日です」

「もう、ちゃんと病院に行ってるんだね？」

「はい。牧田さんが土曜日に一緒に行ってくれました」

瑞穂は一語ずつしっかりはっきりと答え、目の縁を真っ赤にしてノリカを見ている。戸惑いと喜び、うっすらとかなしみをたたえた瞳はつややかだ。できる限りの気を配り、ノリカは短く告げた。

「今日から、踊っちゃ駄目だよ」

瑞穂は頷かない。目を見開き、唇もしっかりと閉じている。

「みのりには、しばらく黙っていて。今後のことで瑞穂が考えなくちゃいけないのは、お腹の赤ちゃんのことだけなんだよ。みのりのことは、わたしがなんとかするから。みんなが最後に笑えるように、ちゃんとするから」

瑞穂は喉から絞り出すような声で「黙っているほかに、できることはありませんか」と問うてくる。ノリカは首を横に振った。

「だいじょうぶ。みんな前に進んでる。瑞穂がどんどん幸福へ向かっているように、風って逆らわずにいると、いつかいい場所へ着地させてくれる気がするの」

ただの勘だけど、という言葉をのみ込んだあとは、なにやら本当にいい場所に着地できるような気がしてくる。

道なりに真っ直ぐ歩いて来た。曲がり角の次に現れた景色にも道はあって、自分は風にのってその道をしっかりと歩いて行けばよい。

「ああ、なんだか瑞穂にすごくいいきっかけをもらったような気がする」

ものごとには流れてゆきたい先があるのだと、今ならはっきり分かる。眉を寄せて少し困った顔をする瑞穂に笑いかけた。

「とにかく、お腹の赤ちゃんのことだけ考えて。あとはわたしに任せてちょうだい。次の展開を見届けて、必ずいい報告をするから」

はったりでも虚勢でも、そんな言葉で鼓舞する必要があるのだった。今日からお店を休ませることに決めて——そのまま去ることに変わりはないにしても——瑞穂を牧田に預けなければいけない。そして、瑞穂の妊娠が知れる前に、みのりを説得する。

瑞穂の視線が店の入口付近でぴたりと止まった。ノリカもそちらを見る。女ばかりのカフェを前に、気後れした様子の牧田が立っていた。ノリカと目が合い、泣きそうな顔で頭を下げる。席を立ち、トレイを返却して牧田のところまで歩み寄った。店を出ようと促すと、ふたり並んで黙ってついてくる。腹を決めた瑞穂のほうが、ずっと落ち着いて見えた。

大通公園で、ノリカはつと歩みを止めた。くるりとふたりに向き直り、言い忘れていた祝いの言葉を口にする。

「おめでとう。牧田さん、瑞穂をよろしく頼みます」頭を下げた。

牧田は途端に、崩れそうになりながら腰を折り「すみません」を三度繰り返した。

「なんもかんも、俺が悪いんです。申しわけありません。責任はぜんぶ俺に」

「ふざけたこと言わないで」

ノリカは長々と続きそうな牧田の謝罪をひと言で蹴った。

「頭を下げることで主役になろうなんて思わないで。今いちばん苦しい思いして踊ってるのは瑞穂じゃない。息も絶え絶えで笑ってるでしょう。牧田さんに堂々としてもらわないと、瑞穂の立つ瀬がないことくらいわかってやってよ」

呆然と立ち尽くす牧田の肘を摑み、瑞穂がまた笑いながら涙を流している。次から次へと溢れ出て、体の中の水がぜんぶ出てしまいそうな勢いだ。

「ノリカさん、わたしまた踊る。必ず踊ります」

「うん、ずっと待ってる」

本当の嘘をついてしまったあとは、言うべきこともなくなった。棒立ちの牧田を支える瑞穂のたくましさが嬉しくて、ノリカは笑顔で片手を振り回れ右をした。午後の秋空が妙にまぶしくなりバッグからサングラスを取り出してかけた。頬に涙があることに、そのとき初めて気づいた。

その日ノリカが店に着いて小一時間ほどで、みのりがやって来た。瑞穂が膝を痛めたことを告げた。

「そんなこんなで、少し休むから」

「わたしのほうには、電話もメールも入ってないよ」

「本当に申しわけないと思ってるんだよ」

竜崎が作ってくれたサンドイッチを口に放り込みながら、みのりが不思議そうな顔をしている。最近、妙に表情が豊かになった。隠したい感情があるせいなのか、単に素直になっているのか。ノリカは「素直」とはまた少し違うだろうと踏んでいる。

あぁ、でも——とみのりが炭酸水で喉の詰まりを流し込み言った。

「先週ちょっと動きが悪かった。言ってくれれば良かったのに」

「気づいてたなら、ちゃんと相談してくれなきゃ困るよ」

「そうだよね、ごめんなさい」

瑞穂の動きまで追えなかったことを反省しなくてはいけないのはこちらのほうだった。

「というわけで、僭越ながらしばしわたしがショータイムを務めることになりました」

ノリカはフロアの中央でダンスシューズの紐を締めながら言った。みのりが「うはあ」とおかしな声を上げた。自分でもなんとかなりそうなナンバーを選んでおいたので、流してくれないかと頼む。みのりが口を動かしながらカウンターの上にあった二枚のうち上の一枚をセットした。

ビリー・ジョエルの「ガラスのニューヨーク」が流れ出した。小屋で踊っていたころ、往年の歌謡曲と演歌が好まれる客層のなかでは出しにくかった曲だ。ワンステージすべてをビリー・ジョエルで構成したらどうなるだろうと思いながら作ったステージがある。その中から緩急をつけて三曲を選び、瑞穂の出番だった場所に挟み込んだ。

悪くない。ノリカは出番のなかった曲をこんな場面でいま披露できることに不思議な思いを抱きながら、フロアの真ん中に立ち、ポーズを決める。二小節目から、そこにはいない客めがけて腕を伸ばし、心を引っ張り出す。ノリカの両手に引きずり出された高揚感を、こちらの肌ぎりぎりの場所まで寄せてからリズムにのせる。客の肩が、上半身がスイングする。ステップを踏むたびに揺れ、ノリカが両腕を持ち上げて頭上で手を叩けば手拍子が始まるのだ。

体を捻りターンを決めて、笑顔。両手の及ぶ限り広げて、関節がはずれそうなくらい両手を投げ出してまた、客席を束ねて胸に抱く。ノリカのダンスが戻ってきた。

技術も可動域もみのりにはまったくかなわないが、この狭いフロアなら、自分の世界を広げきってたたむことができる。

曲は「ガラスのニューヨーク」、ここは硝子の街すすきの、硝子細工だった時間のすべてが愛しく思えた。二曲目が始まり、みのりがフロアに立った。曲名のメモがなくても、イントロの一音目ですべての振り付けを思い出すことができる。これは浄土みのりが持っている能力のほんのひとかけらだ。

ノリカは自分の仕事に満足した。今日は師匠の静佳を真似て、できる限り泥くさく踊ってやろう。昭和の終わりを飾った気骨ある踊り子の、目線と技と覚悟の片鱗を少しでも伝えられれば上等だ。新しい日々に向けて、ノリカがしなくてはいけないことはふたつだった。

みのりの本音を聞き出すことと、自分の身の振り方を竜崎に告げること。

それさえできれば、新しい道にまた踏み出すことができる。

ノリカはみのりのステージの邪魔にならぬよう踊った。その日のみのりは曲が替わる際、やわらかくスポットの下に入った。闘いのない、優しいステージだった。

その日、営業を終えてドアのネオンを消した。おつかれさまの一杯をそれぞれ前にして、カウンター席に座るみのりに言った。

「思ったよりも踊れたと思うの。このとおり、半月や一か月くらいなら瑞穂とわたしでなんとかなるから安心して。終着点なんて、二十歳やそこらで決めちゃいけない。なんでも経験だから」

みのりはゆるゆると、竜崎が出してくれたキールを口に運びながらノリカの言葉を聞いている。竜崎も、事の次第を牧田から聞いているのかいないのか、今日は特に言葉が少ない。音楽の消えた店内に、竜崎が道具を片付ける音が響いた。ノリカは横に座ったみのりに向き直り、ひと言ずつ手渡すように告げた。

「縁ってあると思うの。みのりと瑞穂のお陰で、わたしは二十歳のときどうしてあんなに小屋で踊りたかったのかも思い出せた」

「忘れちゃってたんですか」抑揚のない声でみのりが言った。

「もう少しで忘れるところだった」

「踊りたかった理由、訊いてもいいですか」

みのりの長い首が更にノリカのほうへと伸びた。ノリカはひとつ頷いて、マニキュアが剝げかかった人差し指へと視線を移した。

「その他大勢でいるのがなにより嫌だったくせに、その他大勢にもなれない自分を責めてた。あのとき唯一、そんなわたしでもいいよ、すごいじゃないのって言ってくれたひとがストリッパーだったの。わたしはそのひとと舞台から、たった二十分のステージのために、いつも笑っているために、なにをすればいいか教わったんだ。自分にできることばかりやっていても、なにも前には進まない。できないことがわかってやっと」

一気に言葉にすることができず、ノリカはひとつ息を吸った。

「踊ることが、前よりずっと好きになったと思うんだ」

みのりの前にあるグラスが汗をかいて「JIN」の字が滲んだ。大滝が「脚本は渡してある」と言っていた。松ひとみが新人ストリッパーを育てた伝説めいた話なら、業界の語りぐさになっているものがいくつかある。

ノリカの師匠、静佳も松ひとみと同じ時代を生きた踊り子だった。ぽつぽつと語られた話のなかにしばしば「天才」という言葉が紛れ込んだのを覚えている。

――ノリカ、ひとみさんの言葉であたしが忘れられないのは「女が喜んで観ることができるステージを作る」だった。あのひとはずっと信じてたんだ。いつか女たちが堂々とストリップ劇場にやってくる日が来るって。裸で踊っても恥ずかしくない体を維持するって、細い太いじゃなく、実はすごく大変なことなんだよ。

二十歳のころは何となく流していた言葉も、今ならばその重みがよく分かる。あと五年、十年経ったら更に身に沁みるのかもしれない。胸の裡で「あと十年か」とつぶやいた。十年先、五十を迎えた自分が何をしているのかを想像はできないが、それが別段怖いこととも思えなかった。

「新人ストリッパーの役ってことは、脱ぐシーンもあるんだよね」

「あった。少しだけど」

そこを迷いの原因にしているのなら、やめたほうがいい。いちばん恥ずかしいのは、現場で恥ずかしがることだ。できるだけ裸を肯定せず、否定もしない言葉を探すが、うまい言い回しが見つからない。この店に縛り付けることだけはやめようと思えば思うほど「嫌ならやめたほうがいい」と言ってしまいそうになる。

「嫌なの」と精いっぱい語尾を上げた。みのりは首を横に振った。

「そんなこと、少しも気にならない。裸で踊ったって、少しも恥ずかしくない」

ノリカは思わぬところで大きく自分を肯定された気がして、涙ぐみそうになる。喉の奥にある塊を力を込めて飲み下した。

「わたしね、みのりのお陰で『死ぬまで踊りたい』っていう気持ちになれた。留守は守るから、安心して行っておいでよ」

こんな場面でも、みのりは表情を変えずにじっとノリカを見ている。どの場所で踊るかを決めるのは本人だが、場所に求められるダンサーでいるためには「振り返らない」ことが肝心なのだ。伝えられることはもうなにもない。

「行っておいで」

その日、竜崎が「おやすみの一杯」に作ったカクテルは「夢の続き」だった。

店の鍵を掛け三人で店を出て、曲がり角でみごとに三方に別れた。手を振り合ったあとの信号待ちで、ノリカは十月の夜空を見上げた。星を探すにはもっと暗い場所、山側へ行かねばならない。大通公園のベンチもめっきり男女の二人連れが減った。風が冷たかった。

目の前では赤レンガの建物がライトに浮き上がっている。ノリカは足を止めて数秒、秋風に吹かれてみた。どこからも、金木犀の香りはしない。

帰ってみるか――。夜に放たれたひとことが、まっすぐ自分の耳に入ってきた。

いつ帰ろう――。早いうちがいいのだろうという漠然とした答えはあるものの、竜崎のことが気になっている。まったく勝手なことだと思いながらも、どこかでその勝手を竜崎がいちばん応援してくれているような気もした。

バッグの中で携帯電話が震えだした。こんな時間に掛けてくる人間の心当たりを探しながら着信画面を見た。見慣れぬ番号が真夜中に浮いている。おそるおそる通話にする。プロデューサーの大滝だった。

「すみません、こんな時間に。いま、浄土さんから連絡をいただきました。ダンサーの修業のつもりでがんばる、と仰（おっしゃ）っていました」

大滝は、今回のことではずいぶん骨を折らせたのではないかとノリカを気遣う。骨を折ったのは二年近く前だったな、と不思議なところに思いが滑り込んでゆく。

「本人がやりたいかどうか、問題はそこだけでした。やってみたいそうです。ああいう子ですし、現場でうまく立ち回れるかどうか不安ですが、どうかよろしくお願いします」

可愛い子なんですね、と大滝がつぶやいた。え、と訊ね返した。

「旅をさせろと。そういうことなのかなと思いまして。良い旅になるよう、僕と妻が全力で支えます。ありがとうございました」

撮影は十一月からの半月で、大滝はその前に一度顔合わせと衣装合わせで上京して欲しい旨を告げ、羽田までは自分と妻が迎えに出ると言った。

「東京での撮影中は、うちの女房が彼女のお世話をさせていただきます。業界とはまったく縁のない女ですが、ご安心ください。浄土さんのことを話したら、ぜひにと言うものですから。身のまわりのことでしたら僕もおりますし、まぁまぁなことができるんじゃないかと思っております。手前味噌でもうしわけない。不安に思われるようでしたら、一度女房に会ってやってください」

映画とはまったく縁のない専業主婦の妻に、自信たっぷりでみのりの世話をさせるという理由が知りたい。ノリカは「不安はないですが」と前置きをして真っ直ぐに問うた。

数秒の沈黙のあと、答えが返ってきた。

「うちの女房、元、松ひとみなんです」

大滝は、この脚本が自分のところにやってきた奇遇を信じると言った。

「映画には魔物がいまして、ときどきこういう不思議な出会いがあるんです。逆らうと魔物が暴れるので、こんなときは風に吹かれることにしているんです」

「奥様は、映画のことをなんと仰っているんでしょうか」

「笑っています。みんなが勝手に作った伝説を、楽しんでいるようです。もう松ひとみが存在しないことを、誰よりも知っている人間なので」

化粧を落として主婦となった天才ストリッパーは、自分の過去を一切語らぬことに決めているという。みのりにも告げずにいたい、という大滝を信じることにした。

ノリカは自分も風に吹かれてみることにした。そうやって生きてきたし、これからもそうなのだ。

「僕は、伝説には伝説にふさわしい結末があると思っています。事実とは違うから夢があるんです。それを映画が叶えてくれるのなら、僕はこの一本に賭けてもいい」

大滝が「ちょっと格好つけすぎましたね」と笑った。夜風がほんの少しゆるんだ。短い挨拶を交わして通話を終えた。

これも浄土みのりが持って生まれた運ならば、みのりと出会えたノリカにも大きな運があるのだ。それにしても、とひとつ深呼吸をした。

生きてたんだ、松ひとみ。

どこかで師匠の静佳が元気でいてくれるような気がしてくる。ノリカは羽虫の消えた街灯の下に立ち、ゆっくりと左脚を上げた。竜崎に初めて会った日のように、弧を描く。アスファルトに着地させた左脚を軸に一歩踏み出し、両手を広げられるだけ広げた。両脚に、均等に力を入れる。天から降りた一本の糸に吊られている気がして、街灯の下でくるりと回ってみた。いま自分が居る場所は、夜の底だ。

つま先が示した場所へ向かう。そんな思いで走り続けてきた。それでもやっぱり瞳はいつも光を探していたはずだ。


その週、日曜の朝にみのりからメールが入った。

――搭乗口にいます。明日戻ります。行ってきます。

相変わらずの素っ気なさだ。ノリカも「いってらっしゃい、気をつけて」と返す。瑞穂からは、二日に一度はメールが届いた。昨夜のやりとりを開いて読み返す。瑞穂の膝を心配して珍しくみのりが電話を掛けてきたという。

――みのりちゃんにお腹のことは言っていません。ここでわたしがお店に戻れないことを告げたら、きっとあの子映画を断っちゃう。わたしは自分を責めることをやめました。できることをします。何でも言ってください。

——ありがとう、とにかく瑞穂のお腹と、みのりが次のステップに踏み出すことが大切。店のことは心配しないで。妊娠のことは、もうちょっとだけ非公表で行かせてください。ぜんぶいっぺんにお祝いしましょう。

ぜんぶいっぺんにお祝いか、とつぶやいて画面を閉じた。

月曜午後四時に、なにごともなかったような顔で店に出てきたみのりは、開口一番竜崎に「お腹がすいた」と訴えた。

「疲労回復のフルーツケーキがあります」

竜崎が皿に並べた三切れを勢いよく口に運んでいるみのりに、今日はノリカが飲み物を作った。ミルクたっぷりのカフェオレで体を温めさせよう。

「東京は、どうだった？」カップを差し出しながら訊ねた。

「まだ暑かった。衣装合わせと、監督の挨拶と、脚本の訂正箇所のチェックとか、いろいろ。なんだかけっこう大ごとでびっくり」

「大滝さんの奥さんって、どんなひとだった？」

「普通のおばさんだった。優しくて親切なひとだよ。あと、料理が上手い」

ノリカの頬が自然に持ち上がる。それと、とみのりが続けた。

「ノリカさんに会ってみたいって言ってた。いい師匠に出会えて良かったねって」

芸名についてあれこれと話し合った結果、本名でいくことにしたという。インパクトならば「浄土みのり」という名前を超えるものはないだろうという大滝の判断だった。

「なにか差し支えあるかって訊かれたけど、なんもないし」

親や血縁やしがらみを蹴って生きてゆく人間に与えられる至福があることは、ノリカにもよく分かる。引き替えにして、という表現がふさわしいかどうかは不明だが、両方を手に入れることの難しさは裸で踊ったことのある人間ならばみな知っている。それより、とみのりが不安げに眉を下げて言った。

「瑞穂ちゃん、いつ戻ってこられるのかな。本人はもうちょっとだと思うって言うばっかりで、牧田さんもお店に来ないし」

「膝はちょっとかかるんだよね。こんなに踊りっぱなしの毎日で、瑞穂は昼間も働いてたわけで、そりゃバテるに決まってるって。今は夜のほうはちょっと休みなさいって言ったのはわたし」

様子を窺っている竜崎と目を合わせぬよう、軽くストレッチを始めた。ありがたい反面、気になるのはみのりの鈍さだった。瑞穂については、静養は必要だが入院はしておらず、踊る仕事だけお休みしている、という状況だ。ちょっとでも心当たりがある子なら、すぐにピンときそうなものだろう。一芸に秀でると、周囲のことにはあまり関心を示さないというからその類かもしれぬ、と納得した。瑞穂の妊娠を伏せたままで、どこまで引っ張れるだろう。毎日、ノリカは祈るように踊っている。

「撮影に入るころには、ちゃんとバトンタッチできるように静養してもらってるんだよ」

そんな言葉を信じたのかどうか、みのりが「そうかぁ」と目を伏せた。客足は秋風が吹いて少し落ち込んでいるが、常連は変わらず通ってくれている。瑞穂が静養中でピンチヒッターにノリカが踊っていると聞いてやってくる客もいた。

その夜、柴崎がカウンターにやってきた。

「ピンチヒッター、評判いいじゃない」

「代打は代打ですよ。同じ衣装を着たらわたしの劣化が目立ってしょうがないんで、店のユニフォームで踊ってます」

「それはそれで、見栄えがするからいいと俺は思うけどね。貫禄ってやつかな」

それより、と幾分声をひそめて柴崎が続けた。

「静佳さんの居所がわかったよ」

柴崎は、眉を寄せたノリカに届くかどうかの声で口元を隠しながら「熱海」と言った。その口の動きと仕草で静佳がいま何をしているのか想像ができた。熱海には昔から「ひとり小屋」がある。照明ひとり踊り子ひとりの、温泉ストリップだ。

「ありがとうございます」

「行かないのかい」

　曖昧に頷いて、幕を閉める。今日の客席は八席埋まっていた。みのりとふたりでオーダーを取り、準備をしているあいだに柴崎が加わり九人になった。オーディオのセットを終えて準備万端。彼が言った「熱海」のひとことが頭の中のおおかたを占めているが、体はいつものとおり動く。毎日、踊ることにはほとんど抵抗がなくなっていた。もう二度と踊らぬつもりで始めた店だったが、痛みや傷は癒えるのではなく、自らが癒やすものだということがおぼろげながらも分かってきた。踊れなかったのではなく、踊らなかったのだ。

　ショーの終わりはみのりが二曲立て続けに十六ビートで踊ったあと「ＨＡＶＡＮＡ」で締めている。その三曲で、ノリカが務める代打の時間が帳消しになった。ショーが与える満足のほとんどがみのりのステージになる。ノリカは前座に徹することで、ダンサーとしての立ち位置を守った。この明確な線引きは、数日の試行錯誤を経て辿り着いた策だった。自分の舞台を生で観ることは出来ないが、体に染みこんだ泥くさいリズムの取りかたを消すこともまた、無理だ。

　みのりがオーディションでの振り付けを、ノリカを真似て踊ったという話を聞いてから、だいたいの覚悟はできていた。この癖が抜けなくなってしまう前に、みのりを手放さなくてはいけない。真似ているうちは大丈夫だ。みのりにはまだ羽がある。客席からは決して見えない薄くて透明な、ときどき光を受けては七色に光る羽だ。

　みのりの「ＨＡＶＡＮＡ」で九人の客席が倍も膨らんだように見えた。東京へ行って知らない世界を覗いてきた羽は、ほんの少し光を受ける角度が変わっている。絶え間なく変化できる若さだ。なんでもできる、どこでも踊れると思っていた頃を懐かしむ気持ちを、いまは誰にも明かしたくなかった。

　みのりが店を出た午前零時、ノリカも帰り支度を始めた。片付けを終えた竜崎が、ノリカを呼び止めた。

「疲れていないですか」穏やかな声が脇腹のあたりへと響いてくる。

「毎日踊るの、久しぶりだからね」

　竜崎はもう、ノリカがこの店をたたむ決意をしたことに気づいているのだろう。壁のタンバリンに視線を泳がせ、カウンターの中へと戻す。竜崎に初めて会った日のことを思い出した。たった十か月しか経っていないことが不思議なくらい、この男を知っている気がする。けれどそれは、舞台の上のノリカと同じく、この場所で過ごす竜崎の一面に過ぎないのだった。それ以上、知る必要がない関係のさびしさは仕方ない。いつにも増して真面目な表情の竜崎を見ていると、なにやら可笑しくなってくる。

「ねぇ、初めてＪＩＮに会ったとき、ドラえもんに出てくる『のび太』みたいって思ったんだ、わたし。なんか間が抜けてるんだか悪いんだか、不思議な人だなって。まさか凄腕バーテンダーだとは思わなかったよ。ひとを見かけで判断しちゃいけないよね」

「光栄です。目立たぬことが仕事のひとつでもあるので」

うん、とひとつ頷いて、ノリカのひとことを待っている竜崎に告げた。

「お店、閉めようかと思うの。一年保たなかったこと、悪いと思ってる」

「閉めますか」別段驚いた様子もなく竜崎が言った。

「うん、それがいちばんいいんじゃないかなって」

「なにがいちばんなのかは、ノリカさんが決めることです。わたくしは、もう一度ダンサーを集めてこいと言われれば、そうします」

「ありがとう。JINがせっかくバーテンダーに復帰したっていうのに、また路頭に迷わせちゃうのかって、それが気がかり。新しい子がやってきても、もう一度みのりや瑞穂みたいなユニットを作ろうっていう気力が」

言いかけて納得した。もう、あんな夢みたいな毎日はないことに気づいているのだ。気力がない。それ以上の理由をつければ、却ってみじめになる。

「夢の続きって、同じ夢じゃいけないのかもしれないね」

数秒の沈黙を経て竜崎が言った。

「ひとつ、叶ったということかもしれません」

ああそうだ、そうかもしれない。きっとそうだ。夢をみる存在を得て、ひとつ駒を進めたのだ。

「年内にボルトを外して、小屋に戻ろうと思う」

竜崎が「はい」と深く頷いた。

11

休日にあてている日曜の午後、ダンスシアター「NORIKA」で、ひっそりとみのりの壮行会が行われた。今夜の最終便でみのりは羽田に向かう。

発起人は柴崎だった。メンバーは角倉さとるとノリカと竜崎、牧田と瑞穂だ。

角倉は今夜、ライブハウスでステージがあるといい、傍らにギターケースを置いている。デビュー曲をひっさげバンドを引き連れて、という凱旋ライブにはなかなかならないのだと笑う「彼女」は変わらず禁欲的に、歌い続けるための毎日を送っていた。

「みんな、同じさねぇ」と柴崎が体を揺すりながら笑った。一週間前、彼にだけは店を閉めることを告げてあった。

——本気かい、ノリカちゃん。

——お互い中途半端に、帰るところを残しちゃいけない気がしたの。

——商売、軌道に乗ってきたところじゃないか。

――わたしに限らず、夢の続きは、同じ場所では見ることができないって思ったのよ。みのりは何と言っているのかと問われ「伝えていない」と答えた。帰る場所を持たないほうがいいのだというノリカを支えているのは、まだ残る踊り子の矜持だろうか。損な性分だと笑いながら言ったノリカを見て、柴崎が泣いた。

今日ばかりは竜崎もバーテンダーのユニフォームを脱ぎ、黒いジーンズにセーター姿だ。彼が持ち込んだ辛口のシャンパンが三本と、ホールのチーズケーキ、クラブハウスサンドイッチの皿がテーブルに並んだ。

撮影前に、万が一でもつまずいて転んだら大変、というノリカの提案で今日は踊らないことに決めていた。テーブルとスツールをフロアの真ん中に寄せて、踊る場所をなくしてある。こうでもしなくてはみのりが踊り出してしまい、瑞穂もステップを踏まざるを得なくなってしまう。

瑞穂は牧田の隣でにこにこと笑っている。膝はどうなんだと訊ねられ「そろそろ復帰します」と答えてくれる。瑞穂には「今日まで頼む」と言ってあった。みのりが撮影で上京するまでのあいだは、瑞穂の妊娠を伏せておきたかった。みのりの性分を考えると、ここはひと芝居打つ必要があるのだ。

今日までの「ＮＯＲＩＫＡ」は、みのりの帰る場所でなくてはいけなかった。旅立ちを見送ったあとは、大急ぎで撤収作業だ。明日からは映画の現場がみのりの現実へと変わる。

柴崎が一杯目のシャンパンをひといきに空けた。

「いやあ、旨いねぇ」の連発に、座がほどよく和む。みのりが瑞穂に「ちょっと痩せたんじゃないか」と訊ねた。つわりがようやくおさまったことを口に出せず「ぜんぜん」と返している。気は咎めるが、あと数時間、と思う。竜崎が取り皿やグラスの様子を視界に入れてくれているので、ノリカはどの会話へも無理なく入ってゆくことができた。

柴崎がみのりに「よく決心したねぇ」と優しい言葉をかけた。チーズケーキに伸ばしかけた手を止めて、みのりが軽く首を横に振る。

「決心っていうほどのことじゃない。終わったらすぐ戻るし。半月で終わるのに、こんなに豪華な壮行会、なんか却ってさびしくなっちゃうな」

「まぁ、みのりちゃんにかこつけてみんなで集まりたかったってのが本音だから、いいんだよ主役ですって顔をしてて」と柴崎。

「そんじゃあ、帰ってきたらまた集まろうよ」みのりが返した。

いいね、という声がひとつふたつ。竜崎がノリカのグラスにシャンパンを注いだ。美味しいね、と言えば控えめだが嬉しそうな表情が返ってくる。みんな、それぞれのポジションを守り、みのりを守り、今日を終えるのだ。

柴崎がするりと話題を変えた。それが長く嘘と真を使い分けて仕事をしてきた男の渾身の技であるようにも見えた。

「来月、角倉のアルバムが出るんですよ。何日だったっけ」

「十二月三日リリースです」角倉さとるが答える。女に見えることも、声の節回しも、どれもが自然におさまっていた。無理のない仕草と笑顔には、越えてきた峠のぶん底力が詰まっている。

「デモ版は持って歩いてるんだっけ」

柴崎の問いに、角倉が微笑んだ。

「デモ版より、歌っちゃったほうがいいですよ」

両肩を軽く持ち上げ、ケースからギターを取り出した。店内には低くパヴァロッティを流してある。ノリカはオーディオを一旦止めた。角倉がスツールを少し後ろに下げて弦を合わせ始める。席に着く際、角倉と視線が合った。お互い緩やかに交差して再び元の場所へと戻る。柴崎からおおかたのことを聞いているのだろう。瞳の優しさにつよい共感を込め、しかし弦をしぼる指先はいっときも止まらない。二、三音つま弾いて、準備は終わった。角倉が顔を上げて言った。

「みのりさん、撮影のご無事をお祈りしています。みなさんの毎日が健やかでありますように。今回アルバムに入れた、越路吹雪さんの曲を歌わせてください」

最初の曲は「バラ色の人生」だった。角倉が歌う恋のときめきはどこかもの悲しい。

最初から終わりをイメージさせる歌声で今の幸福を歌う姿に、胸が詰まりそうだ。いつもはダンスにあふれているフロアが、塵も舞わぬ厳かさに包まれた。

少しずつ現実が薄まってゆく気配のなかで、ノリカは自分がいま別れを告げようとしているものの正体をつかみ取る。これは「恋」だろう。惹かれ焦がれて浸かった時間は、確かに「恋」だった。浄土みのりは踊ることに恋をしたノリカの、夢のかたちをしている。自分には手の届かなかった高みへ、鮮やかに両手両脚を伸ばし、羽を持つ者として羽ばたこうとしている。この恋は、見返りを手放さないと美しい着地を見ない。

拍手を得て、角倉が二曲目の紹介をする。

「次は『恋ごころ』をお送りします」

まるでノリカの心を見透かしたような曲だ。不思議な選曲に言葉もなく、タンゴのリズムを聴いている。

恋だけは　売る人もなく
恋だけは　買う人もない

本当にそのとおりだ。この思いには値段もなければ売る場所もない。

一人ぐらいは　お前だけに
こがれる人が　いるものだよ

そうさ――ノリカは無意識に左の膝をさすっていた。そのたったひとりのために、踊ってきたんじゃないか。踊り子ノリカの舞いに焦がれるたったひとりの観客のために、小屋にいたのだと、今ならば分かる。

壁のタンバリンが静かにフロアを見つめていた。浄土みのりに恋をした人間たちを優しく見守っている。

わかるよノリカちゃん――。

でもだいじょうぶ――。

ノリカの胸の奥には小笠原のタンバリンが響いている。リズムを取れば必ず聞こえる、応援の歓声と客席を鎮める曲の変わり目。客席の孤独が重なり合い絡まり合いながらノリカを包んでゆく。たった二十分のステージだがその時間、彼らの恋の的はノリカだった。

ラストの一曲です。角倉の声に、はっと我に返る。

「ラストダンスは私に」の軽快なイントロが流れてきた。ライブハウスで歌っていたころも「ＯＮ　ＭＡＫＯ」の看板歌手だった時代も、一歩ずつ前へ進んでゆく彼の大切な時間なのだと、その歌声が教えた。一ミリでも向上していなくては、腕を保っているようには見えない。それは歌も踊りも同じなのだった。

瑞穂がハンカチで目元を押さえている。牧田がその横で精いっぱいの笑顔を見せる。柴崎は角倉の歌声とシャンパンで目尻が下がりきっている。竜崎はノリカの横で壁を見ている。視線の先に、タンバリンがあった。

この会が終わったら仕事先のライブハウスへ向かう角倉、新千歳から羽田へ向かうみのり、ふたりで暮らす創成川沿いのマンションへと帰る牧田と瑞穂、たまには古女房を呼び出して蕎麦でも食べるつもりだという柴崎、そして彼らを見送り店をたたむノリカと竜崎。それぞれにみのりの明日と瑞穂の体をねぎらう言葉を口にして、会はお開きになった。柴崎と角倉を見送ったあと、カウンターの前で瑞穂がみのりの手を握った。

「ちゃんと食べて、よく寝るんだよ」

「わかってる。瑞穂ちゃん、いつもそればっかりなんだから」

「それしか、元気でいる方法ないでしょう。あと、怪我に気をつけて。現場のひとはみんなプロなんだから、生意気なこと言っちゃ駄目だよ」

離れがたい心もちはノリカも同じだった。自分が言うべきことはみんな瑞穂が言ってしまった。今日はみのりの壮行会だがダンスシアター「NORIKA」のお別れ会でもあった。

「瑞穂ちゃんこそ、足下気をつけて」とみのりがいつもと同じ涼しげな表情で言う。そして一拍おいたあと、見たこともない笑顔で続けた。

「瑞穂ちゃんなら、可愛いママになれるよ」

ノリカはもちろん、瑞穂も牧田も竜崎も、言葉なくみのりを見つめた。急に黙り込んだ者たちに居心地悪くなったふうのみのりは、軽く唇を尖らせてつぶやいた。

「わかるよ、いくらなんでも」

「いつ気づいたの」ノリカはこわごわ訊ねた。

「さっき」とみのりが答えた。最後の最後まで、みのりの不機嫌な顔を見ていられることがこの上ない幸福なことに思えて、ノリカは誰に向けてでもなく「馬鹿だねぇ」とつぶやいた。

「撮影、早く終わらせて、すぐ戻ってきますから」

「あんただけ焦ったってどうにもならないでしょう。ちゃんと務めておいでよ」

「わたし、女優じゃなくてダンサーだから」

ノリカはこの意固地な娘に手渡す言葉を精いっぱい考える。なかなかうまい言葉が見つからず、焦りはじめたとき、竜崎がサンドイッチを包んだアルミホイルをみのりに手渡し言った。

「みのりさんは、何にでもなれます。風に吹かれるようにして羽の色を変える姿を、いちばん楽しみにしているのはノリカさんです。このお店のトップダンサーとして恥ずかしくない姿を、スクリーンでわたくしたちに見せてください」

誰も竜崎のひとことを超える言葉を持っていなかった。

「さ、はやく駅に向かわないと。ちゃんと快速エアポートに乗るんだよ。大滝さんと奥さんによろしく伝えてね」

みのりが「わかった。行ってきます」と手を振った。店を出てゆく姿は、明日もまたやってきそうな気配を残して軽やかだった。瑞穂はみのりの姿が消えた途端、堰を切ったようにシャガールの絵の前でぽろぽろと大粒の涙をこぼした。牧田が瑞穂の背中にその大きな手のひらをあてている。竜崎はカウンターの中を片付け始めた。

店内にはパヴァロッティの「カルーソー」が流れている。あなたが好きだと歌うテノールの高音がかなしい。残された静かな時間が降り積もってゆく。フロアにはもう、誰もいなかった。


痛みはどうですか、と担当医に訊ねられ「初日だけちょっと」と答えた。ボルトを抜いて一週間後の脚は、腫れもひいて軽い。医者はつくづく感心したふうで、X線写真から視線を外しノリカに向き直った。

「ほぼ完璧に戻っています。筋肉も落ちてないし形も崩れていない。こんなにきれいに戻るアスリートの脚は、なかなかお目にかかれないんですよ」

「アスリート、ですか」

「ええ、立派なアスリートですよ、これは。毎日、復帰することしか頭にない現役スポーツ選手の脚ですね」

喜んでいいものかどうか、診察室のベッドから起き上がりながら考えた。骨も筋肉も復帰するつもりでいたというのに、あの長い回り道はいったいなんだったのか。傷口が目立たなくなれば、素足も大丈夫だと医者が言う。

「整形外科医としては、自分の仕事に満足していいレベルだと思っています」

複雑な思いで診察台の下にあるムートンブーツに足を入れた。患者の半信半疑をするりと撫でるように、彼が付け足した。

「リハビリの方向に、間違いはなかったということです」

「元どおり、踊れますかね」声に出してしまってから不安だったことに気づいた。

「それは踊ったときの脚に訊ねるしか」軽やかな笑い声のあと医者が言った。なるほど、とひとこと返してノリカは左の太ももをぽんと叩いた。

病院を出たところで、サッホロ不動産から電話が入った。

「店舗確認の件でご連絡させていただきました。今からですと三十分後ということで承っております。お手続きはほぼ問題なく進んでおりまして、あとは店内破損状況の確認と鍵の受け渡しのみです。ご都合の変更などはございませんか」

「予定どおり、よろしくお願いします」

あ、と声に出た。

「なにかありましたか」担当者が慌てて携帯を持ち直したふうだ。

「いいえ、新しい借り主さんはもう見つかったのかなと思いまして」

「フジワラさまのお陰でたいへん評判のいい物件でしたので、ご心配なく。すぐに決まると思います。何件かお問い合わせもいただいておりますし」

契約期間が短かったので、戻る金は一銭もない。開店でノリカの通帳から出て行った金は貯金の半分を超えた。もうしばらくは休業も怪我も出来ない。体力の続く限り小屋を回らねば、生活もままならないのだ。金銭的には大損の一年だったが、不思議なことに悔いはなかった。振り返れば楽しいことばかりだった気がする。

ダンスシアター「ＮＯＲＩＫＡ」に入ると、営業をやめた店内には壁からしみ出す煙草のにおいしか残っていなかった。竜崎が焼いたチーズケーキやフルーツケーキ、みのりや瑞穂がつけていた香りも消えた。スツールに吹いた抗菌消臭剤や、店が終わったあとに絞る雑巾のにおいもない。

竜崎とともに、壁にあったシャガールもなくなった。牧田が取り付けの際に空けた穴がぽつんと残っていた。酒瓶が退職金というのは、あまりにお粗末ではなかったろうかと気になっている。

映画プロデューサーの大滝からは、二日に一度短い連絡が入った。

元気でやっています、強靭な精神力に感服です、女房が彼女に惚れ込んでおります、撮影は順調です――。

店をたたんだという報告のあと黙り込んだ大滝に、こちらも予定通りですと伝えた。

「どういうことでしょうか」と訊ねる彼にノリカは、自分でもさばさばとしたものだと感心しながら「わたしも、もう一度踊りたくなったから」と答えた。

みのりはメールも電話もよこさない。それが彼女の良さだし集中力の表れだと、今なら解る。女優じゃないから、と言いながら女優顔負けの表情で周りを緊張させている姿が頭に浮かんだ。大滝が更に浄土みのりに惚れ込んでいる様子が、電話を取るたびに伝わり来る。

「ノリカさん、逸材とはあの子のことです。何にもなりたくない、ただ踊っていたい、常人の欲なんてものをぜんぶ手放して、カメラを睨んでます。現場じゃ松ひとみ役も、燃えに燃えてますよ」

大滝の言葉がノリカの支えになっていた。みのりの巣箱を壊せるのは、ノリカしかいないと口説かれているようでもあった。

さあ、エンディングだ。ノリカはカウンターに店の鍵を置いて、スツールのひとつをカーテンそばの壁に寄せた。ムートンブーツを脱いでスツールの上に立つ。軽く手を伸ばす。小笠原のタンバリンに触れた。フックから外して胸に抱くと、ジングルが鳴いた。

カウンターの端に座り、ハンカチでジングルのひとつひとつを磨く。静かな店内に、スポットがあたる前の緊張が戻ってくる。オガちゃんもいるし、音響と照明はサブちゃんだ。パチンコ屋で鍛えたアナウンスが聞こえる。

レディス&ジェントルメン、大変長らくお待たせいたしました——。

回り道にしてはちょっと刺激的だったな。ジングルをひとつ磨くたびに、はやくリズムを取ってくれとタンバリンが鳴く。

半分磨いたところで、サッホロ不動産の係がやってきた。

「お忙しいところ、すみません」頭を下げる。

「いいえ、仕事ですから」

サッホロ不動産の新しい営業社員は名刺を出し忘れることもなく、ドラえもんに出てくるのび太でもなく、自信たっぷりに不思議な抑揚をつけて話す男だった。挨拶もそこそこに、チェックシート片手にトイレから確認を始めた。

カウンター、フロア、壁。ひっくり返したスツールの鋲打ちを見た彼が「これは最初からこんな感じでしたか」と訊ねるので「そこは自分で修繕したの」と答えた。電動式の幕は撤去しなくていいという。牧田に渡した三万円の、手触りまで思い出せた。

　三十分もかからず、鍵の確認になった。束ねた四本の鍵は、ノリカの手から不動産屋に渡る。四人ひと束で闘った短い時間がぐるりと脳裏を一周した。ノリカはフロアの天井を振り仰いだ。ミラーボールが所在なさそうにしている。

「大きなミラーボールですね」と係が言った。

「回すと、迫力ありますよ」

　スイッチはどこかと訊ねられ、ノリカはカウンターの壁まで行き、壁から飛び出したプラグをコンセントに差し込んだ。照明をスポットに替えると、大小の四角い光が一定方向へと回り出した。不動産屋は口を丸く開けたまま、ミラーボールと同じ速度で体を回した。

「あとはなにか、問題はなかったですか」

　彼はノリカの問いにはっと動きを止めた。呆けたような表情だ。その様子にまた、去年初めてここにやってきたクリスマスイブの日を思い出す。竜崎の身の振り方は気になるのだが、ノリカが気にしたところでなんの助けにもならない。お互い腹を決めて閉店としたはずなのに、ノリカのほうはいたずらにひとりの男の時間を浪費したという事実に責められている。

　捨て去るときは、できるだけ遠くへ投げ上げるものだという歌があった。角倉さとるのリストにも上がっていた曲だ。思えば彼女も、次の一歩のために「ＯＮ　ＭＡＫＯ」

を閉めたのだった。そういった役どころにある店舗かもしれぬと思うと、次の借り手に期待してしまう。不動産屋が最敬礼でもしそうな姿勢の良さで言った。

「こんな照明の下で踊ったら、気持ちいいでしょうね」

「踊り、お好きですか」素直な声には素直な言葉が跳ね返ってゆくらしい。ダンスミュージカルが好きで札幌の四季劇場の上演作品はすべて観ているという男は、営業中に一度来てみれば良かった、と言って眉尻を下げた。

「またいつか、お目にかかれたら。そのときは思いきり楽しんでいただけるようにしますね」

「フジワラさんは今後、どちらへ」

男の問いにノリカは「全国津々浦々」と答えた。どちらからともなく笑いが漏れて、ダンスシアター「ＮＯＲＩＫＡ」は、すすきのから消えた。鍵の閉まったドアに用意しておいた張り紙をする。次の借り手が決まるまでのあいだは貼っておいてくれるという。

『閉店のおしらせ
ダンスシアター「ＮＯＲＩＫＡ」を愛してくださったみなさま、ありがとうございました。スタッフ一同心から御礼申し上げます。またいつか、お目にかかれますように　店主』

あっさりとした文面ですね、と鍵を封筒に入れながら彼が言った。ノリカにとってはこれが精いっぱい長い挨拶だった。

ビルの前でひとりになり、まだ人出がまばらな街を眺める。日暮れはもう始まってい て、ぼんやりしている間にもどんどん太陽が山の端へ移動してゆく。もう冬だ。ノリカは深呼吸をひとつして、踊り子デビューを飾ったストリップ劇場へと向かった。飽きるほど通った道だが、今までいちばん足取りが軽かった。ボルトを抜いたせいなのか、また新しい一歩を踏み出せることへの好奇心なのか。ゼロ番地にある肉まん屋の角を曲がり、市場の壁をやり過ごし、おにぎり屋を通り過ぎると劇場だ。

駐車場と背の低いコンビニの向こう側にある、突然地から生えたみたいなのっぽのビルだった。一階と二階が劇場フロアで、こんなに設備のいいストリップ劇場は全国を探してもほかにない。ここは、踊り子静佳が、その一生をストリップ業界につぎ込むことを担保として建てられたビルだと聞いた。失踪したあとの借り手は、なかなか現れないらしい。

自動扉の前に立った。劇場から上の各フロアは風俗店が詰まっている。制服、熟女、あるいは治療院という看板が目に飛び込んでくる。防音の効いたぶ厚いドアの前には、階上の風俗店の立て看板が置かれていた。

ノリカは携帯電話を取りだし、まだ記憶からそう遠くない劇場のナンバーを押した。最後に踊った、神奈川の小屋だ。

「はい、やまとミュージックホールです」

「ご無沙汰すみません、ノリカです」

数秒の沈黙のあと、ママの声が怒鳴り声になった。

「あんた、いったいなにやってるの。さんざん心配させて。いったいどこに姿をくらましたんだい」

言うだけ言うと、ママは「元気なのかいノリカ」と声を落とした。

「本当にごめんなさい。とても許していただける時間ではないと思います。ひとことお詫びをと思って、電話しました」

今度の沈黙は、先ほどよりずっと長かった。電話の後ろには懐かしい昭和の歌謡曲が流れている。郷ひろみナンバーで踊っているのは、誰だろう。ノリカ、とママが重たい声で言った。

「戻りたいのかい」語尾が上がる。

「すみません、図々しいことは承知しています」

「脚は、もういいの」

「先日骨をつなげていたボルトを抜きました。問題なく踊れるようになっていると思います」

「あの事故のことは、申しわけなかったと思ってる。復帰させるならうちの小屋しかないと思ってたのに。あんたがいない二年で、女の子たちもずいぶんと変わったんだよ。それはわかってるんだよね」

わかっている、と答えた。会話と会話のあいだに、重苦しい間が空いた。

「いつから演れそうなの。香盤のトップをあげる」ママはそれ以上のことは言わなかった。

復帰でトップということは、ノリカにとって採用試験みたいなものだろう。十日間、四十ステージのあいだ客席を盛り上げることが出来なかったら、今度こそ廃業しろと促されているのだ。

「ありがとうございます。演らせてください」

電話の向こうで、ママは踊り子のコースを書き込んだノートを開いているようだった。曲が、つのだ☆ひろの「メリー・ジェーン」に変わる。ダンスが終わり、ベッドショーがはじまったようだ。ノリカ、とママが言った。

「十二月二十一日からの結週はどう。一美のピンチヒッターだけど」

一美のことはノリカもよく知っている。タッチショーで「あたしに触りたいっていうブタ野郎は、どこのどいつだい？」が決め台詞の、元SM女王様だった。話芸で客席を沸かせてしまう、やまとミュージック名物の踊り子だ。もう五十を過ぎているのではなかったか。

「腰が痛いんだって。年末は温泉にでも行きたいなんて言ってる。休めるなら休みたいそうだ」

「わかりました、精いっぱい踊ります」

ママは「言っておくけど」と前置きをして、今度姿をくらましたらもう拾えないよと言った。すみませんと返しながら、閉ざされた扉に向かって腰を折った。

振り出しから、再び振り出しへと戻ってゆくつま先のなんと心細く軽やかなことか。ノリカは劇場の入口にたむろしていたファンの面々を思い出し、目を閉じる。小屋の外へ一歩出れば、世知辛い世の中に押しつぶされそうな顔ばかりだ。この世に幸福などないにしても、幸福感だけはある。そんなことを思いながら踊っていた日々へ、帰るのだ。

次のことは考えまい。復帰の場所を得たことで、今はよしとしなくてはいけなかった。無事、年末の十日間を踊りきらなくてはいけない。ノリカは回れ右のあと、勢いをつけて目を開いた。夜の街がネオンに染まっていた。

ビルを出るとひとつぶふたつぶ、ゆらゆらと揺れながら雪が落ちてきた。ビルの明かりに照らされて、街角に降る雪は七色に変わる。腕の時計を見て、おにぎり屋へと足を向けた。すすきのでの最後の晩餐は、やってきたときと同じメニューになりそうだ。髪や肩に落ちる雪が水滴になる。少し足を速めたその先に、竜崎の姿があった。

おにぎり屋の軒先に立っている竜崎は、ノリカに向かって軽く頭を下げた。なにもしてあげられない人間に連絡をするのもためらわれ、シャガールを取り外した日から話していなかった。気づいたらいなくなっている人間でいたいのは、一年前となんにも変わらない。本当に成長しているのかどうか、疑うべきは自分だった。

「こちらかな、と思いまして」

「いい勘してるじゃない」

おにぎりと豚汁で締めようと思って、と言うと竜崎が頷いた。風のない街に雪が降っている。もう前向きなことしか考えたくないし考えられない。無意識のうちに雪の降るリズムをはかっていた。これはヴィラ＝ロボスの「バキアーナス・ブラジレイラス」第五番のアリアだ。やけに感傷的になっていることを胸奥で恥じながら、おにぎり屋のカウンター席に座った。

「たらこバターとチーズわかめと豚汁お願い」ノリカが言うと、隣に座った竜崎が「ぜんぶふたつずつ頼みます」と追った。

「とうとう降ってきたね」

「今日の最終で発(た)たれるんでしたよね」

うん、と頷いた。竜崎の視線がノリカのバッグに移る。荷物のほとんどは新橋の安ホテルに送ってあった。ノリカが到着するころにはフロントに保管されているはずだ。連泊で二週間取ってある。十二月の結週から神奈川に入るとなれば、もう少し長くなる。あれこれと準備もあるし、規則正しい生活を送るためにも洗濯機のある定宿が必要だった。

「ずいぶん軽装ですね」

「ここに来たときとおんなじ。踊り子はバッグひとつでどこでも行けるの。重たいものは段ボールに詰めて行き先に送るのがいちばん」

「差し支えなければ、どちらへ行かれるのか教えてくださいませんか」

「別に差し支えはないけど、聞いてどうするの」

竜崎は数秒間を置いて「ステージを拝見しに」と言い、その理由に満足したのか二、三度首を上下に振った。カウンターに置かれたおにぎりと豚汁を、手前に寄せる。まだ湯気の上がるたらこバターおにぎりにかぶりついた。次はいつ食べられるのか考えると、少しばかり塩気がつよく思えてくる。竜崎も同じようにたらこバターから手をつけた。半分食べて、豚汁をすすったところで彼が言った。

「牧田が、結婚式を挙げたいと言っています」

「あぁ、瑞穂のウエディングドレス、きれいだろうねぇ。あのふたりならうまくいくよ」

竜崎が黙ったので「変な意味じゃなく」といいわけする。その後、元妻のキリコとどうなったのか訊ねたこともなかった。ノリカより竜崎のほうが行き先を考えあぐねているのではないかと思っていたが、牧田と連絡を取り合っているのなら安心だ。

「ノリカさんにも来てほしいと言うんですが」

「JINは、なんて言ったの」口の中がたらこの香りでいっぱいだ。

「無理じゃないかと」

「そうだね、たしかに」

瑞穂の体調が落ち着いたら早々に、と考えているという。ノリカは豚汁の具が多いことに満足しながら、勢いよく汁をすすった。

「しばらくは、こっちに戻らないと思う。十日働いて十日休んでたら、いつまで経ってもお金貯まらないし。無事に復帰できたら、そのあとはガツガツやろうと思ってるの。わたしは常に振り出しなんだな」

「初めてお目にかかった日も、そうおっしゃっていましたね」

「振り出し続きで、すっからかん」

「そこは、お互いに」

厨房(ちゅうぼう)には次々に注文の電話が入っていた。たらこバターは今日も人気らしい。ひと息ついて素直な気持ちが「ごめんね」の言葉に変わった。

「謝ることは、なにもありませんよ」

「せっかくバーテンダーに復帰したのに、放り出すかたちになっちゃった」

「廃業するつもりはないので、ご安心ください」

「新しいお店、見つかった？」

竜崎は首を横に振って「それはまだ」と短く答えた。もう一度謝ってしまいそうになる口にチーズわかめおにぎりを詰め込んだ。すべて腹におさめて、腕の時計を見る。チカホを歩いてとなれば、そろそろ駅に向かわねばならない。

おにぎり屋の席を立ち、さっきより粒を増やして降り注ぐ雪のなかに出た。口を開かず歩いていると、このままどこまでも行けそうな気がする。やってきたときはどん詰まりと思っていたのに、今日はここがスタートだった。不思議だな——、無意識のうちに声に出た。バッグの中のタンバリンが、笑い声のように響いた。

地下への入口で、ノリカが立ち止まる。竜崎の前髪が雪に濡れてしずくがひとつ落ちた。

「さっきの質問に、答えてなかったね」

首を傾げる竜崎に「行き先」と告げた。差し支えなければでいい、と彼が言う。

「十二月二十一日から、神奈川のやまとミュージックホールで復帰。ついさっき決まったの」

「みのりさんに、お伝えしますか」

首を勢いよく横に振った。再びストリッパー・ノリカの看板を揚げて踊ってゆくのだ。

その気になれば劇場のホームページでも顔くらいは見られる。こちらから伝えれば、ふとした瞬間にみのりがやってくるのを待ってしまう。間違っても、そんな期待は抱きたくなかった。

「夢の続きは、ひとりで見たいの。無責任なことだけど、みのりのこと頼んでいいかな」

「承知しました、ご安心ください。わたくしも早々に、夢の続きを見られる場所を決めます」

「頼もしいね、あいかわらず」

竜崎は少し照れた表情になり、いっとき目を伏せてすぐにまたノリカを見た。

「また、お待ちしております」

四人のなかで最も湿っぽいのは竜崎だったかもしれぬと思いながら、それが彼であるゆえ、つい笑ってしまいそうになる。

「じゃあ」と言って手を振り、階段を下りた。人生最高のおままごとが終わった。しばらく歩きチカホの人波にたどり着く。ノリカは濡れた髪が乾くまで振り向かなかった。

最終便が出るまであと一時間あった。保安検査場へ向かうノリカを、よく通る声が呼び止めた。名前を呼ばれても、うまく反応できない。その声がどこから聞こえてくるのか、人混みの中にいると誰の声だったのかも思い出せない。辺りを見回すが、声の主はなかなか目の前に現れなかった。空耳かと再び検査場に足を向けると、今度はすぐ目の前から声がする。

「ノリカさん」瑞穂と牧田が立っていた。

「どうしたの、ふたりとも。なんでここに」

「竜崎に聞きました。今日の最終なら、きっとここを通るはずだと思って」

「出待ち？」

「意味ないとは思ったんですけど」と瑞穂が笑う。笑ったそばから泣き顔だ。また笑う。もう本人もどんな顔をしていいのか分からぬようだ。喧噪のなかで向き合っていると、本当に最終便で東京へ行かねばならないのだという覚悟が湧いた。

「見送りしてもらうほど遠くじゃないし」

「わかってます」ほとんどふたり同時に言うので、ありがたいほどしらけてゆく。大丈夫だ。ノリカの頰に余裕の笑みが戻った。

「お式、二月にすることに決めたんです」

「おめでとう。きれいだろうね、瑞穂のドレス」

「竜崎さんは、ノリカさんはきっと来ないよって言うの」

「わたしまた、宿無しに戻るの。そのころはきっと、どこかの小屋で踊ってると思う。しばらくは年中無休状態だと思うの。ごめんね」

写真を送ります、と牧田が言った。そのときの居場所はネットで検索してくれるよう頼んだ。お別れの演出にしらけ気味だったノリカも、瑞穂のウエディングドレス姿を想像すると涙腺が弛みそうだ。

「もう、行くね」

ノリカが手を振ろうとすると、瑞穂が慌てた様子でリュックから荷物を取り出した。

「ノリカさん、これ持っていって」

伸ばした手にはクラフト製の紙袋がある。向き直り、受け取った。中身はなにかと問うと、瑞穂が「タンバリン入れ」と答えた。開けた袋には、しっとりとした布が入っていた。広げてみる。赤いベルベット製の巾着だ。右下に金色の刺繡(ししゅう)が施されていた。

「NORIKA」のロゴだ。看板と同じ字体だった。

「オガちゃんのタンバリン、裸ん坊じゃ寒いから。これに入れてあげて」

ノリカは鼻の奥に突き刺さる感情と闘いながら、バッグの中にあったタンバリンを巾着に入れた。シャラシャラと、意思を持たぬ音があたりに散った。

「サイズぴったりじゃない」

「ノリカさんみたいに自分で衣装を縫えるように、ミシンを買ったんです」

横で牧田が照れくさそうにちいさく手を挙げた。瑞穂の笑顔がぼやけてゆく。ノリカは巾着をバッグに入れ、できるだけ明るく言った。

「ここから先は、わたしが裸ん坊だ」

涙に気づかれぬよう、瑞穂の体をしっかりと抱きしめた。視線の先にいる牧田は、涙と鼻水でその長い顔が渓谷の滝みたいになっている。泣くより笑いが勝ったあと、瑞穂から離れノリカは手を振った。

「みのりのことはJINに頼んであるから、瑞穂は安心して元気な赤ちゃん産みなさい。マタニティヨガ、さぼっちゃ駄目だよ」

「休みません。約束する」

瑞穂は両手を胸で合わせ、何度も頷いた。お別れじゃない、これは復帰のイントロだ。


新千歳空港発、最終便。

一時間半後に、また新しい舞台が始まる。ノリカは上昇を続ける機内で、浅い眠りを繰り返した。眼裏には8×4（パーヨン）の照明がある。温泉場のちいさな劇場を思い浮かべた。行ってなにがあるわけでもない。本当に静佳はそこにいるのだろうか。

機体が激しくバウンドして目覚めた。後方の座席から誰かが「荒っぽいパイロットだな」と文句を言った。ざわついた機内にはすぐに客室乗務員のアナウンスが入った。

「当機は無事羽田空港へ着陸いたしました」

無事ならいいか、という気にさせるから不思議だ。隙間なく夜が広がっていた。北海道とはなにもかも違うのに、この空の下でみんな、泣いたり笑ったりしているのは同じだった。ストリップ小屋に足を運ばなくてはやり過ごせない時間を抱えた、男たち女たちがいる。小屋から逃げて、小屋にたどり着く踊り子もいる。小屋に戻れないまま死んでしまうのはあまりにさびしい。静佳が小屋に戻ったのなら、弟子のノリカは誰よりも師匠の帰還を喜べばいいのだった。

帰ってきた。座席ベルトの表示が消えて、一斉に金具の音がする。座席下から引きずり出したバッグを肩にかけ、ノリカは立ちあがった。

踊り子復帰の一曲目を「ボラーレ」にしようと決めて、空港の通路を進む。迷いはとうに消えている。東京の風は、十一月の夜だというのにまだぬるかった。

12

十二月二十日——師走の温泉街は、夕食時間を過ぎてもまだエンジンがかかっていなかった。立ち並ぶ看板を見れば、半世紀前の映画セットの中にいるようだ。東京に吹いている空っ風は、ここにはない。

ノリカは飲食店の看板が並ぶ通りを「オペラ座」に向かって歩いた。毎日五時間のトレーニングと水泳で復帰に備えている体は、連続十ステージ踊ってもびくともしない。

けれど、とノリカはバッグを持つ手に力を込めた。一歩ごとにつま先が重くなるのはどうにもならない。やって来たのは間違いかもしれないという思いがつよまるばかりで、静佳に会えるという喜びあるいはかなしみには、心の隅で妙な圧がかかっている。

路地裏にしみ込んだ煮物や焼き物、ひとの息、体臭や古い布団のにおいが辺りに立ちこめていた。軽ワゴン車がノリカを追い越し、数軒先のスナック前に停まった。運転席から降りた若い男が、後部座席からビールの樽を引きずり出して店内に入ってゆく。そんな光景が営業していることを伝えるが、まだ店の看板に明かりは灯っていなかった。

腕の時計を見た。午後七時半といえば「ＮＯＲＩＫＡ」では一回目のショータイム前の慌ただしい時間だった。街が違えば景色が違うように、人の動く時間も変化する。そんなことは全国を回っていた頃にいやというほど見てきたはずなのに、初めてやってきた温泉街の寂れた景色にひるんでいた。時代をいくつかさかのぼっている錯覚のなかで、進むつま先にも力が入る。

見れば何本も、通りから細い路地へと続く道がある。枝になった路地にはそれぞれ名前が付けられていた。地図ではもうこのあたりに「オペラ座」があることになっている。パソコンで検索しても「不定休」とあるだけで、営業しているのかどうかさえ分からない劇場だった。歩幅を保つことに意識を集中していると、温泉街をぐるりとひとまわりして再び駅に戻ってしまいそうだ。

ぽつぽつと明かりの灯り始めた通りにさしかかる。いきなり「オペラ座」の文字が目に飛び込んできた。神社の鳥居を模した入口には頭上に提灯が並び、ひとつに一文字ずつ「オ」「ペ」「ラ」「座」とある。チケット売り場は柱の陰にあるようだ。錆びた鉄板フレームの掲示板に「娯楽の殿堂」「大欲情施設」「関東最高級」といった文字が並ぶ。ストリッパーの顔写真はない。

ひとり小屋の常として、客が入らないときは幕も開けない。温泉ストリップは、客が溜まったところで開演となる。通りにも小路にも人影が見えない温泉歓楽街にあって、「オペラ座」に客が入っている気配はない。

数メートルの距離を縮められずにいるノリカの後ろを、花屋の車が通り過ぎて行った。不意に、花の一本もなく時代に置き忘れられたストリップ小屋の軒先に立っていることに、ノリカは呆然とする。踊るためにやってきたのではなく「まだ踊っているかもしれぬ女」に会いに来たのだ。

心を決めて、提灯の下をくぐった。ベニヤ板を手の幅にくり抜き、内側から粗末な布が下がっているチケット売り場だ。ベニヤ板には大きく「三千円」と書いてあった。呼び鈴はどこを探してもない。仕方なく入場料表示のある板をノックした。窓口の、布がほんの少し揺れた。ノリカはバッグから千円札を三枚抜き出した。

窓口の近くへ持って行くと、布の下からさっと白い手が伸びてきた。思わず飛び退きそうになるが、一秒二秒、窓口の向こうとこちら側で三枚の札の端と端を摑み合っていた。札を摑む右手の中指に、紅色のルビーが光っているのを見て、こちらの指先が先にゆるんだ。提灯から漏れる赤黒い明かりの下で見ても、健康そうな手には見えなかった。のぞき込む勇気が出せないまま、窓口は再び布で仕切られた。

鳥居に飾られた提灯がなにを隔てるための明かりなのか考えながら、ノリカは「オペラ座」のドアを開ける。細い廊下を三歩進んで右に折れた。唐突に行き止まりになった廊下を挟み「便所」と「劇場入口」の紙が貼られた引き戸が向かい合っていた。視界のどこにも窓がなく、ひどいアンモニア臭が漂っている。ノリカは息を止めて劇場側の戸を開けた。今度は黴のにおいだ。

ノリカが開けるのを待っていたように場内の蛍光灯が瞬いた。畳三枚分の舞台を取り囲み、大人が十人も入ったらいっぱいになりそうな客席には座布団が等間隔に五枚並んでいた。客席にも舞台にも人はいない。ノリカは自分も存在していない気分になりながら、そろそろと靴を脱ぐ場所を探した。

足下に玄関マットがあった。スリッパはない。脱いだムートンブーツを玄関マットの上に揃え、じわじわと明るさを増してゆく蛍光灯の下へと進む。五枚ある座布団の、真ん中に座った。ジーンズに湿気が伝わりきて、尻から体が冷えてゆきそうだ。

客席の両側には数枚、日活ロマンポルノのポスターが貼ってあり、古い演歌歌手のサイン色紙や「オナニー禁止」「放尿、脱糞は罰金をいただきます」といった注意書きもある。それらの紙はみな退色して角がめくれ上がっていた。

静まりかえった舞台の向こうから微かに人の気配が漂ってくる。唐突に、蛍光灯が消えた。舞台に赤いスポットがひとつ落ちる。

「赤が八で青が四だから8×4、女の肌がいちばんきれいに見えるライトなんだよ」

煙草を指に挟み、脚の開き方から紐パンの外し方まで仕込んでくれた日の静佳が眼裏に蘇る。

スポットを得ても、なかなかオペラ座の舞台は始まらなかった。息苦しくなるような数分間を経て、舞台袖で物音がした。座布団の上で揃えた両膝に力がこもる。いつの間にか、寒さも心細さも消えた。

舞台下手の床に、画用紙大のラジカセが滑り出る。細い女の手が、プレイボタンを押す音が大きく響いた。ひとり小屋、ひとり舞台、客もひとりだ。スピーカーからエレキギターのイントロが飛び出す。ベンチャーズの演奏する「二人の銀座」だった。アップテンポの一分五十秒を頭に持ってくる踊り子はその昔高級クラブで、本物の演奏を背負って踊ったと聞いた。

短いイントロのすぐあと、一音目で踊り子が登場する。スポットの中央に立ってワンポーズ決めたあとすぐに、羽織っていた白い打ち掛けを背後に投げ捨てた。右の袖はてらてらと光る赤い長襦袢、左の袖は黒地に桜模様の振り袖だ。正月と盆のステージで必ず結んだという金糸の帯を、胸の高い位置で片流れに締めている。

静佳であることは衣装を見ればすぐ分かる。すすきのの劇場で、いちばん奥の楽屋に飾ってあった帯だった。エレキギターにのせて両袖を翻し、そこだけ変わらぬ瞳のつよさで客席に流し目を送る。裾捌きの緩急と見返りの際に見せる肩先の色気は紛れもなく師匠だが、すっかりやせ細り鶏ガラそっくりになってしまっている。皺を埋めるようにして塗られた白いドーランは、ノリカの知る顔ではなくなっていた。

息を詰めて、年増の踊り子を見た。三十過ぎれば立っているだけで色気が出る、と言った赤い唇は、頬から顎に流れる皺に囲まれている。笑っているのに泣いているようにしか見えない。いつか、泣いていても笑っているように見えるのが踊り子だと教えてくれたひとだった。

一曲目の終わりに帯を放ると、舞台の上には絹の溜まりができた。雲間にのぞいた夕日みたいに、赤い長襦袢が現れる。一拍おいて二曲目が流れ出した。

「キャラバン」——。

二十分で男と女の出会いから別れまでを表現するとき静佳は、一曲目は喜びを、二曲目は昂ぶりを、三曲目で恍惚、ラストの曲は傷痕を開いて見せるのだと言った。その傷痕が、人の心を癒やすという考えを自分も引き継いだ。元気に踊り切なく交わり、やがて終わりは来るのだが、傷は傷として必ず癒える。

踊り子が、ひとの再生を信じなくなったらおしまいさ——。

細くなってしまった胴から赤い紐を解き外す際、静佳は名人芸と言われた技を入れた。腹から放す際の赤い紐が、まるで生き物のように音楽に合わせ踊る。明日も分からぬ姿かたちになっても、身につけた芸は消えていなかった。

赤い長襦袢の襟元がはだけると、そこだけぽっこりと膨らんだ腹と垂れてしなびた乳房が見え隠れする。ノリカは目を逸らさぬよう努めた。かぶり席で生身の女を観る者には、その体が歩んできた人生を見届ける責任がある。

静佳は半幅に折ったサラシをふんどし代わりに前に垂らしている。肩から襦袢がするりと落ちた。恍惚の一曲は「人形の家」のインストゥルメンタルだった。

舞台の中央に寝そべった踊り子は、湿ったギターの曲に合わせて腰を浮かせた。ふんどしの端を手に持ち、それをきりきりと引きながら腰をグラインドさせる。ほとんど紐となったサラシが、亀裂に食い込むのが見どころなのに、踊り子にはもう肉付きのよい尻も太股も、征服欲をかき立てる繁みもなかった。

その体にまだ血が通っていることを確かめるように、踊り子の指先が亀裂を這った。置き去りにされた女のかなしみと、消え残る欲望をサラシ一本で表現するオナニーベッドショーだ。大きな劇場ならばここで迫り(せ)が上がって、ミラーボールと同じ速度で回る。

曲の最後、静佳は客席の真ん前にすり寄って皮膚の薄い右膝を立てた。こちらが手を伸ばせば届く場所にふんどしの結び目がある。踊り子の痩せ枯れた指が結び目を解いた。亀裂から引き抜いたサラシが、包帯に見えた。静佳はそれを腿に結んだあと、膝に手を添えゆっくりと脚を開いた。

舞台の上から降り注ぐ師匠の笑顔が、ぼやけた。いま拭ってしまったらとめどなく思いが流れてゆきそうだ。目から一粒も落とさぬよう、瞳に力を込める。

「人形の家」が終わり、数秒の静寂がやってきた。踊り子の目には、煌々とした光が宿っている。開いた脚の真ん中には、小屋の外で客が負った傷がある。踊り子はこの亀裂ですべてを飲み込んできたのだ。

静佳がラストに選んだ曲は、八代亜紀が歌う「フライ・ミー・トゥ・ザ・ムーン」だった。けだるいジャズの歌声に合わせて、膝を叩きリズムを取っている。

ノリカはバッグから財布を出して一万円を抜き取った。縦に二つ折りにした万札を、手元が狂わぬよう気をつけながら太股に結んだサラシに挟む。客が小屋で遣う金は、浮き世を忘れる賽銭だった。

かさついた肌には体温さえも残っていないように思えた。皮膚が縦に流れている。筋肉のなくなった体には、金糸の帯さえ重かったのではないか。

脚が閉じられた。立ち膝姿の踊り子が、右手を客席に伸ばした。導かれるようにノリ力も右手を差し出す。日舞で鍛えた腕の直線が、白塗りの慈悲深い微笑みから伸びてくる。折れそうな手を握る。思いのほか力強く静佳も握り返してくる。目が合った瞬間、するりと手が抜けていった。

握りしめた手のひらに、指輪が残っていた。舞台に視線を移すと、踊り子はもう立ち上がって袖に消えてゆこうとしている。呼び止めようにも声が出ない。

星空の下で会いましょう
あなたと私　また今日も
恋の夢を見ましょう
ダーリン・キス・ミー

金色の月が呼んでいる
あなたと私　また今日も
踊る今宵　素敵
アイ・ラブ・ユー

どんな傷痕にも沁みるようにと彼女が選んだ曲が終わる。スポットが消えた。小屋の中は再び静まりかえった。

蛍光灯がちかちか瞬いて、現実が露わになる。楽屋からは衣擦れも聞こえなかった。ここをラストステージに選んだ師匠は、踊り子として死ねることを喜んでいる。望まれれば花電車も、タッチも生板もやる。場末の酒場でのたれ死ぬのも、舞台の袖で血管が切れるのも、自分たちの終わりには大きな差がない。

静佳は、満足なのだ。たとえ周りが彼女をどう見ようと、それは周りが見たい彼女の像でしかない。腹の中なんぞ、誰にも分からない。だから女の体はひたすら丸みを追いかけ、きめの整った肌を持つ。くびれた腰の奥にさまざまな感情を詰め込んで、天国なのか地獄なのか分からぬ入口の亀裂から、絶え間なく細い糸を吐くのだ。

小屋を出て、通りを五、六歩行ったところで「オペラ座」を振り向き見た。やってきたときよりも周囲に明かりが増えている。小路のあたりを三、四人の男性客が横切って行った。ノリカは、スナックで安酒を飲んだあとの彼らが「オペラ座」に寄ることを願った。温泉ストリッパーは必ず客を喜ばせる。勝ち残りじゃんけんで生板が始まっても、必ず「おもしろい」ステージにするだろう。

ノリカは手のひらに残る指輪を見つめた。入る指を探すと、右の薬指に落ち着いた。これは舞台と添い遂げよという、ストリップの神様からの贈り物だろう。青みがかった赤いルビーは、ライトの色によく似ていた。

翌朝新橋のホテルを九時に引き払い、ノリカはやまとミュージックホールの楽屋へと入った。初日には楽屋の真ん中でトップの踊り子を待っているママがいる。笑顔はない。すっかり白くなった頭髪をすっきりとまとめて座っていた。ノリカは楽屋に座り、両手をついた。額が磨き込まれた床につくぎりぎりで止める。

「長いあいだご心配をおかけしました。本日無事復帰の舞台を務めさせていただきます、ノリカです」

頭を半分上げて、ママの目を見た。その昔関西で早変わりの女王と言われたママは、にこりともせずに「おかえり」と言った。

「ノリカ、脚はもう、痛くないのかい」

「おかげさまで」

「うちのトップで、良かったのかい」言葉がそこで途切れ、ママの目が赤くなる。ノリカは精一杯笑い顔を作り「もちろんです」ともう一度頭を下げた。

「今日から、年末クリスマスのイベント舞台だからね。元気のいいやつでやってちょうだいよ」

ママはそう言うと、美しい所作で立ち上がった。エメラルドグリーンのセーターに細身の黒いパンツ姿だ。白い髪はちっとも彼女を老けさせない。毎日肉を食べてないとやりきれないという体は、男っ気が消えて二十年経っても艶を保っていた。

衣装を入れた段ボールが三箱、鏡前に置かれていた。どうやら自分がいちばん荷物が多そうだ。鏡前と暖房の点検を終えたママが、楽屋の戸に手をかけた。鏡の中にある懐かしい景色と今日の香盤表を見て、ノリカは「ママ」と鏡の中の彼女に声をかけた。

「六人のうち、三人が初めて会う子なんだけれど、最近の子たちはみんな毛を剃ってますかね」

ママはまだ誰もやってきていない鏡前の名札をひとつひとつ見て言った。

「今週は、半分がパイパンだ。最近はこんな感じだね。この子は残してるはずだと思ってても、突然何を思ったかツルツルにして来たりしてさ。いつだったか、全員がパイパンってこともあった。慌てて看板に『今世紀最大パイパン祭り』って入れたんだ」

「わたし、剃った方がいいですか」

「残してあるなら、そのままにしときな。みんながみんな剃っちゃうと、最後の色気が失せるんだ。あそこの毛は大事なもんを守るために生えてんの。脱いで開いて、そのあとまだのぞき込まなきゃいけないところでストリップなんだよ。脚開いていきなり干し柿じゃ、色気もへったくれもないだろう。うちらのアワビは旨いかどうかを想像させてナンボ」

ママは「生えてるもんは大事に手入れして、恥ずかしそうに見せてあげるんだよ」と笑った。ノリカも「はい」と笑って返した。

今日のためにチュールをめいっぱい増やした赤いドレスを、ハンガーに掛けた。クリスマス興行はこのくらい派手にやらなけりゃ。着替えの前に、音響照明のサブローにひとこと挨拶を、と立ち上がった。送っておいた音源の説明と、照明の切り替えについて細かく記したメモを渡さなければならない。一度メモを頭に入れたら、ミスなくステージを盛り上げてくれる腕は、どこの劇場でも欲しがっているだろうに。それでもサブちゃんはやまとミュージックを離れない。

客席や食堂、劇場入口に続く細い階段を、一段一段踏みしめるように上った。カウンター五席のちっちゃな食堂にある、古い冷蔵庫の前にサブちゃんがいた。

「サブちゃん、おまたせ」

メモを渡し顔いっぱいで笑いかけると、サブローの瞳からぼろぼろと涙が落ちてきた。ノリカちゃん、と言ったきり嗚咽(おえつ)をこらえることに懸命の喉が、上下しながらもがいている。

「ノリカちゃん、俺、言いつけどおりお見舞いに行かなかった。ちゃんとここで、ノリカちゃんが戻ってくるの待ってた」

サブローの口から、ノリカのファンたちの名前が次から次へとこぼれ落ちてくる。

「あのね、あれからツルさんがちょっとだけ具合悪くなったんだけどもう大丈夫で、リボンの史郎ちゃんは孫が生まれて、親衛隊にいたストリップライターのマコトちゃんは、なんとかっていうノンフィクションの賞をもらったの。それでね」

サブローはそこで言葉をのみ込んだ。数秒、胸を叩いたり親指をきつくつまんだりしながら、早口で言葉を放った。

「タンバリンのオガちゃんが、死んだの」

ノリカは「うん」とうなずいた。ひとしきり泣いたあと、サブローは無理やり作った笑顔で言った。

「今日はね、みんな集まるって聞いた。みんな、ノリカちゃんの復帰を喜んでるよ」

「ありがとう、サブちゃん。一曲目はあのとき踊りきれなかった『ボラーレ』だから、よろしく頼みます。二年のあいだ行方くらましてて、なにもなかったことには出来ないんだけど、もっともっと上手くなってもっといい舞台を見せられるようにがんばるから」

「脚は、もういいの？　スポット、メモのとおりに勢いよく回してもいいの？」

「がんがんやってちょうだい。だいじょうぶよ。長いリハビリだったね。待たせてごめんね」

ママが食堂にやってきて「泣くのは仕事が終わってからにしてちょうだい」と語尾を跳ね上げた。サブローは涙を拭きながら、そそくさと畳一枚のミキサー室へと入った。

「ノリカ、郵便がきてるよ」

渡された封筒の宛名はやまとミュージックホールの住所に一行「ノリカ様」とある。差出人は竜崎甚五郎だった。

ノリカは食堂のピンク電話横にあるペン立てから半分錆びついたハサミを抜いて、封筒を開けた。細い金色の縁取りがある真っ白いカードを開く。紙のにおいが真新しい。ブルーのインクを思わせる印刷文字の、「十二月二十四日オープン」が目に飛び込んできた。

『年の暮れも迫ってまいりました　皆様には益々ご清祥のこととお慶び申し上げます
このたび当地において「カクテルバー　ＪＩＮ」をオープンさせていただく運びとなりました　皆様のご健康をお祈りしつつご来店を心よりお待ち申し上げております』

ノリカは店舗住所を目でなぞり、あやうく声を上げそうになった。そこはダンスシアター「ＮＯＲＩＫＡ」と同じビル、同じ場所だった。住所の下にちいさく旧店舗の名前が記してある。お披露目とクリスマスイベントを兼ねた二日間の、ゲストは角倉さとるだ。

楽屋に戻り、鞄の中から携帯電話を取りだしたところで我に返った。竜崎が別れ際に言ったひとことが脳裏に蘇る。

また、お待ちしております――。

ひとりきりの楽屋で、今度は「あぁ」と声が出た。竜崎は同じ場所で見る「夢の続き」を選んだのだった。この先、流れてゆくノリカとは違う。そして、竜崎があの場所にいてくれる限り、みのりにも瑞穂にも「帰る場所」がある。すべてを捨てて、居場所を手放した自分が今さらどの面下げてフロアに戻れよう。ここは舞台の高さのぶん、皆からは遠いのだ。

ひとこと祝いの言葉をなどと思ったことを恥じながら、ノリカは磨き込まれた鏡に向かってつぶやいた。

わたしが戻れるのは、小屋だけだ。

ノリカはかつてなかったほど、丁寧に化粧を重ねた。どんな横顔も美しく見えるよう眉尻は長く、アイシャドウは目が大きく見えるよう五重のグラデーションだ。手元が狂わぬよう注意しながら、黒く太いアイラインを入れる。目尻で跳ね上げたラインの先に眉尻がきて、いっそう顔が立体的になる。頬骨の真ん中からぼかすようにして頬紅を入れた。頬に影ができてしまいそうに長いつけまつげをパッケージから外し、接着剤を塗った。コンマ一秒のタイミングを見逃さず、素早く瞼(まぶた)の際にのせて両端を押さえた。両目が完璧になったところで、口紅の色に迷った。同じ赤でも青系と茶系、朱赤では印象が違う。迷ったのち、メイクボックスのいちばん端にある赤を選んだ。心意気の深紅、シャネルのガブリエルだ。

化粧を終え右手の薬指に光る8×4の輝きに勇気を得て、ノリカは急いで着ていたものを脱いだ。どんな傷も青あざも毛穴も見逃さない蛍光灯の下、全身をくまなくチェックする。白にスパンコールをあしらったTバックショーツに脚を通す。みっともなく毛が飛び出さぬよう、毛先も上向かぬようしっかりとショーツに納める。

大判のスカーフをパレオ風に巻いた。ドレスを脱いだら見事に透けて、いい具合だろう。ハンガーに掛けておいた赤いドレスの脇ファスナーを開ける。床に置いたドレスの穴に、両脚を揃えて立つ。両手で肩紐を持ち上げ、膝から胴、胸へと引き上げる。

ストリッパーのドレスは、脱ぎやすいよう脇に長いファスナーが付いている。みのりはそんなことを、映画の現場でどれくらい学んだろう。元気でいてくれるだろうか。お店をたたんだことを知っても、メールひとつ寄こさない。みのりはみのりで、ノリカに含むところがあるのだ。恨まれることを承知で消えたのだから仕方ない。こちらからいいわけがましい便りを送るのもおかしなことだ。連絡を取れば、再会を待ってしまいそうな心もちが嫌だった。

松ひとみがついてるんだし――。

ノリカは鏡に映る口角が均等に持ち上がっているのを見て満足した。

軽いノックの音がして、引き戸が開いた。香盤一番手の新人が「おはようございます」と楽屋に入ってきた。ノリカが準備万端なのを見て、慌てて壁の時計に視線を移す。

「だいじょうぶよ、遅刻してない。わたしがちょっと早めに用意しただけ」

ノリカは顔の前で手をひらひらと振ってみせた。今日が三週目という新人踊り子が、緊張した様子で床に座り両手をついた。

「上田潤奈（うえだじゅんな）と申します。十日間どうぞよろしくお願いします」

ドレスの裾の真ん中に腰を下ろし、ノリカも両手をついて挨拶をする。

「ノリカです。こちらこそ、よろしくお願いします」

あと二時間もすれば、楽屋は踊り子たちの化粧と香水、たばこのにおいでいっぱいになる。二年をかけて体から手放したものは、果たして二年で戻るだろうか。そんな不安を両腕で抱いてくれるのは「オペラ座」で観た静佳の姿だった。

がらりと楽屋の戸が開く。ママがにこりともせずに立っていた。潤奈に「おはよう」と言うと、ノリカのほうをちらと見た。潤奈は身を縮めて挨拶をする。

「潤奈です。よろしくお願いします」

「わかんないことがあったら、トップのノリカさんに訊いてちょうだい。このひとは二年前までウチの白蛇だったんだよ。怪我をして二年休んでたけど、縁起ものがいないあいだ、うちは商売あがったり。やっと帰ってきたんだ。今度は怪我なんぞしないで踊ってくれるとありがたいね」

ママはそこまで言うとノリカに、「ちょっと上に来てちょうだい」と顎をしゃくった。

ノリカはドレスの裾を持ち上げて、ママのあとについて行った。狭い廊下に出ると、食堂やミキサー室とは逆の方向に上る鉄の階段がある。後ろを歩いているノリカの鼻先から、ママの肩に貼ってある湿布のにおいが離れない。

「客が入る前に、見せておくよ」

ママは幕内の明かりを点けて、舞台中央にある床を指さした。舞台にあった丸い迫りは、踊り子がひとり寝転がってちょうどの直径だ。見れば溝は樹脂プレートで埋められて、段差が出ないよう釘が打ち付けてある。

「この迫りはもう、埋めてしまった。こんな溝ひとつで踊り子がひとり駄目になるとは思わなかったんだ。ダンスのときにここで回らないように注意しようかとか、ピンヒールを履くなとか、いろいろ考えたんだけどね」

ママは一拍置いて、そんなことをしたところで気分良く踊っている子はまたいつかここにヒールを挟むだろうと笑う。

「だから、踊りバカみたいな奴（やつ）がまた同じことにならないようにしようと思ったんだ」

ノリカはママが泣くところを初めて見た。借金のカタに劇場を取られそうになっても、その借金を返済し終わっても、踊り子が死んでも男に去られても、決して泣かないという噂のママが泣いた。

「ノリカ、戻ってきてくれて、ありがとう」

ここで一緒に泣いたら、せっかくの化粧が流れてしまう。ノリカは喉の奥にぜんぶ流し込んで「だって、白蛇だもん」と笑った。ママも泣きながら笑う。

「この二年で何度、ノリカはいつ戻ってくるんだっていう電話を受けたと思ってんだ。告知を出した途端にまた問い合わせだよ。舞台の下じゃ、親が死んだり自分も病んだり、死んじまったり。小屋の二年は長いんだ。浮き世の憂さを引き受ける女がここから逃げてどうするんだ。一生後悔するに決まってるじゃないか」

ノリカはドレスの胸元に縫い付けたスパンコールを指先で整えながら頷いた。

「ノリカ、静佳は元気でいたかい？」

唐突にママの口からこぼれてきた名前に、思わずその顔を見た。静岡にいたんだろう、と彼女の語尾が上がる。

「知ってたの？」

「ここにいれば、板に演ってる女の話はたいがい流れてくるんだ。裸で踊る女の話はちゃあんと聞こえてくる。いっぺん脱いだ女が、裸以外で稼ぐ難しさもよく知ってる。お前が小屋に戻るときは、必ず師匠の様子を見に行くと思ってた。神社のお参りみたいなもんだろう。静佳はちゃんと踊っていたのかい」

「ふんどしに、チップを挟んできました」

いくら、と訊ねるので「一万円」と答えた。ママは鼻の奥でケッと息を吐き出す。

「しけてるねぇ。復帰の賽銭ならもうちょっとはずみなさいよ」

「そんなこと言ったって、こっちも休みが長くて貧乏だったのよ」

まぁいいわ、とママは下手へ歩き出した。客席に設置したテレビから古いビデオが流れ出したようだ。耳を澄ますと、女のあえぎ声の向こうに、かぶり席に陣取る客の衣擦れが聞こえる。

よし、やるか――。

開演三十分前のざわめきを幕の向こうに聞きながら、生まれた場所に還ってきた錯覚も手に入れて、ノリカは楽屋へ戻った。鏡前にある「カクテルバー　ＪＩＮ」の挨拶状に口紅をのせると、眼裏に竜崎のユニフォーム姿が過った。

鏡に向かってドレスの裾を大きくめくり、最後の点検をする。ショーツの位置がずれている様子はない。多少激しい踊りになっても、これなら大丈夫。赤いドレスに合わせて、シルクサテンのダンスシューズを選んだ。あの日の靴で再び踊る。

場が乗ってポーズショーからオナニーショーに切り替えた場合のことも考えて、亀裂にローションを入れた。ショーツを取ったとき、うっすらと湿った亀裂はライトを受けて光る。踊り子に触れないことでより昂ぶる孤独を、全身の毛穴で受け止めよう。こんな些細(ささい)なことを、ひとつひとつ体に戻しながらの復帰なのだ。

ノリカはバッグから赤いベルベットの巾着を取り出した。中でタンバリンがひと鳴きする。

ただいま、オガちゃん。ノリカは巾着の紐をゆるめて、タンバリンをつかんだ。わたしも振り出し、とつぶやく。鏡の中のストリッパー・ノリカに向かって、かっちりと微笑んだ。壁の内線電話が鳴った。ミキサー室からだ。

「ノリカさん、開演五分前です。スタンバイお願いします」

「オッケー」

ノリカは片手にタンバリンを持って舞台に続く階段を上った。狭い舞台袖で股割りをしていると、客席のざわめきが聞こえてくる。

いくぞ、ノリカ――。

準備万端。タンバリンが鳴かぬようそっと持ち上げ、真っ暗な舞台の中央に立った。タンバリンをゆっくりと前に出す。片脚で立ち膝をして上半身を前に倒す。片翼に見立てて左手を横に伸ばした。

ファンファーレのあと、サブローの開演アナウンスが入った。

「レディス&ジェントルメン、大変長らくお待たせいたしました。やまとミュージック、師走の最後を飾る今週の、トップは劇場復帰初日のノリカさんです。みなさまごゆっくりお楽しみください」

幕が上がって、一音目が入った。

　ボラーレ――飛ぶ
　カンターレ――歌う

背中の羽がノリカの体を持ち上げた。両腕を交差させ、頭上に伸ばすとタンバリンが気持ちよく鳴り響いた。スイッチが入ったように客席から手拍子が湧く。かぶり席には知った顔が七割、見知らぬ顔が三割。壁に並んだパイプ椅子の三つ目だけがぽっかりと空いていた。
　オガちゃん、見える？　ノリカは壁の席に向かってタンバリンを振る。右、左、中央、そしてミキサー室のサブローへ。小屋の視線を両腕でかき集める。関節の許す限り、両腕両脚を広げ、世界を広げ、心を広げて踊る――。

　ボラーレ――飛ぶ
　カンターレ――歌う

　客席の顔ひとつひとつに視線を送りながら、勢いをつけ左脚で円を描いた。反らした背中に、もう汗をかいている。

ステップ、グラインド、スピン、ポーズ。

女の体をとことん美しく見せながら、小屋の板には裸の華が咲く。ライトを浴びて、吐息を吸い込み、かなしみを養分に悦びを吐く。

曲のラストで、ドレスを床に落とした。

客席に向かって両脚を踏ん張り、ブリッジを決める。

このときのために磨き上げた右脚を、小屋の天井に向けて伸ばした。

ひときわ大きな拍手が起こる。

やまぬ拍手のなか、二曲目のイントロが流れてくる。

昨日急いで差し替えた「フライ・ミー・トゥ・ザ・ムーン」だ。

脚を戻し、床につけた両手を離し、ゆっくりと起き上がる。

客席に散らばっていたさびしさを一本一本束ね、ノリカは舞う。

開け、裸の華——。

踊れ、裸の華——。

解　説

村山由佳

どこまでも気風のいい、一本筋の通った元ストリッパー。――それが、本作の主人公・フジワラノリカだ。

物語は、ノリカが札幌の街に降り立つところから始まる。舞台上で膝に大怪我を負い、治ったはずでも怖れから脚をかばってしまう彼女は、このうえは引退するしかないと思いつめ、古巣のすすきのにダンスショーの店を開いて再出発を図ろうとする。

やがて採用された若手ダンサーは、才能の塊だがなかなか心を開かないみのりと、踊りはほどほどでも柔らかな愛嬌がそれを補う瑞穂。そこへ、かつて〈銀座の宝石〉とまで謳われた凄腕のバーテンダーＪＩＮや、その友人で画廊を経営する牧田、さらには昔からノリカのファンで余命幾ばくもない小笠原などが絡むことで、当初はゆるやかに始まるかに見えた物語が大きなうねりを見せてゆく。

これまで、暗く湿った重量級の作品を多く世に出してきた桜木紫乃であるから、この小説もまた……と身構えながら読んでゆくと、読者は心地よい裏切りにあう。およそらしくないとも思えるほどに、切なくも明るい場所へと連れて行かれるからだ。

とはいえ、そこはやはりこのひとである。派手な仕掛けがあるわけではないのにぐいぐい引き込まれるのは、登場人物一人ひとりの個性が屹立しているからだろう。物語的な目新しさを一切欲張っていないところに、潔さと清々しさを覚える。今日と明日の身の振りを考えるだけで精いっぱいの人間たちが、唯一存在を許される居場所で、ほんのひととき身を寄せ合って生きていこうとする。その切実さは、桜木紫乃でなければ書けない世界だ。

彼らの背景があからさまにされることはほとんどない。誰も、訊かれない限りは自身の来し方を詳しく語ろうとせず、彼らが互いに知る以上のことを、読者だけが地の文で知らされたりもしない。ノリカの視点による三人称で書かれた物語なのだから、たとえば「母親は○○な女だった」「生まれたのは××町のはずれで、子どもの頃からどういうわけか△△が好きだった」などといった具合にさりげなく説明を重ねていっても不自然ではないのに、著者はそれをしない。不親切とも言えるが、おかげで、過去など問題でない関係、その場・その時・その組み合わせにおいてだけ奇跡的に生まれ得た人間関係の貴さと一回性を、リアルに描くことに成功している。

作中、ノリカは幾度もひそかに葛藤する。ダンサーとしての才能を見抜き、魂を打ち込んで育てたみのりを手放す苦しみ。一方で、歳に似合わぬ包容力で支えてくれた瑞穂の新たな選択を尊重し、送り出す寂しさ。片や〈孤高の才能〉、片や〈生活の幸福〉。若い彼女たちのどちらもが、ノリカにとっては見果てぬ夢の象徴なのだ。そうして彼女はやがて、ある決意を固める。

その場その時にだけ生まれる人間関係——それこそは人生の宝だ。宝は、いつか失われるものと決まっている。特筆すべきは、ノリカにとってはその喪失が同時に、ひりひりするような再生へとつながっていることだ。

ラスト近く、かつて自分を教え導いてくれた師匠との再会の場面は、ただただ胸に迫って苦しい。目をそらすまいと懸命に舞台を見つめるノリカとともに、読者もまた、ともすれば目を背けそうになる自分を鼓舞しながら二人を見つめる。肉体は衰え、痩せさらばえても、なお放たれる芸の輝き。言葉はひと言も交わされないが、師匠から弟子へと手渡されたものは、青みがかったルビー一つではない。

そうして最後の一行まで読み終えた時、私たちは思い知らされる。大切なもののほとんどすべてを無くし、どれほどどん底まで堕ちたとしても、たったひとつ真に打ち込めるものを持っているというそのことこそが、明日を生きるための（今日死なずにいるための）原動力になり得るのだ、と。

文芸誌「小説すばる」に連載された本作『裸の華』が、一冊にまとまり上梓された当時、各メディアのインタビュアーはほぼ一人残らず、著者に向かって同じことを訊ねた。女性である著者がストリップにはまったきっかけと、その魅力をだ。

桜木紫乃というひとは、途方もなく無頼なものを身の裡に飼っているくせに、一方ではびっくりするほど律儀で真正直なところがあって、一つひとつのインタビューに対して真摯に、丁寧に、言葉と心を尽くして答えていた。

じつのところ桜木がストリップ劇場に足繁く通うようになったのは、何もこの作品の取材のためではないし、踊り子が登場する作品も本作だけではない。すでに『恋肌』（二〇〇九年十二月刊、改訂文庫版は『誰もいない夜に咲く』と改題）に収録の短編「フィナーレ」では、引退する踊り子の心情を見事に描いているし、本作とほぼ同時期に上梓された『氷の轍』にも漁港八戸の場末のストリップ小屋が登場する。

ちなみに、最初に通い始めたのは「オール讀物新人賞」を受賞して間もない頃だったというから筋金入りだ。きっかけは、当人の言葉によるとこんな具合だった。

北海道新聞の人物インタビュー欄で当時、ススキノにあった札幌道頓堀劇場の大スターだった清水ひとみさんが紹介されていて。記事から芯の強い方という印象を受けたのですが、最後の一文に「時々、泣きます」と書かれているのがとても印象的でした。この人の踊りを見てみたい！　と思ったのがキッカケですね。

（週プレNEWS　二〇一六年八月十九日）

初めからたった一人で劇場に足を踏み入れた桜木は、常連客のおじさんの薫陶を受けるなどしながら様々な踊り子の舞台を目に収め、この世界にどんどん魅せられてゆく。さらには、あの記事を読んで強く惹かれた清水ひとみさんにも会いに行き、くり返し劇場を取材し楽屋に入れてもらううちにとうとう、こう言われる。

「私のことを鬼とも悪魔とも、どうぞお好きなように書いてくださってけっこうです。表現者としてできる限りの協力をします」

〈表現者〉という言葉をその時初めて教わって震えた、と桜木は言う。伝説的な大ベテランの踊り子が、駆け出しの作家の持つ情熱にほだされた瞬間だった。

美しい踊りには腰の力が重要。踊り子が見せるのは自分の傷痕であり、その傷痕が人の心を癒やす。

そんなことを教えてくれた彼女はその後、行方知れずになる。ただ一度、桜木が『ホテルローヤル』で直木賞を受賞した時に、住所も何もないたった五行きりの手紙が編集部気付で届いたという。かっちりとした丁寧な字で、

〈腰力、粘り腰の勝利ですね〉

と書かれていた。

高度な技とともに磨き上げられた裸を見せ、観客を桃源郷へと誘うのが踊り子の役割であり真骨頂だ。

ストリップという文化を誰より愛し、彼女らの技術や才能に対して深い畏敬の念を抱く桜木は、その魅力をこう語る。

作りこんでいるんですよね。風呂屋の裸とは違うっていう（笑）。ムダ毛のないきれいな身体にスポットライトを当てて、ひとつの世界を作り上げている。出会い、満足、別れ、哀愁……踊り子さんによってはちゃんと世界があるんですよ。二十分のステージでそれを演じて去っていく。それが短編小説みたいだと思いました。（中略）踊り子さんたちは笑いながら恥ずかしいところを見せているんですよね。私も笑いながら文章で恥ずかしいところ見せなければと思いました。作りものにするためにムダ毛を剃ってスポットライトをあてて、表紙を舞台だと思って。

（WEB本の雑誌・作家の読書道　二〇一一年九月二十一日）

踊り子一人ひとりの裸には、皺や傷、たるみなど、自身の来歴というストーリーがすでに刻まれている。その裸で、彼女たちはさらにまた、舞台の上に二十分間のストーリーを紡ぎ出してみせる。男と女の出会いと別れ。喜び、昂ぶり、恍惚、そして後に残る傷痕。

何しろこの時代に、〈見るだけ〉の娯楽だ。あえて選んで通う客たちの視線は、単に卑猥な興味には終わらず、ともすれば祈りですらある。個人的な女神への。菩薩への。聖なる母性への。どれもファンタジーだが、小屋にいる間だけは醒めない夢でなければならない。

そのためには、ただ脱げばいいというものではないし、何から何まで見せればいいわけでもない。何をどう見せて、魅せるか、どうすれば客に浮き世の憂さを忘れさせ、支払った金額以上に満足させ、夢見心地で帰ってもらえるのか。

一旦舞台に上がったなら、脚を広げて見せられないことのほうがプロとして恥ずかしい。また踊り子が半端に恥ずかしがってごまかそうとすれば、客のほうこそ身の置き所がなくなる。そうかといって逆に、自らの技術や演技に酔うかのように突っ走れば、客は緊張を強いられ、しらけて退屈する。なぜなら、作中で主人公ノリカの師匠である静佳が指摘するように、〈客はあんたの自慢話を聞きにきてるわけじゃない〉からだ。

——これら踊り子について言えることのすべては、じつは、作家という仕事ともぴたりと重なる。桜木自身の言葉を借りれば、「作家とは紙の上でパンツを下げる仕事」なのだ。

〈泣いていても笑っているように見えるのが踊り子だ〉

ノリカにそう教えたのは師匠の静佳だった。おそらくはそれも、かの清水ひとみさんがかつて桜木に託した言葉であったのだろう。

踊り子たるもの、死ぬまで踊れたなら本望。書き手もまた、死ぬまで書くしかない。肚をくくり、つまらない恥などかなぐり捨て、人の目の前で脚を大きく広げて。そこにのぞく深い傷痕で、客の抱える傷のすべてを抱きとめて。作家・桜木紫乃は、稀代の名ストリッパーだ。

（むらやま・ゆか　作家）